U0031283

山水有清音

——古代山水田園詩鑑要

葛曉音 著

山水有清音

古代山水田園詩鑑要

香港中和出版有限公司
www.hkopenpage.com

知音莫比，真賞誰如

讀葛曉音先生《山水有清音——古代山水田園詩鑑要》

李鵬飛

從中國古典詩學史來看，古代的詩人與詩論家其實是十分重視詩歌藝術鑑賞的，從南北朝以來，歷代詩話中都包含着大量對詩歌的評析，雖然只是吉光片羽的、印象式的點評，但古人對此心照不宣，也自可一目瞭然，然而對於已經完全脫離了古代詩歌語境的現當代讀者而言，就未免覺得如霧裡看花、水中望月，頗有些不得要領了。

進入現代以來，受到傳統治學方法與西方學術觀念雙重影響的一代學人，如黃節、俞平伯、顧隨、龍榆生、林庚、錢鍾書、傅庚生、葉嘉瑩等人，也同樣很重視古代詩歌的藝術鑑賞。這一代人仍然具備古詩文的創作能力，他

們將創作、研究與藝術鑑賞相結合，突破了傳統鑑賞學的印象式評點模式，對古典詩歌的藝術特色與創作原理進行了頗為細緻深入的分析，各自撰寫出了具有典範性的詩歌鑑賞類著作，甚至還提煉出了一些重要的詩學理論命題，從而從感性妙悟上升到理性認知的層次，極大地深化了我們對於古典詩歌藝術特質與藝術規律的認識。

然而，曾幾何時，由於對創建文學史知識體系的熱情與追求漸漸成為古代文學研究界的主流，文學的藝術鑑賞也隨之邊緣化，甚至遭到不少學者的輕視。雖然因為出版界的推動，也曾經湧現過幾陣古典詩歌「鑑賞熱」，但真正有妙悟、有深度的詩歌鑑賞卻漸如空谷足音，難遘難逢，令人頗有「知音者希，真賞殆絕」的感慨與擔憂了。

但是，曉音先生的這本《山水有清音──古代山水田園詩鑑要》，編集她多年來所撰寫的一些古代詩歌鑑賞之文，卻成為詩歌鑑賞領域足以踵武前賢，且能拓出新境的一份美麗而厚重的成果。

從 20 世紀 60 年代，曉音先生進入北大中文系求學開始，即追隨林庚先生、陳貽焮先生研治魏晉南北朝隋唐五代詩歌，迄今已卓然自成一代大家，出版了《漢唐文學的嬗變》《八代詩史》《山水田園詩派研究》《詩國高潮與盛唐文

化》《先秦漢魏六朝詩歌體式研究》《古詩藝術探微》《唐詩宋詞十五講》等詩歌研究著作，構建起中古詩歌史研究領域獨具特色的「葛氏體系」，而對於詩歌藝術的鑑賞與藝術經驗的總結則成為這一體系的重要組成部分。

在長期的教學、科研與研究生培養中，曉音先生一直很重視對學生文學感悟力的培養，她認為：對於詩歌研究者而言，具備敏銳而準確的審美感悟力乃是從事詩歌研究的基本前提。她不僅一再強調培養詩歌鑑賞力的重要性，也一直積極進行古典詩歌的鑑賞實踐，《古詩藝術探微》與《唐詩宋詞十五講》就是以鑑賞為主或帶有濃厚鑑賞色彩的兩部著作，這次結集出版的山水田園詩鑑賞文集則集中展示了她對山水、田園這兩類特定題材詩歌的鑑賞成果。在經過她的精心編排之後，我們可以看到這本文集呈現出了十分嚴謹的體系性：既以具體作品鑑賞的形式展示了從南北朝到宋代山水田園詩的發展演變史，也通過精闢的理論概括闡發了山水田園詩的藝術成就與審美特質，更進一步對中國古典詩歌的鑑賞方法進行了理論總結。因此，我特別建議讀者注意作為本書「附錄」的兩篇葛曉音先生的講稿──《澄懷觀道　靜照忘求──中國山水詩的審美觀照方式》與《中國古典詩詞的閱讀和欣賞》，也特別注意每個單

元前面的那一段引言——這些內容都是對山水田園詩藝術演變史與美學規律的極為精要的總結，也是引導我們更深入地理解本書全部內容的綱領。

而在細細通讀全書之後，更能感受到曉音先生的詩歌藝術鑑賞在繼承古代詩論家與前輩學者的優秀鑑賞傳統之後所形成的自己的個人特色：她繼承了林庚先生將感性與理性相結合、將宏觀文學史認知與微觀藝術分析相結合的有益經驗，並加以發揚光大，拓展深入，把精妙的藝術感悟、精深全面的詩歌史研究與她自己所開拓的精密的詩歌體式研究緊密結合，而施之於對每一首具體詩歌作品的藝術分析，再用精煉優美的語言將她的藝術感悟表達出來，從而形成了一種與眾不同的、特別精美雋永的鑑賞文體。

可以說，通過對每一首詩歌的精妙鑑賞，曉音先生既揭示出詩歌的詩境之美，也着力去闡釋這美感之所以形成的原因：前者訴諸精準敏銳的藝術感悟，並以優美精確的語言傳達出來，從而讓詩歌之美得以被感性地呈現，其美感不但沒有被破壞，反而得以更鮮明地呈現出來；後者則訴諸學識與理性，從詩歌史層面，分析詩歌的形象與形式的構成原理與歷史特徵，更揭示其深層的美學意蘊，讓我們從山水、田園詩這兩類特殊的詩歌之美中感受到古代文人

回歸自然、與造化冥合的精神旨趣，更感受到他們對人生最高的美感與精神自由的不懈探索與追求。

大多數古典詩的愛好者都會有一個強烈的印象：在中國古代詩歌的各種類型中，山水田園詩尤其具有一種特殊的美，能夠創造出特別優美的意境。著名美學家宗白華先生曾經寫過一篇經典性的論文——《中國藝術意境之誕生》，指出藝術意境包含從直觀感相的模寫，活躍生命的傳達，到最高靈境的啟示這三個不同的層次。靜穆的觀照和飛躍的生命構成藝術的兩極，也是構成禪的心靈狀態。中國藝術意境的創成，既須得屈原的纏綿悱惻，又須得莊子的超曠空靈。所謂能得其環中，又要能超以象外。宗先生的話說得頗為高妙而又虛玄，也有些令人揣摩不透其中之深意。

曉音先生則從山水田園詩的審美觀照方式及其哲學背景入手，對意境的形成原理及其美學特徵做了更透徹、更明晰、也更為實在的闡發。她指出，澄懷觀道，靜照忘求，乃是中國山水詩獨特的審美觀照方式。所謂「澄懷」，是說詩人要讓自己的情懷、意念變得非常清澄，沒有一絲一毫的雜念，在這樣的狀態下才能體會山水中蘊藏的自然之道。所謂「觀道」，指觀察自然存在和變化的規律。「靜照忘求」則是指在深沉靜默的觀照中忘記一切塵世的慾求，這樣才

能達到心靈與萬化冥合的境界。由澄懷觀道而獲得的空明清澄的意象，幾乎成為早期山水詩的共同特點，而且對南朝直到盛唐山水詩的審美理想產生了深遠的影響。山水詩在它漫長的發展過程中，與贈別、相思、旅遊、田園等各種題材結合在一起，內容和藝術有了極大的發展，但其基本旨趣以及靜照忘求的審美方式一直延續下來，特別是在唐代詩人的作品中，影響最為明顯。唐人很擅長描寫空靜的意境，這與靜照和禪的性空相結合有關，而其根本原因則還在於從東晉時期形成的澄懷觀道、靜照忘求的審美觀照方式，要求詩人在觀照萬物時具有清明、虛靜的內心境界，使空間萬象在心靈的鏡子中變為一片澄明清澈的世界。

這應該是迄今為止筆者所見到的對中國詩歌意境美的形成機制及其美感特徵最透徹明晰的闡發了，曉音先生將這一深刻的領悟貫徹在她對謝靈運、陶淵明、孟浩然、王維、常建、柳宗元、韋應物等最具代表性的詩人詩作的鑑賞之中，從而對這些作品共同的美學特質與哲理意蘊做出了十分透闢的闡發。

與此可以相提並論的，則是她對來自《莊子》中的「獨往」與「虛舟」等理念如何轉化成唐代詩歌意象與意境的獨具慧眼的發現，這極有助於我們重新領悟一些膾炙人口的

唐詩名篇的深刻的哲理意蘊與美學內涵。正是通過這些奠定在精深研究基礎上的藝術鑑賞，我們才無比真切地認識到：山水田園詩不僅是一類意境優美的詩，更是一類內涵深刻的詩。

　　作為一位在詩歌史與詩學史研究領域都有着深厚造詣的學者，曉音先生對古典詩歌的重大藝術命題與藝術原理有着自己深刻的理解，這些理解也通過她對每一首具體詩歌的鑑賞自然而然地流露出來。

　　比如在「田園篇」裡，她通過賞析陶淵明的《移居》指出：陶詩能以情化理，理入於情，不言理亦自有理趣在筆墨之外，明言理而又有真情融於意象之中，故而能達到從容自然的至境。

　　在「隱居篇」裡，賞析王維的《輞川集》這一組名篇時，她緊緊抓住詩歌如何正確處理虛實關係以獲得更好的表達效果這一點來展開分析。

　　在「遊覽篇」裡，分析杜審言的《和晉陵陸丞早春遊望》的「雲霞出海曙，梅柳渡江春」這一聯名句時，透徹地說明了其句法之創造對後來的五言律詩之影響。

　　分析孟浩然的《晚泊潯陽望廬山》時指出創造空靈意境的奧秘之所在。

　　分析王維詩歌的時候特別重視詩歌的色彩與構圖處理。賞析王維的《終南山》時，則指出王維如何採取鳥瞰的視點來突破正常視野以表現闊大境界的技巧，從而概括出諸多盛唐山水詩的共性。

　　分析常建的「竹徑通幽處，禪房花木深」、王維的「江流天地外，山色有無中」和「他鄉絕儔侶，孤客親僮僕」時，指出詩歌如何表達普遍的人生體驗。

　　分析韓愈詩歌時，指明他如何從怪異中求新，以及如何整合怪奇意象來構成新的和諧。同時在分析韓愈詩和蘇軾詩時，精闢地指明了「以文為詩」的利弊。

　　在「行旅篇」裡，分析王灣的《次北固山下》、孟浩然的《晚泊岳陽》、杜甫的《登高》《旅夜書懷》、杜牧的《山行》等詩的時候，闡明如何從對景物和意境的描寫中自然地生發出哲理來。

　　從杜甫的《旅夜書懷》深刻闡明杜甫晚年的孤獨感與精神境界。

　　以上所摘錄出來的這些內容，還遠不能涵括曉音先生通過詩歌鑑賞所表達出來的全部真知灼見，尤其是那些在細微處見真功夫的對詩歌藝術的妙悟，更是我的概述所無法容納、也無法呈現的，然而熟悉詩歌史和詩學史的讀者

將會看出，眾多詩歌藝術現象與藝術原理的重要命題都已經在這裡出現了。而且，曉音先生剖析這些命題內涵的方式跟單純從事文藝理論研究的學者的本質差別在於：她是從最具體、最感性的藝術分析中闡發她對這些命題的理解的，因此她不僅讓這些抽象的理論命題變得明晰易懂，也讓它們變得有血有肉，生動鮮明。更重要的是，有些命題乃是她從詩歌鑑賞中所獲得的個人獨到的領悟，比如指出徐俯的《春遊湖》在明媚中帶上荒寒感的寫法才使這首詩得以推陳出新；指出李白展現出名山大川能將天地之大美與人文之精華融為一體的特色——均無不令人耳目一新，獲得深刻的啟示。

從述學文體的角度來看，曉音先生的學術論文向來以精煉厚重、理性清明而著稱，而《山水田園詩派研究》一書則又另具清新明麗的風格，應該說，這也是來自她的自覺追求。曉音先生曾多次指出：鑑賞詩歌的文字本身也應該是美文，能給人以美的享受。這番話既是針對當下某些質木無文的鑑賞之文有感而發的，也是她對自己所撰寫的鑑賞之文的基本要求。而她的每一篇詩歌鑑賞文字無疑都是一篇優美的散文。在這本文集中，優美清絕的段落可謂紛至沓來，美不勝收。比如她對孟浩然《夜歸鹿門歌》中「鹿

門月照開煙樹，忽到龐公棲隱處」這兩句的分析：

鹿門山在夜霧籠罩下，密林深邃，不見人徑。經月光照射，才顯出路來。「開煙樹」句畫面鮮明而又富有神秘感，令人如見深不可測的樹林中煙霧四合，被月光開出一條路來，忽然就來到了龐德公的棲隱之處。「開」字是「閉」字的反義詞，既然說「開」，那麼給人的感覺是這「煙樹」原是封閉無路的；「忽到」一詞也有不期然而相遇的語感，似乎在月光的引導下忽然來到了某處人境之外的地方，這「龐公棲隱處」的深幽和隔絕人世也就可以想見了。

又比如她對柳宗元的名篇《江雪》的分析：

這首詩展示了一個萬籟皆寂、水天一色的純淨世界，獨釣寒江的漁翁似乎是詩人孤獨高潔的人格寫照。但是從詩人的審美觀照來看，這個混茫無象的境界又是映照在詩人澄徹的詩心中的整個大自然，是通過無聲無色的山水所體現出來的最高的自然之道，這就又昇華了詩的意境。靜照忘求的傳統和詩人的人格

境界完全融為一體，正是這首小詩給人以無窮聯想的原因所在。

這些優美的鑑賞文字，令人感到詩意之美如一陣陣清風和一脈脈清泉從我們的心間流過，沁人心脾，令人心神寥亮晶瑩，清朗澄澈，這既是詩歌之美，也是詩意的文筆之美所具備的巨大淨化力量所造成的特有感受。

還有她對《黃鶴樓》《臨洞庭》《西嶽雲台歌送丹丘子》《廬山謠寄盧侍御虛舟》《終南山》《登高》《旅夜書懷》《滁州西澗》《漁翁》《暗香》等經典名篇的分析，也無不以文字的優美清絕、分析的體察幽微與燭照毫芒而令人過目難忘，禁不住要反覆賞玩吟味。

但因為篇幅體例所限，這一類例子在此不能多舉了。筆者在通讀全書的過程之中，一再強烈地感受到其中內容的精彩紛呈，令人應接不暇，真猶如翠羽明珠，俯拾即是；柳綠桃紅，觸處成春。讀完全書，又頗有湖上回首，山間雲白；湘靈鼓瑟，江上峰青之感。精神受到詩意之美的徹底澡雪，心靈也受到詩性智慧的無限啟迪。是如此深切地感受到中國古典詩藝術殿堂的深邃細密與華美莊嚴，也感受到古典詩歌藝術意境的澄澈清朗與虛靜空靈，還感受到古

代詩人高遠的精神追求與超邁從容的人生態度，更領悟到跟大自然的生命律動和諧相應的山水田園詩之美對現實人生的啟示與提升意義。

正如曉音先生所指出的，對山水田園詩的欣賞，可以讓我們從一個特殊角度了解中國人文精神的特質，對我們今天提升人的文明素質，改變生存環境也很有意義。

如今，我們正置身於現代化進程突飛猛進的時代，大都市對山水田園的侵蝕擠壓，對正常人性的異化泯滅，都已經到了令人觸目驚心的地步，這一切，都需要詩與藝術的靈光來抵抗，來拯救。

那麼，就讓我們跟隨曉音先生的指引，到村舍田園、林下泉邊去進行一番淨化心靈的美的散步吧！

2017 年 4 月於北大蔚秀園

目　錄

前言

　　山水田園是中國古代詩歌重要的題材類型之一。中國千姿百態的山水奇觀，為歷代文人提供了取之不盡、用之不竭的創作源泉。中國長期穩定的農耕社會的生活方式，又使人和自然形成了天然的聯繫。因此，表現人對大自然活躍生命的深沉體悟，嚮往回歸自然的淳樸和純真，是山水田園詩的基本主題。

　　從南朝到唐代，是中國山水田園詩的高峰期，其審美方式和精神旨趣都在這一時期形成。尤其是盛唐的山水田園詩，體現了繁榮、開明的盛世氣象，能喚起人們對祖國山河的熱愛之情，給人以生活哲理的積極啟示。各種風格和表現藝術也發展得最為充分。這本小書所選詩歌即以這一時期的代表作為主，兼及宋代的少數名篇，按照山水田園詩產生的各類環境和相關主題分為田園、隱居、遊覽、行旅幾類，從多種角度幫助讀者了解中國古代山水田園詩的高度成就和藝術價值。

田 園 篇

田園生活的描寫早在《詩經》中就已出現，但直到東晉，在大詩人陶淵明手裡，才成為獨立的題材。在東晉探索自然的哲學思想影響下，陶淵明離開虛偽污濁的官場，以躬耕田園的方式實踐回歸自然的理想，歌頌自食其力的生活和鄉村的淳樸寧靜，成為中國田園詩的創始人。雖然以後的詩人極少能夠達到陶淵明的思想高度，但是把田園視為遠離世俗的桃花源，力求在鄉村生活中尋找心靈的返璞歸真，始終是田園詩的基本主題。

陶淵明（四首）

歸園田居　其一

少無適俗韻，性本愛丘山。
誤落塵網中，一去三十年。
羈鳥戀舊林，池魚思故淵。
開荒南野際，守拙歸園田。
方宅十餘畝，草屋八九間。
榆柳蔭後簷，桃李羅堂前。
曖曖遠人村，依依墟里煙。
狗吠深巷中，雞鳴桑樹顛。
戶庭無塵雜，虛室有餘閒。
久在樊籠裡，復得返自然。

陶淵明（365-427），字元亮，一說名潛，字淵明。潯陽
柴桑郡（今江西省九江市西南）人。出身東晉仕宦人家。但

到他這一代，家境已經窮困。他早年曾擔任過一些低級官職，最後在四十一歲時從彭澤令任上棄官歸田。此後一直過着隱居的生活。劉裕建立宋朝時曾徵他為著作郎，他堅辭不出。死後被稱為「靖節先生」。陶淵明是我國文學史上最偉大的詩人之一，他堅決不肯與當時的統治者同流合污，熱情讚美淳樸的田園生活，並在參加勞動的過程中體會了農民的生活和感情，提出了烏托邦式的「桃花源」理想。他的詩自然樸素，韻味淳厚，對唐宋詩人產生了深遠的影響。

這組《歸園田居》共五首，作於陶淵明從彭澤令任上棄官歸隱之後。由於剛回到田園，心情十分舒暢，覺得鄉間的一切都特別清新、美好。這是組詩的第一首，詳細描寫了所居村巷的風光以及重返田園的愉快生活。

全詩四句一層。開頭四句對前半生出仕的經歷進行反思，說明自己歸田的原因是從小就沒有適應世俗的氣質，天性就喜愛山林。後來出去做官，是誤入歧途，落入塵世的羅網之中，一去就是好多年。「一去三十年」句，學術界一般認為應該是十三年，可能是版本傳寫的錯誤。陶淵明出仕是在東晉太元十八年（393），先任江州祭酒，因不堪忍受吏職的羈束，辭職歸田；後來又任鎮軍參軍、建威參軍、彭澤令等職。到棄官時計十二年，次年寫此詩，剛好十三年。回顧

陶淵明出仕期間的經歷，可以看出他在東晉末年動盪的時代裡屢次出仕，一方面是出於生活的逼迫，另一方面也並非沒有建功立業的希望。尤其是他跟隨過的鎮軍將軍劉裕以及建威將軍劉敬宣，都是晉末動亂時代的風雲人物。但也正是在這幾次出仕中，他看清了這個社會「真風告逝，大偽斯興」（《感士不遇賦・序》）的本質，認為自己追求的理想在當時不可能實現，所以說「誤落塵網中」。這一反思是寫作此詩的出發點，同時也與全篇所寫的田園環境形成了鮮明的意義對照。

　　由於對世俗的決絕，回過頭來再看自己出仕以前的家園，就感到格外親切和依戀。陶淵明出仕以前一直在家務農，所以他把自己對田園的感情比作「羈鳥戀舊林，池魚思故淵」。羈鳥是被羈束在籠子裡的鳥兒，沒有自由，當然懷念以前棲宿的舊樹林。池魚是被捉來養在池子裡的魚兒，空間淺狹，所以懷念從前游息的水潭。這兩句是以意思相同的比喻形成對偶，重複強調自己在塵網中難耐羈束的心理狀態。比喻的喻象都取自田園生活中最常見的景物，所以本身就和田園詩十分協調。陶淵明還多次在其他田園詩中把自己比作晚歸的出林鳥。由於比喻貼切現成，概括力高，這兩句詩在後世經常被人引用，藉以表示厭倦了在外奔走的生活，

希望回到故鄉的心情。「池魚故淵之思」甚至可以看成一句成語。

以下十二句對所歸田園進行詳細描寫，遠近層次井然。由於前面六句所說都是自己在塵網中對「舊林」「故淵」的思念，所以轉到描寫歸去的生活應先有個交代：在南野開了幾畝荒地，回到田園就能過守拙的生活。「守拙」的意思是守着自己的愚拙本性過日子，「拙」相對於世俗機巧而言，是老子、莊子所提倡的不會費盡心機與人爭競的樸拙自然的生存狀態。這兩句承上啟下，作為從「思」歸到真歸的過渡。然後着重描寫自己這個「園田居」的環境：住宅周圍有十幾畝地，茅草屋也有八九間。房後有榆樹、柳樹為屋檐遮陰，前面有桃樹、李樹羅列堂前。這幾句有意無意地勾勒出自己的居所四周被樹木、田園包圍的環境：最近的是屋前屋後的榆柳與桃李，稍遠的外面一圈是田畝。聯繫下面幾句來看，這個園田居所坐落的地方不是在鄰近市集或交通便利之處，而是在僻遠的村莊和幽靜的深巷中，這就又在外層的田畝之外再加擴展，以更遠處的鄉村做了園田居的大背景。這樣佈局的匠心正是為了一層層將園田居與世俗風塵隔離開來，突顯其環境的樸素清淨。

「曖曖遠人村，依依墟里煙」兩句，是詩人從園田居遠望

所見，又是從「方宅十餘畝」向外更推遠一層的周邊景象。「曖曖」是昏暗不清的樣子，遠處的村莊依稀可見，但並不清晰，說明園田居離外村尚有一段距離。「依依」形容村墟裡炊煙裊裊上升的動態，和「曖曖」對偶，既寫出了遠處村墟隱約朦朧的美好景色和安寧氛圍，又將詩人觀望這種景象時內心的安閒和依戀之情微妙地傳達出來了。《紅樓夢》第四十八回中林黛玉和香菱論詩時，將這兩句與王維的名句「渡頭餘落日，墟里上孤煙」（《輞川閒居贈裴秀才迪》）做過一番有趣的比較。黛玉指出王維這兩句是套了陶淵明詩得來的，但「曖曖遠人村，依依墟里煙」比王詩更「淡而現成」。黛玉之意當是指陶詩在渾然天成這一點上勝過了王詩。香菱卻理解為：「原來『上』字是從『依依』上化出來的！」其實陶詩和王詩都寫得很好，對偶也很工整，只是陶淵明這兩句寫景疏淡，主要表現人對景物的親切感受，彷彿從胸中自然流出，和口語節奏一致，因而不覺得構思工巧；王維這兩句是繪詩中之畫，重在刻畫落日映照渡口和村莊炊煙初升時分的黃昏景色。加上對仗聲律的要求，就比陶詩略顯用力。由此比較也可以見出陶詩和王詩的傳承關係和不同特色。

如果說「曖曖」兩句是從遠望的角度寫鄉村的安閒，「狗吠深巷中，雞鳴桑樹顛」兩句則是從近聽的角度渲染園田居

環境的寧靜：深巷中不聞車馬和人聲喧鬧，只聽見雞鳴狗叫，這是只有鄉村生活中才能領略的自然情趣。這兩句原出自漢樂府《雞鳴》：「雞鳴高樹巔，狗吠深宮中。」詩人只是把「高樹」改成了「桑樹」，「深宮」改成了「深巷」，就將原詩的環境從城市移到鄉村。如果說「方宅」四句主要是從自然環境描寫園田居的清淨和遠離世俗，那麼「曖曖」四句則是從人居環境寫出了園田居的自然樸素。因為田園畢竟不是不食人間煙火的山林，陶淵明追求的也不是超出人世之外的隱居場所，而是在最不受塵染的鄉村尋找符合自然本性的生活。所以上面八句的描寫都是為了烘托「戶庭無塵雜，虛室有餘閒」這兩句：在這樣遠離塵網的環境中，自己的居所之內當然是沒有灰塵污雜，極其清淨。又因為離開官場，不必再有公務和應酬，在虛空的居室中覺得格外悠閒自在。這就是回歸田園的自然之樂。所以，結尾兩句再次強調「久在樊籠裡，復得返自然」。「樊籠」即羈鳥被關的籠子，也就是塵網。「自然」既是指田園的自然環境，更是指符合天性的自然生活。這兩句呼應開頭六句，同時用「返自然」三字對全篇的主旨做了鮮明的概括。

　　這首詩除了首尾六句以外，全都是工整的對偶。但七組對偶句錯落參差，或以數字相對，或以疊字相對，句法和構

詞方式沒有一組雷同，從而打破了兩晉詩歌對偶呆板、堆砌的格局。雖然全詩佈局頗具匠心，卻似不費心力，一氣呵成，流暢自如。詩中所寫都是最平常的景物，又純用白描，不厭其煩井然羅列，「地幾畝，屋幾間，樹幾株，花幾種，遠村近煙何色，雞鳴狗吠何處，瑣屑詳數」（黃文煥《陶詩析義》），但一一生趣，處處流露出脫離塵網的欣慰之意。因此，內容與形式高度統一，以自然樸素的風格表現了返歸自然的愉悅，體現了陶詩能於平淡中見淳厚的藝術特色。

飲酒　其五

結廬在人境，而無車馬喧。
問君何能爾？心遠地自偏。
採菊東籬下，悠然見南山。
山氣日夕佳，飛鳥相與還。
此中有真意，欲辨已忘言。

　　陶淵明常被視為一個渾身靜穆的詩人，而《飲酒·其五》就是證明其靜穆的代表作。開頭説，自己雖然在人境中結廬居住，但聽不見車馬的喧鬧。這兩句自設了一個懸念：因為

人境就會有車馬喧鬧，兩句的關係似乎是矛盾的。所以接着用一句自問來解釋：為甚麼會做到這樣？是因為自己的心離世俗很遠，自然也就覺得所居之地偏遠了。這幾句其實是陶淵明田園生活的真實寫照。從《歸園田居》可以看出，陶淵明生活在雞鳴狗吠的村莊之中，並沒有為追求自然、逃避世俗而棄絕人居之境，而且和農人們一起勞作，過着最普通的人間生活，這就是「結廬在人境」的意思。但是這個人境中沒有車馬的喧鬧，也就是沒有官場中的來往應酬等世俗的事務來干擾，實際上是遠離世俗的。這當然是因為詩人已經回到田園，鄉村本來就遠離朝市的緣故，正如他的《讀山海經·其一》說：「窮巷隔深轍，頗回故人車。」但這不是根本的原因，如果心沒有徹底遠離世俗，哪怕住得再偏僻遙遠，還是會有車馬上門的。

　　事實上這樣的隱士很多，與陶淵明同時號稱「潯陽三隱」的另外兩位隱者周續之、劉遺民的心就不那麼清淨。周續之因為被刺史請出去講禮校經，還受到過陶淵明的嘲笑。再說遠一些，兩晉南北朝的假隱士就更多，很多隱士雖然住在遠離人境的山林裡，卻是為了等待朝廷的徵辟。齊梁時甚至還出現了「山中宰相」陶弘景這樣的人物，連皇帝都要常常來向他討教。因此陶淵明這幾句詩不僅是對自己心境的表白，

更重要的是説出了一個真隱的道理：真正的避世，不論身居何處，都是因為心遠而導致地偏，而不是因為地偏才使心遠。

在這樣一種遠離世俗的心境中，人才能對萬物悠然興會：在東籬下採菊，無心之間抬頭看見南山。斜陽西下，山間的夕嵐分外美好，飛鳥結伴紛紛歸來。對此佳景，興與意會，不覺沉浸在一片忘機的天真之中。這幾句寫出了詩人閒淡靜穆的風神，深受後人激賞。甚至出現了關於「望南山」還是「見南山」的版本爭論。蘇軾説：「因採菊而見山，境與意會，此句最有妙處。近歲俗本皆作『望南山』，則此一篇神氣都索然矣。」（《東坡題跋》）「見」字比「望」字好，就是因為現成精妙，寫出了詩人「偶而見山，初不用意」的神情。只有無心見到南山而不是刻意去張望南山，才不會損害詩人自然的風致和詩境的神韻。

蘇軾稱讚這幾句詩「境與意會，最有妙處」，是極為中肯的評論。可以做兩層意思來理解，首先指詩人與自然的默契和會心。在陶淵明的時代，流行老莊哲學，又稱玄學。當時討論的主要命題是「群動群息」的自然之道，即對萬物生息變化等自然規律的體悟，這種體悟主要在山水田園景物中見出。陶淵明這幾句詩所寫山氣、夕陽、歸鳥同樣體現了他對大自然「群動群息」的領悟，這是一種「意會」。其次是指景

11

物描寫與人格的契合。「菊」和「飛鳥」其實都不是偶見之景。兩晉士大夫有「服食」的風尚，即服用某些食物或藥物以求延年養生，菊花就是其中的一種。但是菊花本身有凌霜耐寒的品格，深得陶淵明喜愛，所以又有人格象徵的意味。「採菊東籬」在後世文學作品中往往代指陶淵明形象，可見其在陶詩中的特殊意義。而飛鳥在日夕之時歸山，也是陶淵明詩中常常寫到的景色。如《詠貧士·其一》：「朝霞開宿霧，眾鳥相與飛。遲遲出林翮，未夕復來歸。」歸鳥象徵詩人的歸隱，在陶詩中已經成為一個固定的比象。意境和景物的人格化，是陶詩的鮮明特色之一。所以蘇軾說「境與意會」，就不僅是指詩人對大自然的會心，更有對菊和歸鳥所包含的人生啟示的會意。

陶淵明在結尾明白說出了他對此境中的「真意」有領悟，但又說想要辨析清楚，卻又不知如何用語言來表達，這是用莊子「得意忘言」的意思。《莊子·外物》：「言者所以在意，得意而忘言。」「得意忘言」也是兩晉玄學集中討論的一個命題，認為意和言是有差距的，言不能充分表達領會意，所以領會之後不必說出來，得意忘言是一種玄妙的境界。末句正是此意，但用在這裡非常巧妙含蓄。實際上，詩人在所見之境中所會的意，本來也是不需要說出，而要靠讀者自己去領

悟的，這正是詩歌的含蓄之處。

　　陶淵明所說的「真意」，其內涵也就是蘇軾所說的「境與意會」中的「意」。不過，要透徹理解詩人所會之「真意」，還要聯繫他當時的思想狀況來看。《飲酒》是陶淵明歸隱後寫的一組詩，共二十首，主題側重於歌詠堅持高尚節操的生活，以及貧、富兩種人生選擇的思想矛盾。陶淵明在棄官以後雖然沒有再出仕，但是並非從此心如止水。真正回到田園，尤其是要過自食其力的生活，對於一個士大夫來說，並非易事。實際上，他在辛勤勞作中已經親身體會到田家的苦處：「躬親未曾替，寒餒常糟糠。」（《雜詩‧其八》）雖然親自勞作從未停止，但還是經常要以糟糠充飢。加上火災、蟲災和風雨之害，沒有收成，日子甚至苦到「夏日長抱飢，寒夜無被眠」（《怨詩楚調示龐主簿鄧治中》）的程度。為此詩人也曾經彷徨動搖過，但「貧富常交戰，道勝無戚顏」（《詠貧士》），貧富窮達的交戰也就是向現實屈服還是堅持對抗的思想鬥爭。《飲酒》組詩的後十首從各個角度反覆訴說了這種矛盾，真實地流露了一生守節的枯索和寂寞：「若不委窮達，素抱深可惜。」（《飲酒‧十五》）如果不是將窮達置之度外，他還是為自己不能實現平素懷抱的壯志感到可惜的。了解陶淵明的這些思想矛盾，才能對他在田園中堅守「君子固窮」

之節的可貴有更深入的認識。由此可見，《飲酒‧其五》雖然在詩中展示了一個渾身靜穆的詩人形象，而詩人內心卻是充滿矛盾和痛苦的。但大自然和他堅守的「道」最終讓他在「境與意會」中獲得了平靜，所以才能寫出這樣一篇辭淡意遠、自然高曠的佳作，並使採菊東籬的詩人形象永遠在文學史上定格。

和郭主簿　其二

和澤周三春，清涼素秋節。
露凝無游氛，天高肅景澈。
陵岑聳逸峰，遙瞻皆奇絕。
芳菊開林耀，青松冠岩列。
懷此貞秀姿，卓為霜下傑。
銜觴念幽人，千載撫爾訣。
檢素不獲展，厭厭竟良月。

陶淵明的詩歌繼承了《詩經》和漢魏古詩多用比興的傳統，同時又善於將興寄融入對自然美的描寫之中。由於他的景物描寫主要取自日常的田園生活，而他的比興形象也往往

取自這些自然景物，如青松、菊花、歸鳥、孤雲等，這就形成了陶詩景物描寫人格化的特色以及鮮明的個性。這首《和郭主簿‧其二》就是典型的例子。

這首詩寫的是清秋時節眺望附近山林的感觸。雖然全篇主旨在秋景，但第一句先從三春説起：春季三個月雨水調和，才有了清涼的素秋季節。這兩句為下文描寫天色的清朗説明了原因，與末句的「良月」遙相呼應。風調雨順對於田家來説，是十分難得的，遇到這樣的好年景，詩人自然十分欣慰。三春之後立即轉到清秋，兩句之間緊密的連接也隱隱含有光陰迅速的感慨。

在這清涼的秋天，露水凝結，看不到一絲飄浮的霧氣，天空顯得格外高朗澄澈，於是眺望的視野也特別開闊清晰。遠處大大小小的山峰挺拔聳立，看去各自顯出奇絕的姿態。這些山陵其實都是陶淵明平時見慣的家鄉附近的景物，但詩人卻像第一次見到它們一樣，剛剛發現它們飛逸奇絕的美，這就寫出了天空特別清朗的視覺印象。

正因為空氣清新，能見度高，不但山峰的姿態歷歷分明，詩人還能看到山上樹林裡的菊花，以及山頂上整齊排列的青松。「芳菊開林耀，青松冠岩列」兩句充分顯示出陶淵明在提煉字句、刻畫景物方面的功力：「耀」字可見芬芳的菊

花開得正盛，在深林的襯托下愈顯得光彩輝耀，「開」字本可以理解成花開的意思，但和「耀」字呼應，就產生了奇特的效果，似乎其光耀將深密的樹林都打開照亮了。「冠」字寫丘陵上青松繁茂挺立，整齊地沿着山脊的坡度排列，遠看好像戴了一頂帽子。以名詞為動詞，也十分生動形象。這些語詞的提煉不但清晰地勾勒出景物的輪廓，而且通過色彩的誇張又更進一步強調了空氣的清澄。

前面通過天色和山陵姿態的描繪，將芳菊和青松在全詩的中心突顯出來，目的正是要讚美松菊的品格：詩人懷想的是它們堅貞挺秀的姿態，並讚美它們是能夠經得住嚴霜的俊傑。而這種貞秀傑出的品格正是隱者賴以自勉的精神力量。所以下面緊接着說：「銜觴念幽人，千載撫爾訣。」從「銜觴」二字可見詩人正在自己的園子裡，一邊飲酒一邊欣賞秋天的景色。幽人是那些和陶淵明一樣隱居的人，「爾」指歷史上的隱者，「訣」指那些隱者的生活準則。詩人千載之下猶在追想他們的處世原則，可見陶淵明是把他們當作楷模的。幽人之所以值得陶淵明懷想，就因為他們堅持其「訣」，具有芳菊和青松一樣的貞秀之姿，是霜下之傑。至此，就不難明白詩人前面對秋景和松菊的描寫，落腳點正在這裡。

詩人雖然通過讚美松菊和懷想幽人堅定了自己隱居的信

念，卻沒有完全消解心裡的矛盾，所以這首詩結尾說：「檢素不獲展，厭厭竟良月。」檢點平生，總覺得懷抱不得施展，因此對此良辰美景，不免悵然。「厭厭」即「懨懨」，無情無緒的樣子。結尾說想到自己壯志難酬，整個良月都只能在低落的情緒中度過。良月是十月，但也有良辰之意。因而此句語帶雙關：人生的良辰能有幾何？不能趁此良辰有所作為，當然對光陰的虛度感到傷懷。這種情緒與前面對幽人的讚美是矛盾的，但也是一致的。如果終生成為幽人，自然是默默無聞地埋沒於人世。對於不甘心平庸地度過一生的詩人來說，幽人只能鼓勵他堅守節操，而終不能使他一展懷抱。但反過來說，在素抱無法獲展的情況下，能夠支持其精神的也只有這幽人和松菊的品格了。理解這種矛盾，才會懂得陶淵明對於松菊的讚美絕非泛泛之詞，而是飽含着對生命價值的痛苦思索的。

陶詩的風格是平淡自然，向來不對自然景物做刻意的描繪，如此清晰、細緻地描寫其家鄉附近景色的作品非常罕見。但即使是這首詩，詩人的意向也仍然在於對清節的歌頌。這幅蕭穆澄澈的秋景圖其實也是詩人的靜穆氣質和高尚節操的自然化，毫無塵染的「蕭景」、光輝耀目的芳菊、挺拔秀傑的青松，無不是詩人心境和品格的比興形象，只是融化

在景物的真切描繪之中而已。全詩選字精確莊重，意境清遠高爽，僅從純粹的寫景技巧來看，也是可以代表東晉最高水平的佳作。

移居　其二

春秋多佳日，登高賦新詩。
過門更相呼，有酒斟酌之。
農務各自歸，閒暇輒相思。
相思則披衣，言笑無厭時。
此理將不勝？無為忽去茲。
衣食當須紀，力耕不吾欺。

前人評陶，統歸於平淡，又說「凡作清淡古詩，須有沉至之語，樸實之理，以為文骨，乃可不朽」（施補華《峴傭說詩》）。意思是說，凡是寫清淡的古詩，一定要有樸實的道理和沉穩深刻的語言作為詩歌的骨幹，才能流傳不朽。陶淵明生於玄言詩盛行百年之久的東晉時代，「理過其辭，淡乎寡味」是當時詩壇的風尚，因而以理為骨、臻於平淡都不算難，其可貴處倒在淡而不枯、質而實綺，能在真率曠達的情意中

化入淵深樸茂的哲理，從田園耕鑿的憂勤裡討出人生天然的
樂趣。試讀陶詩《移居‧其二》，即可領會這種境界。

　　陶淵明於義熙元年（405）棄彭澤令返回柴桑里，四年後
舊宅遇火。義熙七年（411）遷至南里之南村，這年四十七歲。
《移居》作於搬家後不久，詩共二首，均寫與南村鄰人交往過
從之樂，又各有側重。其一說新居雖然破舊低矮，但南村多
有心地淡泊之人，因此頗以能和他們共度晨夕、談古論今為
樂。其二寫移居之後，與鄰人融洽相處，忙時各紀衣食、勤
力耕作，閒時隨意來往、言笑無厭的興味。全詩以自在之筆
寫自得之樂，將日常生活中鄰里過從的瑣碎情事串成一片行
雲流水。首二句「春秋多佳日，登高賦新詩」暗承第一首結
尾「奇文共欣賞，疑義相與析」而來，篇斷意連，接得巧妙自
然。此處以「春秋」二字發端，概括全篇，說明詩中所敘並非
「發真趣於偶爾」（《四溟詩話》），而是一年四季生活中常有的
樂趣。每遇風和日麗的春天或天高雲淡的秋日，登高賦詩，
一快胸襟，歷來為文人引為風雅逸事。對陶淵明來說，在柴
桑火災之後，新遷南村，有此登臨勝地，更覺欣慰自得。登
高不僅是在春秋佳日，還必須是在農務暇日。春種秋獲，正
是大忙季節，忙裡偷閒，登高賦詩，個中趣味絕非整天優哉
遊哉的士大夫所能領略，何況還有同村的「素心人」可與共

賞新詩呢？所以士大夫常有的雅興，在此詩中便有了不同尋常的意義。這兩句用意頗深卻如不經意道出，雖無一字刻畫景物，而風光之清靡高爽，足堪玩賞，詩人之神情超曠，也如在目前。

移居南村除有登高賦詩之樂以外，更有與鄰人過從招飲之樂：「過門更相呼，有酒斟酌之。」這兩句與前事並不連屬，但若做斟酒品詩理解，四句之間又似可承接。過門輒呼，無須士大夫之間拜會邀請的虛禮，態度村野更覺來往的隨便。大呼小叫，毫不顧忌言談舉止的風度，語氣粗樸反見情意的真率。「相呼」之意可能是指鄰人有酒，特意過門招飲詩人；也可能是詩人有酒招飲鄰人，或鄰人時來串門，恰遇詩人有酒便一起斟酌，共賞新詩。杜甫說：「肯與鄰翁相對飲，隔籬呼取盡餘杯。」（《客至》）「叫婦開大瓶，盆中為吾取。……指揮過無禮，未覺村野醜。」（《遭田父泥飲美嚴中丞》）諸般境界，在陶詩這兩句中皆可體味，所以愈覺含蓄不盡。

當然，人們也不是終日飲酒遊樂，平時各自忙於農務，有閒時聚在一起才覺得興味無窮：「農務各自歸，閒暇輒相思。相思則披衣，言笑無厭時。」有酒便互相招飲，有事則各自歸去，在這個小小的南村，人與人的關係何等實在，何等真誠！「各自歸」本來指農忙時各自在家耕作，但又與上

句飲酒之事字面相連，句意相屬，給人以酒後散去、自忙農務的印象。這就像前四句一樣，利用句子之間若有若無的連貫，從時間的先後承續以及詩意的內在聯繫兩方面，輕巧自如地將日常生活中常見的瑣事融成了整體。這句既頂住上句招飲之事，又引出下句相思之情。忙時歸去，閒時相思，相思復又聚首，似與過門相呼意義重複，造成一個迴環。「閒暇輒相思，相思則披衣」又有意用民歌常見的頂針格，強調了這一重複，使筆意由於音節的復沓而更加流暢自如。這種往復不已的章法在漢詩中較常見，如《蘇武詩》，古詩《西北有高樓》《行行重行行》等，多因重疊迴環、曲盡其情而具有一唱三歎的韻味。陶淵明不用章法的重疊，而僅憑意思的迴環形成往復不已的情韻，正是其取法漢人而又富有獨創之處。何況此處還不是簡單的重複，而是詩意的深化。過門招飲，僅見其情意的真率，閒時相思，才見其友情的深摯。披衣而起，可見即使已經睡下，也無礙於隨時相招。相見之後，談笑起來沒完沒了，又使詩意更進一層。如果說過門輒呼是從地鄰關係表明詩人與村人的來往無須受虛禮的限制，那麼披衣而起、言笑無厭則表明他們的相聚在時間上也不受俗態的拘束。所以，將詩人與鄰人之間純樸的情誼寫到極致，也就將摒絕虛偽和矯飾的自然之樂傾瀉無餘。

　　此時詩情已達高潮，再引出「此理將不勝？無為忽去茲」的感歎便極其自然了：這種樂趣豈不比甚麼都美嗎？不要匆匆離開此地吧！這兩句扣住「移居」的題目，寫出在此久居的願望，也是對上文所述過從之樂的總結。不說「此樂」，而說「此理」，是因為樂中有理，由任情適意的樂趣中悟出了任自然的生活哲理比一切都高。從表面上看，這種快然自足的樂趣所體現的自然之理與東晉一般貴族士大夫的玄學自然觀沒有甚麼兩樣。王羲之在《蘭亭集序》中說：「夫人之相與，俯仰一世，或取諸懷抱，晤言一室之內；或因寄所託，放浪形骸之外。雖趣捨萬殊，靜躁不同，當其欣於所遇，暫得於己，快然自足，不知老之將至。」意思是說，人這一輩子和人的相交，有時因懷抱相同，可以在一室之內對面交談，有時則可以有所寄託，而不拘形跡。雖然人和人的取捨各異，性格的安靜和浮躁不同，但是當欣欣於一時的相遇，能相得相益，便覺得愉快滿足，甚至忘了自己快要老去。這個道理似乎也可以用來解釋陶淵明《移居·其二》中的真趣所在。但同是「人之相與」「欣於所遇」之樂，其實質內容和表現方式大不相同。東晉士族自恃門第高貴，社會地位優越，每日服食養生，清談玄理，宴集聚會所相與之人，都是貴族世家，一時名流；遊山玩水所暫得之樂，亦不過是無所事事，自命

風雅，他們所寄託的玄理，雖似高深莫測，其實只是空虛放浪的寄生哲學而已。陶淵明的自然觀雖然仍以玄學為外殼，但他的自然之趣是脫離虛偽污濁的塵網，將田園當作返璞歸真的樂土；他所相與之人是淳樸勤勞的農夫和志趣相投的鄰里；他所寄託的「此理」，樸實明快，是他在親自參加農業勞動之後悟出的人生真諦。所以，此詩末二句「忽跟農務，以衣食當勤力耕收住，蓋第（只是）耽（沉溺）相樂，本易務荒，樂何能久，以此自警，意始周匝無弊，而用筆則矯變異常」（張玉穀《古詩賞析》）。結尾點明自然之樂的根源在於勤力躬耕，這是陶淵明自然觀的核心。「人生歸有道，衣食固其端。孰是都不營，而以求自安？」（《庚戌歲九月中於西田穫早稻》）詩人認為人生只有以生產勞動、自營衣食為根本，才能欣賞恬靜的自然風光，享受純真的人間情誼，並從中領悟最高的玄理——自然之道。顯然，這種主張力耕的「自然有為論」與東晉士族好逸惡勞的「自然無為論」是針鋒相對的，它是陶淵明用小生產者樸素唯物的世界觀批判改造士族玄學的產物。此詩以樂發端，以勤收尾，中間又穿插以農務，雖是以寫樂為主，而終以勤為根本，章法與詩意相得益彰，但見筆力矯變而不見運斧之跡。全篇羅列日常交往的散漫情事，以任情適意的自然之樂貫串一氣，言情切事，若離若合，起

落無跡，斷續無端，文氣暢達自如而用意宛轉深厚，所以看似平淡散緩而實極渾然天成。

由此可見，作詩以理為骨固然重要，但更可貴的是善於在情中化理。晉宋之交，玄風大盛，一般詩人都能談理。山水詩中的談玄說理成分常為後人所非議，而產生於同時的陶淵明田園詩中雖有不少談理之作，卻博得了盛譽。原因就在剛剛脫離玄言詩的山水詩多以自然證理，理贅於辭；陶詩則能以情化理，理入於情，不言理亦自有理趣在筆墨之外，明言理而又有真情融於意象之中，故而能達到從容自然的至境。

孟浩然（一首）

過故人莊

故人具雞黍，邀我至田家。
綠樹村邊合，青山郭外斜。
開軒面場圃，把酒話桑麻。
待到重陽日，還來就菊花。

孟浩然（689–740），襄陽（今湖北襄陽）人。早年在家鄉
隱居讀書，四十歲以後入長安求仕，失意而歸，漫遊過長江
南北各地。晚年在張九齡任荊州長史時，擔任過不到一年的
幕府從事。不久在家鄉病故，享年五十二歲。

孟浩然生活在初、盛唐之交，生平經歷簡單，基本沒有
做官，是一個典型的盛世隱士。他與社會現實接觸較少，同
時又不愁隱居的生計。雖然也有做一番事業的遠大志向，但
無論是追求還是失意，都表現得比較平和。他的田園詩主要

寫於隱居家鄉期間，表現了盛唐文人尋求人格獨立、內心自由以及崇尚真摯、淳樸之美的理想，繼承了陶淵明田園詩的基本旨趣。但缺乏陶淵明詩中深刻的理性思考和社會批判精神，更多地反映了農村的盛世氣象。

《過故人莊》是孟浩然田園詩的代表作，描寫作者在故人村莊做客時見到的田園風光和賓主間淳樸、真摯的友誼。開頭先交代故人做好了雞黍飯，邀請自己去田家做客的緣由。「雞黍」一詞含有典故，最早出於《論語‧微子》荷蓧丈人留宿子路「殺雞為黍而食之」。黍是黃米，雞黍是古代農村所能準備的最好的飯菜。所以，「具雞黍」既合典故的出處，又切合現實的生活情景，樸素自然地寫出了故人邀請自己到田家去做客的熱情和隆重。故人的身份雖然不一定是真正的農民，但是既然稱為田家，至少也是隱居在鄉村的隱士，其生活的儉樸和田家無異。

中間四句從不同角度寫故人莊園的景色：「綠樹村邊合，青山郭外斜」兩句是視野開闊的外景：綠樹合抱村莊，青山斜出郭外，畫面包含着四個層次：村莊是故人莊園所在，村外有茂密的樹林環繞，再遠處是城市的郊外，最遠處是郭外的青山。古代城市分內城和外城，外城稱為「郭」。可見故人莊在離城不太遠的郊外。這兩句由近到遠，不但層次清晰，

而且構圖明快簡潔。其妙處不僅在於寫出了故人莊外圍環境的景色特徵，更在於詩人勾勒田園景色的典型性和概括性：這種坐落於平原而遠接青山的村莊其實非常普通，大江南北到處可見。即使是在現代，如果坐着火車在平原上旅行，觀看車窗外的景色，也還常常可以見到這樣的村莊，令人不由自主地想到孟浩然這兩句詩。這就是盛唐詩的好處：它在當時就是新鮮的，因為在孟浩然之前沒有人寫過這樣的景色；它在千年以後仍然是新鮮的，因為它的典型意義可以經得起時間的檢驗。

　　「開軒面場圃，把酒話桑麻」是從人在室內向外觀望的角度寫故人莊的近景：打開門窗，可以見到外面的打穀場和菜園。而把酒閒話桑麻的收成，又是通過閒談見出田裡的莊稼，前者是眼見，後者是談及，但都通過不同的角度把室內外的景色打通，使眼前的場圃、話裡的桑麻和遠景融成一片，構成了一幅完整而常見的田園風光的圖畫。這兩句和「綠樹」一聯相同，內容非常緊湊，十個字裡包含了農家田裡種的主要莊稼種類，打穀種菜的主要場地，把春種到秋收的四季農活都涵蓋在內了。構圖則由內到外，由虛到實，不但層次清楚地展現了從場圃到田野的宅外景色，而且可以令人見到詩人與故人一邊飲酒、一邊閒談、一邊眺望軒外景色的愜

意和閒適,並聯想到陶淵明「相見無雜言,但道桑麻長」(《歸園田居‧其二》)的詩句,這就又不動聲色地化入了陶詩的意趣。因此,內涵雖然豐富,對仗雖然緊湊,節奏卻從容而舒緩。

由於以上兩句的角度是由人見景,作為過渡,結尾寫主人和詩人的下次約會就很自然了:「待到重陽日,還來就菊花。」如此優美清新的田園風光,如此親切自在的聚會,必定會使主客雙方在離別時覺得意猶未盡,所以都希望下次再來相聚。這兩句究竟是主人約客人呢?還是客人約主人呢?其實無關緊要,也不需說明,唯其如此,才更見出主客相處的率真,這就像陶淵明《移居‧其二》中和鄰里的交往一樣,寫出了詩人和「田家」之間不拘虛禮的真摯情誼和自然之趣。更值得注意的是,主客相約的內容是到重陽來親近菊花,這不僅是以重陽節日作為約定的時間,而且點出故人和詩人都是愛菊之人,那麼其賞菊的含義必定也與陶淵明相同,這就又借這一意味深長的結尾將陶詩的意蘊包含在內了。

這首詩通過田家留飲的生活場景,將一個普通的村莊和一餐簡單的雞黍飯寫得極富詩意。雖然文字經過精心提煉,具有高度的概括力和典型的表現力,卻又淺易、省淨,不見

雕刻的痕跡，以至使聲律嚴格的五律都變得輕鬆自由了。恬靜優美的鄉村景色和賓主間淳樸、真誠的情誼表現得既樸素自然，又包含着從陶詩中吸收來的深厚內涵。因而，淺而能深，餘韻悠然。

王維（三首）

春中田園作

屋上春鳩鳴，村邊杏花白。
持斧伐遠揚，荷鋤覘泉脈。
歸燕識故巢，舊人看新曆。
臨觴忽不御，惆悵遠行客。

　　王維（701-761），字摩詰，太原祁（今山西祁縣）人。從
他父親開始，遷居於蒲（今山西永濟市）。年少時即有才名。
唐開元九年（721）進士，任太樂丞。後謫官濟州。曾在淇上、
嵩山一帶隱居。唐開元二十三年（735）被宰相張九齡提拔為
右拾遺。後遷監察御史，奉使出塞。在涼州河西節度幕兼任
判官。唐天寶年間先後在終南山和輞川過着半官半隱的生
活。「安史之亂」後，他被安祿山強迫做官。亂平後降為太
子中允。篤志奉佛。後官至尚書右丞。六十一歲去世。他在

繪畫、書法、音樂、詩歌等方面都有很高的造詣。山水田園詩的成就尤其突出。文學史上將他與孟浩然並稱。

　　這是王維田園詩中的一首名作。詩人從「一年之計在於春」的生活體驗着眼，敏銳地捕捉住田家準備農桑之事的若干細節，寫出了春中田園清新、濃鬱的生活氣息。

　　首二句以屋上鳴叫的春鳩與村邊盛開的杏花對偶，僅用兩筆，一句寫聲，一句寫色，便勾勒出遠近村舍處處花發鳥鳴的美景。布穀鳥叫了，催着人們趕快準備春耕播種。野杏色白，盛開時花朵繁密，多於村野道旁可見，開花較早而花期較短。因此全詩一開始，便以清新樸素的筆調準確鮮明地概括了農村仲春時節最典型的景色特徵。

　　春氣剛發，尚未到採桑耕種之時，但農忙季節即將來臨，須提前準備。先要取斧將桑樹上揚起的、離手較遠的長枝條砍下，以便採桑養蠶。同時要到地裡去探測伏行在地下的泉水，以便耕種灌溉。《詩經·豳風·七月》有「蠶月條桑，取彼斧斨，以伐遠揚」之語。「持斧」句雖由此化出，但又是直接來自眼前之景。「遠揚」雖然也是《詩經》中的古老語彙，但生動地表現了桑樹經過一年的生長，枝條越來越長，朝遠處伸展招搖的動態，所以像生活本身一樣自然，絲毫不見用典痕跡，可見詩人在用典時選擇語言的精心考慮。「覘」字

寫窺探泉脈的動作，將眼神和動作都傳神地表現出來了。北方的冬天泉水乾涸，第二年春天要澆灌土地，必須先找到泉水的源頭，而泉脈是伏在地下的，所以必須去探測，並用鋤頭試掘。蠶桑、耕作是春天主要的兩大農事，這裡選取砍伐桑枝與察看泉脈這兩個動作，都是養蠶、耕作之前的準備工作。既可見出詩人對農務的熟悉和觀察的細緻，以及從生活中提煉典型情景的功力，又喚起了人們對春天的新鮮感受。

高高揚起的新生的桑枝，將要破土而出的泉水，令人想到萬物正在春氣中復蘇，這就難免引起新的一年又將開始的感觸：去年飛走的燕子又歸來了，還認識它的故巢；從舊年過來的人，則正在翻看今年的新曆。這是春日田園中最平常的景象。燕子是鳥類中季節感最強的候鳥，與田園的關係最為密切。皇曆則不但代表新年，而且家家都有，尤其是田家，要根據新年的日曆了解節氣變化。因而翻看新曆也是人們每年春天都必做的事情，但蘊含着新舊交替的感悟以及光陰流逝的啟示。詩人將這種微妙的情緒融化在「歸燕」辨識「故巢」，以及「舊人」翻看「新曆」的動作之中，倍覺親切。正因如此，最後才會在臨觴時想到遠行的遊子，忽覺惆悵而停杯不飲。遊子遠行在外不歸，又錯過了一年之中最美好的春天。人生能有幾個春天？遊子又能有多少日子與家人相聚？

只有在離別之中，才會更深地體會光陰的短暫和鄉間安定生活的可貴。這就是詩人惆悵的原因了。這裡借家鄉的人對遊子的思念反襯遠人對家鄉的留戀，篇末的情思，其實早已伏脈於全篇。至此一結，濃鬱的鄉情便如泉水般溢出。

　善於從平常的農家生活中提煉最富有概括力的細節，既確切地描繪出仲春杏花時節田園生活的景色，又表達了人們在舊年度入新春時通常都有的欣愉和感慨，顯然是這首詩的主要特色。詩中的田園景色少有靜態的描繪，而是全在準備農桑之事的動景中展現。平淡的白描中自然透出勃發的生機，並有一種對鄉土的深切眷戀潛藏於筆底，因而能以清新恬淡的風格和親切淳厚的情味打動人心。

新晴野望

新晴原野曠，極目無氛垢。
郭門臨渡頭，村樹連溪口。
白水明田外，碧峰出山後。
農月無閒人，傾家事南畝。

蘇軾稱王維「詩中有畫，畫中有詩」。這首詩寫初夏新晴

的田野風景，儼然一幅清麗的圖畫。詩、畫雖然都要塑造鮮明的藝術形象，但畢竟是兩種表現方式不同的藝術門類。正如德國美學家萊辛在他的名著《拉奧孔》裡所説：在直接訴諸視覺時，繪畫總比文字佔優勢。因為繪畫可以用線條、色彩把事物統一於平面的整體，使人一目瞭然，而詩歌必須以先後承續的方式將觀念中的事物一一呈現出來。王維精通繪畫與詩歌。他善於運用簡潔的文字和單純的色彩，使詩歌產生繪畫般一目瞭然的效果。這首詩便是利用文字按照先後承續的時間順序構成視覺印象的特性，畫出了一幅層次分明的田園新晴圖。

久雨初晴，原野空曠，極目遠望，天空澄澈，不見一絲霧氣，景物的輪廓格外清晰分明。開頭兩句是點題之語，將新晴之後的晴朗天色和野望中的空曠視野先交代清楚。然後，詩人的視線由近而遠，景物也按由近而遠的順序層層推出：城郭的外門鄰近渡頭，村中的樹木連着溪口，田野之外的江水在陽光下閃閃發亮，青山背後更有一層碧峰出現在天邊。「郭門」兩句，以極簡練而又錯綜的筆法勾出了城郊渡頭邊溪水縱橫、林木繁茂的複雜地貌。渡頭是溪水的渡口，可見從城門到村裡要經過一道溪流。「臨」字寫出郭門與渡頭相鄰，距離較近的關係。溪口和渡頭應屬於同一條溪流，

但不是同一個地點。村裡的樹林迤邐而去，與溪口相連，這樣就借溪流將郭門和村莊連在一起了。人們可以從這兩句之間的關係想像出從郭門到渡頭到樹林，再到村莊的四層遠近景物。

「白水」兩句，也有由近到遠的四層景物，但與「郭門」兩句的錯綜關係不同。用一層比一層遠，一層背後又見一層的筆法描繪出來：最近處是田野，田野外是白水，白水外還有山，山外還有碧峰。將這四層景物和「郭門」兩句所寫的四層景物聯繫起來看，詩人野望的立足點應在郭門附近。因此田野、白水、青山更在村莊以外，愈推愈遠。前後加起來共有八層景物。由於文字描繪的景物全靠讀者的想像和記憶，最後在腦子裡合成畫面。因此，用文字表現繪畫的效果，色彩越是簡單，層次越是清楚，就越是容易形成完整的視覺記憶。當人們閱讀王維這首詩時，可以按着先近後遠的順序，記住一層層的景物，最後在腦海裡組成一幅層次鮮明的圖畫。王維顯然是悟出了這樣的道理，才會運用這種層次清晰的構圖手法。而且畫面的色彩也很鮮明單純：「白水」兩句中「明」字寫江水在遠處因反射陽光而變成一片明亮的銀白色，正如畫中用光的亮點，使整幅圖畫的色調變得明快、爽目，又使「白水」與「碧峰」的色彩對照更覺純淨。陰雨或霧

霾之中，天邊遠山往往隱而不見，「碧峰」句用「出」字形容遠山背後的碧峰在晴空中顯現的情景，與「極目無氛垢」句照應，是寫晴的傳神之筆。

初夏正是農忙季節，雨停之後便應趕快趁晴下地。村中沒有一個閒人，全都傾家出動在田裡耕作。最後兩句在清麗、明朗的畫面上綴以農作的繁忙景象，更增添了樸野清新的田園風味。

由這首詩可以看出，用最簡明的詩句勾出景物的主要輪廓，並巧妙地利用文字按先後承續的方式顯現觀念中事物的特性，造成繪畫般層次分明的視覺效果，達到「詩中有畫」的藝術境界，乃是王維對田園詩表現藝術的重要貢獻。唯其精於詩道、深於畫理，並能使二者交相為用，此種境界才能為王維所獨有。

輞川閒居贈裴秀才迪

寒山轉蒼翠，秋水日潺湲。
倚杖柴門外，臨風聽暮蟬。
渡頭餘落日，墟里上孤煙。
復值接輿醉，狂歌五柳前。

　　輞川在陝西長安藍田輞川谷口，這裡有初唐詩人宋之問的別墅，被王維在唐天寶年間買下來，作為自己在公務閒暇時休養的所在。裴迪是和王維一起隱居的朋友。這首詩描寫輞川秋天的村野景象以及自己在此閒居的情懷，詩裡的抒情主人公以田家野老自居，讓自己化身為陶淵明的形象。但在景物描寫方面又顯示出王維善於構圖的功力。

　　這首詩取景可以見出王維對於特定季節和特定時刻的景色把握精準，而又善於在簡潔的構圖中表現優美意境的特點：首二句寫秋寒使遠山的色澤變得深沉，秋水的潺潺聲日益清晰。因為溪水河水都落了，水聲便更覺清晰可聞。「日」可作兩解：日益，一天天。也可以解為每天，包含着時光如水的感觸。晚風送來蟬的鳴聲，說明是初秋時節。因為蟬一般在夏秋之交出現，因此蟬聲是古詩中表現秋意的典型意象。前幾句從色彩和聲音的細微變化寫出季節的逐漸變化，在寒山秋水的背景上突出了一個倚杖的野老和一間樸素的茅屋，色調清新而意趣疏野。

　　「渡頭餘落日，墟里上孤煙」兩句是歷來被稱賞的寫景名句：面對柴門的是河邊的渡頭，落日正徐徐西下，村墟裡開始有一縷炊煙裊裊上升。這正是暮色初臨、村人開始準備晚飯的時候。這裡化用了陶淵明《歸園田居·其一》中的「曖曖

遠人村，依依墟里煙」，陶詩的意思是寫自己回歸田園以後深感脫離世俗樊籠的欣慰，從園田居向外望去，隱約可見遠處的村莊，村裡已經飄起了縷縷炊煙。所寫景象與王維詩類似。但陶淵明詩中「曖曖」這一對疊字強調了遠人村的模糊，說明距離別人的村莊比較遙遠，從而更突出了園田居的遠離塵俗。「依依」這對疊字則把詩人看到村莊炊煙時的親切依戀之感寄託在炊煙的動態上了。所以這兩句雖然用對偶，卻沒有刻意寫景的痕跡，非常平淡自然。王維這首詩是五言律詩，講究寫景對仗的精工。「餘」字刻畫出落日餘光照着渡頭的黃昏景象，能令人想見落日的圓形輪廓和橙黃色調。「上」字強調一縷孤煙上升的動態，和「餘」字形成一下一上的緩慢的動態對比，突顯了田園中暮色已臨、炊煙初升這一特定時刻的溫馨和寧靜。和陶淵明相比，其用意側重在客觀描繪落日、渡頭、村莊、炊煙所構成的畫面。不過王維詩裡雖然沒有表現陶淵明詩裡所融入的感情，但將山村蕭爽的暮色和渡頭落日的餘暉寫得鮮明如畫，令人有身臨其境之感。這就用隱居環境的模擬，寫出了詩人和陶淵明在精神上的相通之處。

　　盛唐田園詩的主角是田家和野老，所以這首詩裡選擇臨風聽蟬、倚杖柴門這些類似田家野老的意態，來表現自己隱

居輞川的安閒神情，而其深層的寄託則體現在最後兩句典故的使用中。王維以接輿比喻和他一起閒居的裴迪，又以五柳先生自比。接輿是春秋時楚昭王時人，名陸通，字接輿。躬耕度日。見楚國政治多變，即假裝瘋狂，隱居不仕。時人稱之為「楚狂」。孔子到楚國去，他迎着車子唱道：「鳳兮鳳兮，何德之衰？往者不可諫，來者猶可追。已而已而，今之從政者殆而！」孔子下車想和他交談，他急忙避開了。這裡借指裴迪喝醉了酒。但接輿狂歌的意思是說當今的執政者已經危殆，王德衰落，象徵天下太平的鳳凰不可能再出現，所以接輿勸孔子不要再為自己的政治理想到處奔走。唐天寶年間，奸相李林甫掌握大權，唐明皇驕奢淫逸，朝廷政治逐漸腐敗。王維閒居在輞川，過着半官半隱的生活，本來就是出於對現實的不滿。「五柳」指陶淵明，他曾經寫過一篇《五柳先生傳》：「先生不知何許人也，亦不詳其姓字，宅邊有五柳樹，因以為號焉。」這裡借喻王維自己。在這首詩的結尾他把陶淵明和「楚狂」接輿聯繫在一起，正是暗示自己對於盛唐現實政治的悲觀失望。因此結尾典故的使用，又為前面描寫輞川田莊有意化用陶詩的隱居環境做了詮釋，可見詩人構思的匠心之巧妙。

陸游（一首）

遊山西村

莫笑農家臘酒渾，豐年留客足雞豚。

山重水複疑無路，柳暗花明又一村。

簫鼓追隨春社近，衣冠簡樸古風存。

從今若許閒乘月，拄杖無時夜叩門。

　　陸游（1125-1210），字務觀，號放翁，越州山陰（今浙江紹興）人。宋高宗紹興二十四年（1154）中進士，其後長期擔任地方官，並曾入幕參贊軍務。他言行放達，不拘禮法，最後遭人彈劾而罷職，從此長期退居故鄉山陰。

　　陸游是中國詩歌史上有名的多產詩人，他流傳至今的詩作一共有九千三百首。《遊山西村》是他罷官回到山陰的第二年所作，大約在宋孝宗乾道三年（1167）。這是一首以農村日常生活為題材的作品，在田園情致中又蘊含着理趣。詩中

描繪了鏡湖附近一個普通山村清新明麗的春光、臘月立春之間熱鬧的生活風俗，以及農民款待客人的樸摯感情，抒寫了詩人對農村純真生活的熱愛和嚮往之情。

與一般的田園詩往往將田家待客的情景置於風景描繪之後的通常次序不同，這首詩一開始就渲染出臘月裡農莊家家釀酒、準備過年的歡快氣氛。「莫笑農家臘酒渾」，發端突兀，似乎沒有主語。是誰勸人別笑話農家的臘酒混濁？是農民在表達他們真誠邀客的盛情呢？還是詩人自己對農民熱情好客的讚美？似乎二者兼而有之。所以也無須去推測頭兩句究竟是寫詩人準備去農家做客呢，還是已經酒醉飯飽從農家告辭出來？它只是為了點出這種歡樂氣氛所產生的前提：只有在臘月和豐年，辛勤勞動一年的農民才有可能向客人炫耀他們的豐足，向客人擔保留人吃飯可以雞肉、豬肉各種菜餚管夠，而客人也才能充分領略他們淳樸熱情的古風。由此可以看出詩人對農村生活的理解。

第二聯才轉入詩人所遊的村莊。這兩句本來是寫村莊山水環抱、花柳掩映的秀麗風光，類似的意境唐宋人都寫過。如王維的《藍田山石門精舍》：「遙愛雲木秀，初疑路不同。安知清流轉，偶與前山通。」周煇《清波雜志》卷中載南宋強彥文詩：「遠山初見疑無路，曲徑徐行漸有村。」等等。但直

到陸游這一聯才把這種山迴路轉、忽然別有天地的意思寫得特別透徹，以致「題無剩義」。透徹到可以把它看作一聯含有哲理的成語，因為它確實把眼前的景色與人們在日常生活中常有的感悟結合起來了。後人在遇到某種困境乃至絕境以後忽然眼前又豁然開朗時，就會情不自禁地吟出這兩句詩。這一聯之所以會成為千古傳誦的名句，道理正在於此。但這一聯雖有理趣，卻是在遊村的驚喜發現中自然透發，並非有意地寄託和象徵，因此與全篇的情緒不但極其協調，而且成為詩情發展的亮點。從記遊詩的常規來看，第一聯應當在第二聯之後，先寫新發現的山村，再寫留客的趣味，但這樣就顯得平板無味，而且把農家的淳樸熱情局限在某一村裡了，也把詩人在鄉村常來常往的行跡局限在偶然一遊中了。現在第一聯先寫出詩人遊村時想與農民共同歡度臘月的動機，並概括各村農民都同樣好客的風俗，就更有興味。因為他去農家做客顯然不止一次，而來到這個「又一村」卻是興之所至。詩人在另一首《西村》詩中說：「亂山深處小桃源，往歲求漿憶叩門。高柳簇橋初轉馬，數家臨水自成村。」也可證明他本是想去農家求酒，隨意行來，方遇此桃源。

　　第三聯寫農村立春後祭拜土地和五穀神的熱鬧情景以及村莊簡樸淳真的古風。古代以立春後第五個戊日為春社日，

在這一天祭社稷神以祈求豐年。詩人來到這個村莊時，春社日尚未到，但村人已經在練習吹簫擊鼓，準備在祭祀時大大熱鬧一番了，所以說「追隨春社近」。綜觀以上三聯，第一聯點遊村的季節，從山村待客的熱誠寫其淳厚；第二聯從山村所在地勢的偏僻寫其遠離塵俗的清靜；第三聯則從當地祭祀風俗和衣冠簡樸寫其古風。詩人實際上又勾勒出一幅桃花源的理想圖畫。而這種種淳真古樸的情趣是詩人在離開黑暗的朝廷之後才體會到的。所以最後兩句寫詩人與農民之間親密的情誼，以及對此地生活的嚮往，就是詩情發展的必然了。從第二聯可看出，詩人是第一次來到這個村莊，馬上就同他們隨意來往，做客吃飯，甚至要求「無時夜叩門」，即隨時隨地，甚至連夜晚都可來拜訪，這不難令人想到陶淵明在《移居·其二》中所寫的與鄰里任意過從的樂趣。一個小小的擬想中的細節，道出了陸游與陶淵明在精神上的相通之處。那個在月光下拄杖叩門的詩人形象雖不免帶有幾分士大夫的風神，但全詩中洋溢着的新鮮生活氣息和真摯親切的感情，卻不是一般偶爾涉足田家以點綴風雅的士大夫所能表現出來的。人們甚至可以從這首詩想到：詩人正是在一村又一村的漫遊中，與農民結下了深厚的情誼。

抒寫詩人與農家情誼的田園詩，在陸游以前不乏佳作，

像孟浩然的《過故人莊》、杜甫的《遭田父泥飲》等，都寫得清新自然、淳樸有味。而陸游仍能將同樣的內容翻出新意，寫成名作，訣竅就在他善於從現實生活感受中悟出前人沒有說透的理趣，加以提煉概括，並賦予家鄉山村特有的地方色彩，表現出放翁本人疏放自適的情趣，因而能另鑄新詞，自成面目。

隱居篇

隱居相對出仕而言，本意是逃避世俗，獨善其身。是中國文人仕途失意時經常選擇的一條生活道路。但事實上，不同時代的隱居性質複雜，方式多樣。有真正與世俗決裂的真隱；也有借隱居山林獲取名聲以期待朝廷徵辟的假隱；還有只是在假期才到莊園別業去休閒的「朝隱」；或者因為官職閒散而常在別業裡逍遙的「半官半隱」。真隱多數是在改朝換代之際或政治黑暗的亂世，後三種隱居較多出現在相對安定繁榮的社會環境中。不過無論在哪一種隱居方式下創作的山水田園詩，都是以表現遠離世俗的孤高情懷為主題。

謝靈運（二首）

石壁精舍還湖中作

昏旦變氣候，山水含清暉。
清暉能娛人，遊子憺忘歸。
出谷日尚早，入舟陽已微。
林壑斂暝色，雲霞收夕霏。
芰荷迭映蔚，蒲稗相因依。
披拂趨南徑，愉悅偃東扉。
慮澹物自輕，意愜理無違。
寄言攝生客，試用此道推。

謝靈運（385－433），祖籍陳郡陽夏（今河南太康附近）。
出身東晉大士族，祖父謝玄是在淝水之戰中帶領東晉軍隊擊
敗前秦苻堅百萬大軍的統帥。謝靈運繼承父祖的爵位康樂
公。到劉宋代晉以後，被降為侯。他做過永嘉太守、臨川內

史等地方官。後獲罪在廣州被殺。終年四十九歲。

　　謝靈運出身大士族，但在劉宋時受到出身寒族的皇室的壓抑，又因為參與劉宋統治集團內部的政治鬥爭受到株連，內心始終不甘心臣服於劉氏政權，因此傲慢怨憤，經常違反禮制。先後被外放到永嘉和臨川時，也並不將政務放在心上，而是屢屢託病回鄉賦閒，到處遊山玩水。他自己的莊園也是連山帶湖，規模巨大，農田、果園、山林、澤陂一應俱全。因此，謝靈運的一生有很多時間消磨在山林田園中。他雖然自稱這種生活方式為「隱居」，但是與陶淵明的真隱性質完全不同：一是因為謝靈運始終沒有忘記政治，最後還是因政治而死；二是他這種生活方式其實是繼承了東晉大士族的傳統。東晉老莊哲學流行，在流連山水中體悟自然之道，是大士族的一般生活風尚，越是地位高貴的，越是要表現得不屑名利，超塵脫俗。所以謝靈運和陶淵明雖然都在詩裡說要回歸自然，對待世俗的態度則迥然有別。

　　正因為謝靈運遊放山水的性質基本上是承襲東晉大士族的傳統生活方式，所以他的山水詩也沿襲了東晉玄言詩的哲學觀念和審美意識，喜歡在許多詩裡用老莊著作中的道理和語言來消解內心的鬱悶。後人因此經常批評他的山水詩拖着一條「玄言尾巴」。不過晉宋之交的山水詩是在玄言詩的催

化之下產生的，起初難免受到玄言的影響。謝靈運的功績在於他第一個以成功的創作實踐確立了山水題材的獨立地位，為山水詩展示了無限的發展潛力。

　　這首《石壁精舍還湖中作》描繪作者從石壁山的寺院遊畢入湖返回舊宅途中所見夕景之美。開頭四句先寫暢遊山水的樂趣：黃昏和早晨氣候不同，山水中含着清朗的日光。這清暉能使人快樂，所以遊子因為安於其中而忘記了歸去。從字面上看，這幾句意思取自《楚辭·九歌·東君》：「羌聲色兮娛人，觀者憺兮忘歸。」但是從這四句的含意來看，寫的是人在觀賞山水時心性與自然冥合的玄理：山水清暉能夠娛樂遊子的心性，並使遊子沉醉其中，只有深深體悟了自然之道的人才會有這樣的會心，只是轉化成山水娛人的樂趣，便使其中的哲學意味變成了富有理趣的詩境。因此這四句寫得神情瀟灑，含意雋永，能夠見出詩人平時在玄學和欣賞山水方面積累的素養。

　　以下四句才正式轉入描寫傍晚還湖時所見景色。「出谷日尚早，入舟陽已微」兩句，概括早晨離開山谷到歸來上船已經太陽落山的遊覽經過，不僅是寫一天在外時間之長，更是為了補充說明前面四句的「憺忘歸」：因為在山水的清暉中非常愉悅安樂，忘記了歸去，所以才會從早晨一直消磨到傍

晚。可見開頭四句所寫暢遊山水之樂，就是從「出谷」到「入舟」之間的遊覽過程。「日尚早」和「陽已微」與首句「昏旦變氣候」對應，再次強調因娛心山水而晚歸的原因。而且可以見出即使歸來已晚，詩人賞玩山水的興致也依舊不減，所以又細細地觀賞起夕陽西下的美景來：「林壑斂暝色，雲霞收夕霏」兩句寫暮色漸漸聚攏在林樹茂密的山谷間，天上的雲霞漸漸暗淡消失的時間推移過程，觀察景物相當細緻，把握極為準確。當處身於空曠的山野之間或者登高望遠觀看天色時，由於遠處的天先暗下來，往往會產生暝色由遠而近的感覺。後來柳宗元《始得西山宴遊記》中「蒼然暮色，自遠而至」，署名李白的《菩薩蠻》中「暝色入高樓」都是寫這種感受。謝靈運首次將這種觀察所得寫入詩中，而且用一個「斂」字，寫天邊的暝色好像先被遠處的林壑聚斂起來，再用一個「收」字，寫晚霞慢慢變暗好像將落日餘暉收藏起來，這兩個帶有生命意識的動詞用得很有創意，使人能夠感知大自然內在的律動。這兩句也因此而成為謝靈運的名句。

如果說前兩句從高遠處展示了林壑湖面籠罩在夕暉之中的全景，那麼「芰荷迭映蔚，蒲稗相因依」兩句則是寫湖面水草在微陽朦影之中的色澤和動態。夕陽落山之後，天色尚未全暗時，光線雖然不足，但是植物的色澤往往會比陽光

強烈時顯得更濃重。所以詩人說覆蓋在水面上的菱角、荷花層疊相映，更覺蒼蔚蔥鬱。菖蒲、稗草是莖稈較為細長的水草，在晚風中搖搖擺擺，好像是相互偎傍依倚。似乎芰荷、蒲稗們也都因為暮色愈來愈濃而產生了彼此的依戀感。這就又從草木的色澤和動態的細微變化中寫出了大自然的內在生命。

詩人一邊欣賞着湖上的美景，一邊撥開荒草，在南邊的小徑上快步回家。懷着愉悅的心情在東屋中歇息，意猶未盡，不禁要對剛才的經歷發一點感想。最後四句說，如果一個人思慮淡泊，自然就會看輕外物，能在山水中感到適意，就不會違背自然之理。試將此言寄給那些想要養生的人，不妨用此中的道理去推求養生之道。這種結尾方式在謝靈運詩裡已經形成公式，也就是前人批評的「玄言尾巴」。這四句講的確實是老莊超然物外的道理，主要是藉以消解世俗的思慮，勉勵自己看淡名利。但是由於前面確實表現了詩人在山水中愜意愉悅的心情，所以對「理」的體悟是發自內心的，並非強加在結尾，其用意與開頭的「清暉能娛人」也有呼應，這就保證了全詩結構的完整。

謝靈運作為中國歷史上第一個大力創作山水詩的詩人，不但在觀察景物的深細入微以及構圖的時空層次等方面為後

人提供了寶貴的經驗，而且有不少作品達到了後人難以企及的水平，這首詩就是一個極好的例證。

石門岩上宿

朝搴苑中蘭，畏彼霜下歇。
暝還雲際宿，弄此石上月。
鳥鳴識夜棲，木落知風發。
異音同至聽，殊響俱清越。
妙物莫為賞，芳醑誰與伐？
美人竟不來，陽阿徒晞髮。

　　謝靈運的山水詩中往往帶有「玄言尾巴」，但也有少數例外。《石門岩上宿》就是全篇不用玄言的一首佳作。

　　這首詩寫作者自己獨宿在石門別業，夜中賞玩月色的清幽情景。開頭說自己早晨到花園中去摘取蘭花，擔心它經霜以後便會凋零。似乎與全詩寫夜宿的主題關係不大。但謝靈運的山水詩無論是描寫全程遊覽還是有重點的觀察，常從早晨寫起，似乎已經成為一種定式。這裡從早晨寫起，也是為了與後兩句「暝還雲際宿」對偶以引起下文。此外還有更深

一層用意，「朝搴苑中蘭」化用《離騷》「朝搴阰之木蘭兮」句意。蘭是香草，生長在幽谷之中，容易在秋霜中凋零。《離騷》用香草美人比喻君子，摘取蘭花正是比喻詩人和蘭花一樣孤芳自賞。而擔憂它在霜下消歇，則是詩人對《離騷》原句的進一步發揮：清晨的蘭花，猶如人的盛年，霜下凋謝的蘭花，猶如人到衰暮。其中又寄託了擔心自己歲華老去的一層感觸。唐代陳子昂有一首詠蘭詩，把這層意思説得更明白：「蘭若生春夏，芊蔚何青青。幽獨空林色，朱蕤冒紫莖。遲遲白日晚，裊裊秋風生。歲華盡搖落，芳意竟何成！」（《感遇‧其二》）這首詩借詠空林幽蘭抒寫孤高的情懷和時不我待的感慨，可以説是道出了謝靈運這兩句詩的深層含義。再看下文寫獨宿石門，抒發的也是這種幽獨的情懷，這樣就不難明白開頭兩句從早晨寫起不是一般的套式，而是通過摘蘭的用典來暗喻全詩的主題。

「暝還雲際宿」與「朝搴苑中蘭」隔句相對，進入夜宿情景。「雲際」二字説明詩人的別業在石門山的高處。「弄此石上月」點出這是一個明月之夜。「弄」字本義為「玩弄」，引申為「玩耍、遊戲」，這裡指玩賞石上的月色。但因為「弄」字一般和具體的實物相配，如弄璋、弄水等，月色是抓不住的，這裡着一「弄」字，就令人可以具體地想像出月光如水的

景象，詩人的孤獨寂寞也不難由此體味。

以下四句全從聽覺寫景：從鳥鳴聲感知山禽在夜裡要棲宿了，從樹葉吹落的聲音知道山風起來了。山中各種聲音奔湊耳邊，都是最好聽的聲音，不同的聲響組合在一起，分外清亮悠揚。這四句的精妙首先在於能寫出夜宿的神理：在高及「雲際」的山上，雖有月光，暗夜中的景物也是看不清楚的，所以山裡的一切動靜都要靠耳朵去辨別。這些聲音聽來都覺得特別「清越」，是在極其靜謐的環境中放大了的感受，所以反而襯托出石門山夜裡的寧靜。同時，風吹落葉又暗示了秋霜將降的節氣，照應了開頭的「畏彼霜下歇」。其次，這四句表現了詩人對大自然「群動群息」的審美體驗：按照老莊哲學，大自然存在着天籟和地籟，人只有在洗淨一切雜念俗慮的精神狀態中，讓心進入深沉靜默的境地，才能充分感受「萬籟」生息消長的動靜。詩人巧妙地將這種感悟通過暗夜中靜心諦聽鳥鳴、風發、葉落等各種聲音表現出來，認為這就是大自然的「至聽」，即最美妙的聲音。這就將老莊抽象的哲理化為具體的聽覺感受，並烘托出詩人獨坐月下凝神聆聽山籟的高雅風致。

在如此幽寂的夜晚，詩人的感受無人分享，因此不由得感歎：如此美妙的景色沒有人欣賞，雖有美酒又向誰去誇耀

呢？從美酒可知詩人此時是在月下獨酌。從感情的脈絡來看，這一句與開頭「朝搴苑中蘭」遙相承接，在山中獨賞美景的詩人正如孤芳自賞的幽蘭，內心的寂寞孤獨無人理解，對自然美的感悟無人共鳴。於是想起了《楚辭·九歌·少司命》中的詩句：「與女沐兮咸池，晞女髮兮陽之阿。望美人兮未來，臨風怳兮浩歌。」司命是星名，主管生死，除惡揚善。《楚辭》中的少司命被寫成一個與主人公有相戀之意，但很快又飄忽離去的女神。主人公問她：「夕宿兮帝郊，君誰須兮雲之際？」認為她住在天帝之郊，不知在雲際等待着甚麼人，所以希望與她一起在太陽的浴池（即咸池）中沐浴，在太陽經過的山阿曬乾她的頭髮。但是自己盼望的美人竟沒有來，只得臨風悵然，高歌以紓憂。知道這個典故，就可以明白前面為甚麼要說自己在石門山上夜宿是「暝還雲際宿」了。「雲際」固然是形容山高，但實際上是為結尾用少司命的典故留下伏脈。既然詩人已經住在雲際，當然是等待少司命這位美麗的女神。所以結尾說美人不來，只剩下自己徒然在陽阿晞乾頭髮，實際上正是表示自己對知音的期待以及臨風怳然的無奈。再進一層來看，詩人所期待的知音是縹緲不可及的「美人」，固然說明在現實中的孤獨和寂寞，但這美人又是主管人間生死命運的「少司命」，而開頭「畏彼霜下歇」已經明白地

説出生命短促、時不我待的憂慮，可見詩人用此典故其實不僅是比喻，而且直指少司命的本意：他所期待的是能夠賜予人類生命和時運的命運之神，這就和開頭攀摘幽蘭的象徵意義完全取得了一致。

這首詩首尾都用《楚辭》的典故，與山中夜景的描寫結合起來，構思非常新穎。《楚辭》的傳統是以芳草美人比喻君子。詩人所取的幽蘭比喻孤高幽獨的品格，所取的美人既比喻君子又取其司命之神的本意，二者前後照應，將自己獨宿山中的寂寞感提升到更高的精神境界，塑造了一個孤獨高潔而又珍惜光陰的主人公形象。這就消解了枯燥的玄言，為後代山水詩提供了在景物描寫中融入比興的成功經驗。

庾信（三首）

幽居值春

山人久陸沉，幽徑忽春臨。
決渠移水碓，開園掃竹林。
欹橋久半斷，崩岸始斜侵。
短歌吹細笛，低聲泛古琴。
錢刀不相及，耕種且須深。
長門一紙賦，何處覓黃金？

庾信（513-581），字子山，祖先原是南陽新野人。八世祖時家族隨晉王室南渡。庾信出身文學世家，早年與父親庾肩吾並仕於梁朝，都是當時著名詩人。庾信與徐陵一起被簡文帝選為文德省學士，文章綺麗，世稱「徐庾體」。「侯景之亂」中，他逃到江陵輔佐梁元帝。梁承聖三年（554），奉命出使西魏，正值魏軍南侵，江陵淪陷，他被拘留在長安。

後西魏被北周所代，他雖因文才受到北朝皇帝和王公大臣的
優寵，但含垢忍恥、屈仕敵國的行為使他面熱心寒，悔恨終
生。在鄉關之思和羞辱之心的激發下，他創作了不少優秀的
詩賦，為那個黑暗動蕩的時代留下了真實的面影。杜甫稱「庾
信平生最蕭瑟，暮年詩賦動江關」(《詠懷古蹟五首·其一》)，
正是對他後期作品最公正的評價。

庾信後期在不少作品中反覆歎息自己歸鄉不能、退隱不
得，「未能採葛，還成食薇」的處境。雖然沒有真正歸田，但
他在長安有一座小園，曾作《小園賦》詳細描寫園中蕭疏的
景色，表白隱居的願望，以寄託身在朝廷、心在世外的志趣。
這首《幽居值春》便以隱士的心境抒發了他在春天來臨之時
的愉悅和自得之情。

詩一開頭就稱自己為久已陸沉的山人。《莊子·則陽》
說：「方且與世違，而心不屑與之俱，是陸沉者也。」陸沉是
指人中隱者，違世離俗，譬如無水而沉。庾信在北周官位榮
顯，固然不能稱為隱士、山人，但他心如槁木死灰，無情於
榮華富貴，只願適閒居之志，實際上是與世相違之人。因此
自稱久已陸沉，並非矯情，而是真切地寫出了自己長久以來
沉陷在屈仕的恥辱和痛苦之中的精神狀態。

當然，即使是枯木，逢春時也可能萌發出欣欣生機。詩

人在苦悶落寞的生涯中，忽然感到春天已降臨在園中深幽的
小徑上，他那枯澀的心田也會滋生出一點春意。於是他開始
整理自己的小園了。掘開水渠，移動水碓，準備迎接降雨。
打開園門，清掃竹林，便可理出人徑。小橋已經欹斜，而且
早已斷了半邊，崩塌的河岸開始斜斜地浸入水中。園子本來
就是幾畝野田，加上一冬天沒有整治，更顯得荒涼破敗。然
而越是如此，越有一種清寒的野趣，能使詩人渴求離世遠遁
的心靈得到慰藉。因此，在這裡用細笛吹起短歌，古琴彈出
低低的泛音，那種幽雅、古樸的意味是富貴鄉中的人不能領
略的。而小園的好處也正在錢刀之禍不能相及，可以深自
耕種，與世事無涉。《風俗通》說：「錢刀，俗說利旁有刀，
言治生得金者，必有刀錢之禍。」這裡指貪圖利祿而招致
災難。「耕種」雖是代指隱居的用語，但也正扣住「值春」的
時令。

　　末二句用陳皇后被漢武帝冷落，用黃金百斤求司馬相如
寫《長門賦》的故事，立意與一般用法不同。這一典故向來
借指遭到君王冷落或遺棄的后妃，並以此比喻被皇帝疏遠的
臣子。這裡卻是借喻庾信本人雖有相如之賦才，卻因在此幽
居，無人以黃金相求，在「錢刀不相及」的意思上再進一層。
事實上，庾信在北朝深受皇帝和宗室的寵遇，王公大臣慕其

文名爭相結交，以黃金求賦之事並不少。結尾這樣說，不過是表示自己不願與權貴交遊的本心罷了。

　　這首詩寫小園遇春的景象，並不細緻刻畫園中各處景物，而是隨詩人的興之所至，漫筆勾勒出小園荒蕪失修的狀況，詩人迎接春耕的準備工作，以及悠閒自在的意趣。「陸沉」「幽徑」「細笛」「低聲」「且須深」等語感一致，形成一種幽細、深婉的韻調。全詩正是藉這種意象內含的語感，恰到好處地表達了作者在小園春臨時淡淡的喜悅和低迴的意味。

山齋

寂寥尋靜室，蒙密就山齋。
滴瀝泉澆路，穹隆石臥階。
淺槎全不動，盤根唯半埋。
圓珠墜晚菊，細火落空槐。
直置風雲慘，彌憐心事乖。

　　如果說庾信在《幽居值春》詩中是力圖從春意初臨的荒園裡開闢一塊「寂寞人外」的小天地，那麼《山齋》這首詩則是在深秋靜夜的幽齋中為自己尋找一個遺忘世事的蝸居。全

詩着力描寫山齋的深幽寂靜：因為需要一間寂寥無人的靜室，詩人來到了被蒙蘢茂密的樹木所遮蔽的山齋。晉代詩人郭璞《遊仙詩》有「綠蘿結高林，蒙蘢蓋一山」的句子，可作「蒙密」的注腳。首二句先將山齋靜室隱蔽在深山密林中的環境勾出，然後再寫一路行來，唯見滴瀝的泉水澆在路面上，巨大的山石臥於階沿下。清泉、巨石固然是形容山齋附近山路的難行，卻也透出一種使人寒噤的清冷。同時，泉水澆路與巨石臥階又造成山齋被阻隔在深山裡的感覺，更顯出此地人跡罕至的陰冷幽深。

「淺槎」二句寫樹椿一動不動，唯見盤根半埋在土中。「槎」有二義，如作「浮槎」解，與上句「泉水」相應，亦可通。但從它下句「盤根」的對仗來看，作「伐木之餘」解更好。由此二句看來，山齋是在蒙密的樹林裡砍掉樹木之後的空地上搭建的，「淺槎」和「盤根」正是為建山齋砍剩下的樹根。則山齋選址的深僻和建築的簡樸可想而知。樹椿自然是不會動的，但以「全不動」與「唯半埋」相對仗，更強調了山齋周圍不但幽深，而且寂靜得好像一切都凝固了。再與「圓珠」二句參看，可知詩裡寫的是夜景。在一片暗夜中，砍殘的樹椿和半埋的樹根黑魆魆地散佈在地上一動不動，更增添了令人心驚的神秘感。這時唯有圓珠般的秋露從晚菊上滴下，細小

的磷火從空槐上飄落，才使山齋周圍有了點動靜。這是暗夜中僅見的亮點，還那麼暗弱微小，卻能感覺得如此分明，可見山齋之夜是何等靜謐幽暗了。這兩句點出晚秋節氣和暗夜時分，並借幾點細火的反照，使山齋周圍蒙密的樹蔭、滴瀝的泉水、巨大的怪石、砍剩的樹樁都一起沉入黑暗之中，構成了清奇、空靜而又陰沉的境界。

　　然而就是躲進這樣一個幽深黑暗、與世隔絕的山齋中，詩人仍然不能忘卻他的心事。「直置」句意思含混，可作兩種相反的理解：一是直接置身於這風雲慘淡的山齋秋夜中；二是在這山齋秋夜中，可置風雲慘淡的世事於度外。而詩人之意，或許正是要在這含混的句法中將兩層意思都包括在內：本來置身於這昏慘幽黑的山齋中，是想忘卻自己曾經歷過的歷史風雲。誰知更深夜靜，遠離世俗，反而更加勾起身世可憐之感，為自己一生遭際和心願相悖而深深感歎。

　　此詩選擇山齋周圍的景物構成隔絕世俗的環境特徵，着力烘托寂寥靜謐的氛圍，最後卻反襯出詩人心頭不能平息的政治風雲。前八句寫景和後二句抒情形成強烈的對比，令讀者感受到詩人無論怎樣營造精神自我封閉的小天地，都不能從自憐自責的負罪感中解脫。因而構思雖然精巧，卻不傷自然之致。

奉報窮秋寄隱士

王倪逢齧缺，桀溺耦長沮。
藜床負日荷，麥隴帶經鋤。
自然曲木几，無名科斗書。
聚花聊飼鶴，穿池試養魚。
小村治澀路，低田補壞渠。
秋水牽沙落，寒藤抱樹疏。
空枉平原騎，來過仲蔚廬。

　　庾信在北朝深受趙王招、滕王逌器重，過從較密。他的文集裡有不少寫給趙王的謝啟。從中可以看出趙王對他的日常生活多有照顧。這首詩即為報謝趙王來訪而作。

　　詩中所寫的是庾信閒居的生活。從詩題推測，趙王來訪後有詩相贈，並稱庾信為隱士。因此全篇均寫自己窮秋隱居的閒情以奉報。傳說王倪和齧缺都是堯時人。《莊子·應帝王》有「齧缺問於王倪」之句。桀溺和長沮是《論語·微子》裡提到的兩個隱居耦耕的人，這裡以兩對先秦的隱者暗喻自己和來訪者，先將隱士塑造成格調極為高古的人物。「藜床」句用東漢「向栩常坐藜床上」的故事。向栩性格狂放，喜

讀《老子》，常坐在灶北的板床上。「負日」即曬太陽取暖。《列子‧楊朱》篇說：「負日之暄，人莫知者。」這句詩說自己像向栩那樣經常坐在板床上曬太陽。「麥隴」句用漢代隱士的故事，兒寬和常林都有帶經耕鋤的事跡見於史書。開頭四句雜取先秦兩漢各種有關隱士的典故，描寫自己平時閒坐藜床、讀書耕作的平靜生活，已經大略勾勒出一個清高古樸的隱士形象。

隱士遠離塵俗，目的是回歸自然。因此，生活中的起居用品也以古樸為上。「曲木几」的典故出自東晉裴啟的《語林》：「任元褒為光祿勳，孫翊往詣之，見吏憑几視。孫入，語任曰：『吏几對客，不為禮。』任便推之，吏答曰：『得罰體痛，以橫木扶持，非憑几也。』孫曰：『直木橫施，值其兩足便為憑几，何必孤鵠蟠膝，曲木抱腰。』」這個故事裡的小吏靠著矮几，見到孫翊不起身，是不禮貌的。孫翊責問他，他說是受了體罰，靠橫木扶持身子，不算憑几。孫翊說，用直木頭橫放，靠著它的兩足就可以算是憑几，不一定要講究彎曲合體。庾信用此典故是說自己用的「几」只以自然彎曲的木頭做成，不需要人工雕琢，所以特意在「曲木几」之前以「自然」來修飾。這句寫隱士家具的簡樸以及在日常坐臥中的隨意和不拘俗禮。書以蝌蚪為文，則取文字草創之時的淳樸

之意。能看蝌蚪文的自然是上古時代的人，這就通過曲木几和蝌蚪書這兩個細節，把隱士進一步寫成了陶淵明所追慕的羲皇上人。

如果説以上兩句讚美了隱士直追古人的高風，那麼「聚花」兩句描繪的則是隱士情致的閒雅。鶴以高標脱俗而見愛於隱者，魚以濠上之樂取悦於遊者。聚花飼鶴，穿池養魚，正可見出詩人日日唯以魚鶴為伴的孤清和優雅。有時，隱者還在村裡修一修泥濘的小路，到田裡補一補塌落的壞渠。這兩件平平常常的農家瑣事，又使詩人進入了田家野老的角色，而且在秋水、淺沙、寒藤、疏樹的背景襯托下，平添了幾多詩意。這是完全洗淨了富貴氣息的田園景象，景色的蕭瑟枯敗，又展現出隱者落寞枯槁的心境。庾信成長於齊梁貴族的生活環境。齊梁詩人寫景多取春花秋草、月露風雲，唯求鮮麗輕倩。而此詩卻選取「澀路」「壞渠」這類向來不入齊梁詩人之眼的景物，為蕭散疏淡的窮秋之景添上了幾分村野的意趣，也是庾信晚年詩風更趨老成的體現。

在這樣一個荒蕪破敗的環境中居住的人，對於世俗中的一切事物自然是不關心的。所以末二句説：平原君帶着騎從枉駕前來，訪問張仲蔚的茅廬，也只能是徒勞往返。平原君是戰國時趙國的公子，所以用來借指被封為趙王的宇文招。

張仲蔚是漢代的高士，不與俗人來往，居處蓬蒿長得沒過人頭。由於詩裡刻意突出了隱士住處的村野和荒僻，因此末句以張仲蔚自比，恰好是對全詩的一個總結。

這首詩擷取隱士鋤田、讀書、飼鶴、養魚、治路、修渠等農居生活中的雜事，又化用《莊子》《論語》《漢書》中的各種有關隱士的典故，以拙語澀字與秀句雅調相間，表現隱士胸襟的恬淡和志趣的高古，於生新中見親切自然之意，體現了庾信有意追求高古樸拙的自然美，以矯正齊梁詩軟媚淺滑之弊的創新精神。從田園詩藝術表現的傳統來看，通過描寫田園的環境和農務以寄託隱居的自然之樂，雖自陶淵明始，但陶詩取材不雜，以抒情寫意為主。而庾信詩則以田園景物動態的描寫和日常細節瑣事的堆砌為主，又大量用典。這就使隱居的意趣從深層轉為表層，由詩人內心對自然的領悟，變成了外在的隱居姿態的渲染。庾信將齊梁詩注重景觀刻畫、長於用典的技巧融入田園詩，形成了與陶詩迥然不同的表現藝術，對於唐代田園詩產生了新的影響。

孟浩然（一首）

夜歸鹿門歌

山寺鳴鐘晝已昏，漁梁渡頭爭渡喧。
人隨沙岸向江村，余亦乘舟歸鹿門。
鹿門月照開煙樹，忽到龐公棲隱處。
岩扉松徑長寂寥，惟有幽人自來去。

孟浩然早年長期在家鄉襄陽居住，詩題中的「鹿門」，據
唐詩專家陳貽焮先生考證，就是離他家鄉住所不遠處的鹿門
山。孟浩然的好友王迥在此隱居，孟浩然經常來這裡登覽，偶
爾也住在山中。這裡是東漢高士龐德公曾經採藥的地方。孟
浩然曾在《登鹿門山懷古》詩中表達過對他的仰慕：「昔聞龐
德公，採藥遂不返。……紛吾感耆舊，結纜事攀踐。隱跡今尚
存，高風邈已遠。……探討意未窮，回艇夕陽晚。」可見他曾
不止一次地來鹿門山探尋龐德公的遺跡，追步隱士的高風。

　　這是一首七言古詩，寫詩人在傍晚時渡過沔水，回到鹿門山去的悠閒意興。前半首着重寫江村渡口的喧鬧，後半首着重寫鹿門山中的幽靜，前後相映，反襯出鹿門山裡隔絕世俗的清幽。

　　開頭兩句從鐘聲和人聲入手，卻勾勒出一幅生活氣息濃鬱的江村晚歸圖：山寺傳來暮鐘，天色已到黃昏，漁梁渡頭響起了爭渡的人們的喧嘩聲。黃昏是江村最熱鬧的時候，而渡口又是人群最集中的地方。白天人們分散在田疇山野，不一定常有人擺渡過河，只有一天農務結束之時，農夫樵子、男女老幼、過往行人都要經過渡口來來去去，才會形成爭渡的局面。詩人就選擇了這一天之中最喧鬧的時間和地點，開始他的夜歸之旅。一則是因為渡頭本是夜歸的必經之地，是現成的途中之景；二則因為漁梁洲與下文的鹿門山一樣，都是東漢隱士龐德公住過的地方，詩人的歸途正沿着龐德公的足跡；三則是因為詩人從人境返回深山，渡頭正是由鬧趨靜的起點。以下幾句所展示的就是詩人離人境越來越遠的過程。

　　渡頭的人們沿着沙岸各自走向江村，詩人自己也坐着船回歸鹿門山。從「沙岸」和「乘舟」可以看出詩人與爭渡的人們在渡頭相遇，又從渡頭乘舟出發，去向與歸村的人們相反，也就點明了他要去的鹿門是離人境很遠的地方。這兩句

從「人」與「余」的不同歸途分出了村人和隱者的向背，可以見出陶淵明與孟浩然的差別。陶淵明的隱居是「結廬在人境」，在生活上和村人打成一片，並不刻意追求遠離人境的隱居場所。而孟浩然本來居住在襄陽故鄉，已經在江村生活，但是對於他所嚮往的龐德公式的隱居而言，江村依然是世俗人境，所以還要避入更遠的深山。

鹿門山在夜霧籠罩下，密林深邃，不見人徑。經月光照射，才顯出路來。「開煙樹」句畫面鮮明而又富有神秘感，令人如見深不可測的樹林中煙霧四合，被月光開出一條路來，忽然就來到了龐德公的棲隱之處。「開」字是「閉」字的反義詞，既然說「開」，那麼給人的感覺是這「煙樹」原是封閉無路的；「忽到」一詞也有不期然而相遇的語感，似乎在月光的引導下忽然來到了某處人境之外的地方，這「龐公棲隱處」的深幽和隔絕人世也就可以想見了。

龐公棲隱處是甚麼樣的呢？「岩扉松徑長寂寥，惟有幽人自來去。」岩石鑿成的大門，松樹夾道的小徑，永遠寂寥無聲，只有幽人自來自往。如果直承上兩句語意，這兩句可以理解為龐德公雖然早已辭世，但他遺下的岩扉松徑，尚可令人追想他當年在此獨來獨往的情景。但是詩人在這裡實際是以龐公自比：自己住在龐公棲隱過的鹿門，現在又在夜間

獨自歸來，正是當年「幽人自來去」的情景的再現。所以「幽
人」也是自指。結尾的巧妙就在通過夜歸鹿門的神秘景色的
描繪，將龐公的神魂與自己合而為一了。那在月下煙樹中自
來自往的「幽人」確也像一個幽靈，從而又增加了後半首詩
的神秘感，使全詩的意境更加空靈幽深。

這首詩在詩人夜歸鹿門的旅途中，描繪了江村渡頭到
鹿門山中的優美景色，時間從黃昏到深夜，環境由喧鬧到幽
靜，而漁梁洲與鹿門山兩個地點又都是龐德公住過的地方。
通過這條旅途，表現了詩人決心步前代隱士之後塵、棄絕世
俗的孤高情懷。詩人雖然身在田園，展示的卻是山林棲隱的
意境，這種遠離人境的幽獨冷寂，正是隱居類詩歌情調與田
園詩的主要差異。更巧妙的是詩裡隱含的理趣：盛唐詩人常
常將離開人境、獨遊山林稱為「獨往」。「獨往」一詞，原出
於《莊子·在宥》：「出入六合，遊乎九州島，獨往獨來，是謂
獨有。」《列子·力命》也說：「獨往獨來，獨出獨入，孰能礙
之？」這種獨往獨來是指在精神上獨遊於天地之間，不受任
何外物阻礙的極高境界。東晉以後，「獨往」被廣泛使用於一
般的遊覽山水的語境中。這一語詞不僅概括地表現了盛唐詩
人在山水中體悟的任自然的玄理，而且常常不露痕跡地化入
藝術表現之中。詩人在體悟「獨往」的境界時，往往有意無

意地突出詩人獨往獨來的形象，「忽然入冥」(《淮南鴻烈解》)
的行跡，從而創造出清空幽獨、令人神往的意境。孟浩然這
首詩就是典型的代表作，詩裡雖然沒有用「獨往」一詞，但正
如李白詩所說：「我心亦懷歸，屢夢松上月。傲然遂獨往，長
嘯開岩扉。」(《贈別王山人歸布山》) 所寫的也是在明月下進
入岩扉松徑的「獨往」情景，這正是孟浩然詩中意境的注解。
杜甫說得更清楚：「浮俗何萬端，幽人有獨步。龐公竟獨往，
尚子終罕遇。」(《雨》「山雨不作泥」)，明白地說出那獨步的
幽人就是獨往的龐公。對照李、杜二詩，更容易見出孟詩在
夜歸途中寄寓「獨往」之理的巧妙和現成。

王維（十五首）

桃源行

漁舟逐水愛山春，兩岸桃花夾去津。
坐看紅樹不知遠，行盡青溪不見人。
山口潛行始隈隩，山開曠望旋平陸。
遙看一處攢雲樹，近入千家散花竹。
樵客初傳漢姓名，居人未改秦衣服。
居人共住武陵源，還從物外起田園。
月明松下房櫳靜，日出雲中雞犬喧。
驚聞俗客爭來集，競引還家問都邑。
平明閭巷掃花開，薄暮漁樵乘水入。
初因避地去人間，更聞成仙遂不還。
峽裡誰知有人事，世中遙望空雲山。
不疑靈境難聞見，塵心未盡思鄉縣。
出洞無論隔山水，辭家終擬長遊衍。

自謂經過舊不迷，安知峰壑今來變。
當時只記入山深，青溪幾度到雲林。
春來遍是桃花水，不辨仙源何處尋。

　　這首詩根據陶淵明的《桃花源詩並記》發揮而成。但陶淵明筆下的桃源是一個沒有王稅、自給自足的空想樂園，而王維卻描繪了一個景色優美的神仙世界。

　　全詩以《桃花源記》中武陵人誤入桃源的經過為主線，一開始就展現了漁舟在桃花林中沿溪而上的情景。詩人用飽蘸水分的彩筆，染出大片粉紅色雲霞般的桃林，潺潺流過的碧溪，獨自在清波中蕩漾的一葉小舟，為全篇確定了明快鮮麗的色調。陶記寫漁人「復前行，欲窮其林，林盡水源，便得一山。山有小口，彷彿若有光，便捨船從口入，初極狹，才通人。復行數十步，豁然開朗；土地平曠，屋舍儼然，有良田美池桑竹之屬」。記述詳明真切，頗有詩意。王維運用歌行的對偶重疊句式，將出口潛行的狹窄曲折與出山後旋即四望平曠的感覺加以對照，兩句道盡漁人從山中進入武陵源的經過。然後就「良田美池桑竹之屬」一句展開想像，將漁人走近村舍的過程，化為一聯精美的對句：遙看只見村莊樹林如雲朵簇聚，走近方知是家家種植的花竹。這裡不僅從漁

人遠近不同的視覺印象寫出了桃源中遠近景色的不同美感，而且在不知不覺中，將陶記中原來富有泥土氣息的記述改成了帶有仙境意味的描繪。所以下面「樵客初傳漢姓名，居人未改秦衣服。居人共住武陵源，還從物外起田園」四句，雖然仍照陶記中的原意，鋪敘此中居人仍着秦衣，「乃不知有漢，無論魏晉」的情景，但其所寫田園已從逃避世亂之地變成了超然物外之境。於是，陶詩和記文中所説居人往來種作、「春蠶收長絲，秋熟靡王稅」的樂土，也都變成了隱士優遊逍遙的林泉。

這裡晚上唯見月照松林，闃無人聲。早晨唯見日出雲中，雞犬相聞。久離世俗的桃源中人驚奇地聽説世間的俗客來此，都爭着請他到自己家中詢問鄉邑的情況。「平明閭巷掃花開，薄暮漁樵乘水入」二句寫村人邀漁人還家「設酒，殺雞作食」，「餘人各復延至其家，皆出酒食」（《桃花源記》）的情景，表達含渾而極富詩意。平明閭巷打掃落花以迎客，薄暮漁人又乘舟到了另一家。這就借家家迎客的場面鋪敘將村中遍地桃花水的美景補足了一筆，使漁人在桃源中受到款待的過程亦在處處飛花碧波的靜美景色中展現。

「初因避地去人間，更聞成仙遂不還。峽裡誰知有人事，世中遙望空雲山」四句寫桃源中人初因避亂而離世，現已成

仙，與人間雲山阻絕。至此已將陶記中的烏托邦完全改造成一個世外仙境，同時由此自然引出塵心未泯的漁人思念家鄉、辭別桃源的結尾。《桃花源記》説，漁人出洞後，「便扶向路，處處志之」，後「尋向所志，遂迷，不復得路」。這一富有傳奇性的結局寫得很簡單，但給詩人提供了不盡的想像餘地，因而用了將近三分之一的篇幅來渲染，這樣就更進一步突出了桃源的仙境色彩：「不疑靈境難聞見，塵心未盡思鄉縣。」這兩句直接把桃源稱為「靈境」，也就是仙境，又説漁人在此「塵心未盡」，可見詩人認為桃源就是一個神仙世界，當然離開以後就不可能再回去：「出洞無論隔山水，辭家終擬長遊衍。自謂經過舊不迷，安知峰壑今來變。」漁人離開桃源後，不管相隔多遠，總想辭家到那裡去遊玩。自以為不會迷失舊路，誰知峰壑已經發生變化。這四句還是大體依據原記的意思。但又進而從體會漁人此時迷惘的心情出發，再度展現了那記憶中的路徑和兩岸桃花夾津的美景：「當時只記入山深，青溪幾度到雲林。春來遍是桃花水，不辨仙源何處尋。」當時只記得沿着青溪，幾度曲折，進入深山，來到雲林，如今卻是遍地春水桃花，已難以辨認從何處再尋仙源了。結尾與開頭對桃溪的描寫相呼應，但更清深杳遠，並留下了無窮的惆悵。

這首詩本於《桃花源記》，而又不符合陶記原意，可以代表一般士大夫對世外桃源的理解。雖然韓愈曾批評道：「神仙有無何渺茫，桃源之說誠荒唐。」蘇軾也指出：「世傳桃源事，多過其實。」但陶淵明所創造的桃花源成為隱士樂土的代名詞，並帶有神蹤仙境的色彩，是因王維的《桃源行》而得到大多數士大夫確認的。全詩以桃紅水綠為主色，繪出了一個優美空靜的神仙世界。不過，由於這個仙境的原型還是《桃花源記》中的樂土，因此雖被詩人蒙入了一層遙隔雲山、不知人事的空幻情調，卻仍然富有田園風味，透着春天的蓬勃生機，洋溢着詩人對人生和美好事物的熱愛。因為王維寫作這首詩時，畢竟只是一個十九歲的青年。

山居秋暝

空山新雨後，天氣晚來秋。
明月松間照，清泉石上流。
竹喧歸浣女，蓮動下漁舟。
隨意春芳歇，王孫自可留。

此詩描寫秋天傍晚雨後的山村風景，是一首五律。起句

平淡自然，絕無雕飾，只是點出季節、時間、環境；一片空山之中，剛下過一場雨，又正是傍晚秋涼的天氣。簡明直白的十個字，與山中秋色同樣清新疏淡，卻令人直接呼吸到了雨後清爽濕潤而略帶涼意的空氣。

第二聯以概括的筆墨描繪山中夜景，很能見出作為詩人兼畫家的王維在構圖取景方面的功力。「明月松間照」從天上寫，通過月和松的關係畫出這幅圖畫的背景：山上松林間露出一輪皎潔的明月，深藍色的天空襯出剪影般的墨綠的松林。「清泉石上流」從地下寫，泉水流過山溪中的白石，令人想見水的清澈，以及流過石縫間激起的清響。這類寫景最難之處在於構圖，既要選取能表現山間秋暮的最有特徵的景物，又要準確地傳達出作者心中清新暢快的感受，同時要使這些景物構成有機的聯繫，一望便能想像出一幅畫面。這一聯的成功之處就在於用最簡單的構圖概括了山中秋夜的主要特徵，並且在鮮明、完整的畫面上突出了清朗爽淨的基調。因此成為王維的名句，而且經常被後世的山水畫家用來題畫。

第三聯則是在第二聯勾出的背景上再做一些動態的、富有生趣的描寫。「竹喧歸浣女」從岸上寫，與「清泉」句暗中相扣。這句就聽覺落筆，因聽到竹林裡傳來的喧鬧聲，再點

出一大群嘻嘻哈哈洗衣歸來的女子，是聞聲而見人。雖然只
用五個字，但竹林的深密，山村女子的活潑天真和無拘無束
的性情，都烘托出來了。「歸」字又與「晚來秋」相呼應，浣
衣女子晚歸正是山村秋暝時特有的景象。「蓮動下漁舟」是
從水裡寫，就視覺落筆：清溪中的蓮花蓮葉搖動起來，原來
是歸來的漁舟順流而下。這兩句從句子結構和捕捉動態的方
式來看，應是直接受到北朝詩人庾信「竹動蟬爭散，蓮搖魚
暫飛」(《詠畫屏風詩》其二十二) 的啟發。但王維更進一步
融入了作者的心理活動，使句子的結構與人的感覺順序相切
合：先聞竹喧，而後再聽出那是洗衣女的嬉笑聲；先見蓮動，
而後才看到漁舟從上流下來。這種按照心理感覺順序構句的
方式後來被杜甫進一步發展，便出現了「綠垂風折筍，紅綻
雨肥梅」，「青惜峰巒過，黃知橘柚來」這樣的佳句：先聽到
響動或先看到顏色，然後才分辨出那是甚麼景物，這是一般
人感知事物的自然順序，所以把先聽到的或看到的放在句子
開頭，然後把分辨清楚的景物放在句子的後部，這樣就可以
不露痕跡地將詩人的審美心態化入景物描寫之中，表達也更
加曲折有致。由此也可看出從南北朝到盛唐律詩構句方式發
展之一斑。王維這兩句詩的好處還在於極富情趣，如果沒有
這種熱鬧的動景相映襯，前兩聯靜景描繪就過於冷清平淡。

有了這一聯繪聲繪色的名句，全詩便在豐富的色彩和聲響的交織中顯現出自然而多樣的美。

　　詩人把山間的秋夜寫得這樣優美，實際上反映了他對當時官場生活的厭倦和對隱居生活的嚮往。所以最後一聯說：「隨意春芳歇，王孫自可留。」「隨意」即自然而然地。「春芳」指春花春草。這兩句說任憑春天的芳菲自然凋謝，秋色仍然很美，王孫自可留在山中，不必歸去。這是反用《楚辭‧招隱士》中「王孫遊兮不歸，春草生兮萋萋」「王孫兮歸來，山中兮不可以久留」等句的意思。典故的原意是寫山裡的環境寂寞可怕，不能久留，要招那裡的隱士回家。所以說春草已經生得很茂盛了，王孫為甚麼還不歸來？春天往往被看作表現歲月更替、思念遠人的最好季節，現在詩人是見秋色而希望隱居，足見山中美景是多麼令人留戀。常見的典故經詩人如此活用，便覺得格外新鮮。

　　明人胡應麟稱王維的詩是「清而秀」，這首詩是最具代表性的。它不僅完整地表現了空山秋夜清秀明淨的意境，而且聲情並茂、生趣盎然，讀來猶如一首優美的山村抒情小夜曲，體現了王維在詩歌、繪畫和音樂方面的深厚造詣。

山水有清音——古代山水田園詩鑑要

輞川集（選十三首）

孟城坳

新家孟城口，古木餘衰柳。
來者復為誰，空悲昔人有。

華子岡

飛鳥去不窮，連山復秋色。
上下華子岡，惆悵情何極。

文杏館

文杏裁為梁，香茅結為宇。
不知棟裡雲，去作人間雨。

鹿柴

空山不見人，但聞人語響。
返景入深林，復照青苔上。

木蘭柴

秋山斂餘照，飛鳥逐前侶。
彩翠時分明，夕嵐無處所。

臨湖亭

輕舸迎上客，悠悠湖上來。
當軒對樽酒，四面芙蓉開。

南垞

輕舟南垞去，北垞淼難即。
隔浦望人家，遙遙不相識。

欹湖

吹簫凌極浦，日暮送夫君。
湖上一回首，山青捲白雲。

欒家瀨

颯颯秋雨中，淺淺石溜瀉。
跳波自相濺，白鷺驚復下。

白石灘

清淺白石灘，綠蒲向堪把。
家住水東西，浣紗明月下。

竹里館

獨坐幽篁裡，彈琴復長嘯。
深林人不知，明月來相照。

辛夷塢

木末芙蓉花，山中發紅萼。
澗戶寂無人，紛紛開且落。

漆園

古人非傲吏，自闕經世務。
偶寄一微官，婆娑數株樹。

　　北宋詞人秦少游在汝南做官時曾患腸疾，他的朋友帶着
一卷王維的《輞川圖》前來探望，説看了這圖病就會好。秦
少游在枕上細細觀看，「恍然若與摩詰入輞川，度華子岡，
經孟城坳，憩輞口莊，泊文杏館，上斤竹嶺，並木蘭柴，絕
茱萸沜，躡槐陌，窺鹿柴，返於南北垞，航欹湖，戲柳浪，
濯欒家瀨，酌金屑泉，過白石灘，停竹里館，轉辛夷塢，抵
漆園，幅巾杖履，棋弈茗飲，或賦詩自娛」(《書輞川圖後》)，
竟忘了自己身在他鄉，幾天後果然病癒。圖畫竟可以療疾，

這也算得是一則文壇佳話了。不過，一幅大全景式的《輞川圖》能有這樣的神效，恐怕不僅有賴於畫家的丹青妙筆，更要藉助於王維《輞川集》絕句所啟示的動人遐想。

輞川在陝西藍田縣西南二十里，這裡山明水秀，原是初唐詩人宋之問的別業。天寶三載（744）後，王維因不滿當朝權貴，便將這處產業買下，供母親奉佛修行，同時也作為自己半官半隱的居所。王維很喜歡這個地方，曾畫了一幅《輞川圖》，還與他的好友裴迪賦詩唱和，為輞川二十景各寫了一首五言絕句，共得四十篇，結成《輞川集》。王維的二十首詩大多數寫得空靈雋永，成為傳世名作。而裴迪的那一組詩卻不見特色，很少有人提及。為甚麼描寫同樣的景色，兩人的作品竟如此懸殊呢？首要的原因當然是他們的審美感受有深淺的不同。此外，在藝術上處理虛實關係得當與否也是一個重要的因素。中國古典文藝批評中所說的虛實關係含義很廣。用在寫景詩中，實寫往往指直抒感慨和忠於客觀形貌的精確描寫；虛寫可以指景物佈局中「藏、減、疏、略」的手法，或「言在此而意在彼」的表情達意方式，也可以指作者結合生活感受，通過藝術想像概括意境的方法。王國維《人間詞話》中說詞「有寫境，有造境」，詩歌也是一樣。造境是更富有藝術想像、具有高度概括力的境界，寫境是較偏重於

寫實的境界。高明的詩人往往能通過虛實關係的巧妙處理將
這兩種境界結合起來，渾然天成，毫無人工的痕跡。王維《輞
川集》的主要成就正在這一點。現在讓我們循着詩人的足跡，
看他是怎樣用五絕這種最短小的詩歌形式表現輞川各處景物
的不同特徵的。

詩人新搬到這處昔日屬於宋之問的莊園來，自會有一番
人事興廢的感慨。當他在孟城坳發現古城旁有一株衰柳後，
便不禁由此興歎：「來者復為誰，空悲昔人有。」新居與古城
的對照已足以使人感喟，更何況還有這株前人留下的衰柳作
為見證呢？詩人既悲歎這處勝景已空為昔人所有，又揣測將
來繼自己之後的來者當是誰人，那麼他日來者之悲自己不也
正和今日自己悲昔人一樣嗎？但詩人沒有把這層意思直接寫
出，而是以自解的口氣說：目前尚不知後我來此居住的是甚
麼人，又何必徒然為此地昔日的主人而悲傷呢？這樣用實寫
思來者、悲昔人的字面虛寫悲今人的意思，將古城勾起的感
觸融入關於過去、現在、未來的哲理性思索中，啟發人從眼
前新與古的對比想到新舊興廢的永恆循環，詩意就比裴迪實
寫「古城非疇昔，今人自來往」要含蓄雋永得多。

詩人為孟城坳所觸發的感慨似乎在登華子岡時猶存餘
波。所以他沒有具體描寫華子岡的景色，而是使若干無盡無

極的印象連成寥廓、惆悵的意境：飛鳥遠去似乎永遠飛不到盡頭，連山的秋色也同樣杳無邊際。如果說《孟城坳》抒發的是由時間的無窮引起的人事代謝的傷感，那麼《華子岡》正是以空間的無極烘托人在登臨時的無限惆悵。景之無限正由情之無限而見，情之無限又由景之無限而生。由於詩人僅以飛鳥和山色拓開空間，沒有拘泥於上下華子岡所見的具體景物的細緻刻畫，因而使情與景都融合在無限開闊邈遠的境界中。

　　《輞川集》中虛實關係的處理是變化多端的。王維、裴迪的《文杏館》都極寫山館的高遠。裴迪說：「迢迢文杏館，躋攀日已屢。南嶺與北湖，前看復回顧。」實寫文杏館路遠山高，幾度攀登。到達之後，前看南嶺，後看北湖，遠近風光盡收眼底。雖然精確地標出了文杏館的地勢，可惜詩味索然。王維則扣住館名「文杏」二字，略帶誇飾地寫出山館結構的精緻：「文杏裁為梁，香茅結為宇。」用司馬相如《長門賦》「飾文杏以為梁」，以及左思《吳都賦》「食葛香茅」的典故，寫屋宇棟樑的精美，是實中有虛之筆。接着又生發出棟裡彩雲飛到人間化而為雨的優美想像，則純用虛筆寫山館的高峻和遠離人境的幽靜，不但使這所臨湖踞山的文杏館幻化出如同巫山陽台般的神秘意境，而且將本因高遠而與山外阻

隔的文杏館與人間聯繫起來，令人聯想到詩人潔身自好卻又不願意高蹈出世的精神境界。

　　當景物自身具有足夠的特色和魅力的時候，詩人取景佈局便更多地顯示出畫家的匠心。該藏的藏，該露的露，通過巧妙的剪裁使這些景物的特色更加鮮明。《鹿柴》《木蘭柴》《欒家瀨》是全篇實境，論描繪的生動逼真更勝過如實寫景的裴迪。《鹿柴》寫空山深林傍晚的景致，着意刻畫了一束斜暉透過密林的空隙，返照在林中青苔上的一角畫面。「空山不見人，但聞人語響。」山谷中傳來人語的迴響，卻不見人影，越發顯出深林裡人跡罕至的幽冷。「返景入深林，復照青苔上。」夕陽的暖色淡淡地籠罩在陰寒的青苔上，更襯出空山中的幽冷。畫面色調的冷暖互補，與畫面內外的動靜對比相互烘托，使有限的空間延伸到畫外無限的空間，因而蘊含着可以想見的無窮意趣。裴迪同詠鹿柴的深幽：「日夕見寒山，便為獨往客。不知松林事，但有麏麚跡。」通過鹿的足跡點出此處名「鹿柴」的特點，較之王維的具體刻畫稍為脫空一步。但王維從林中往外寫，令人由深林返景想見空山落照，從山中人語的迴響體味獨往之意，是以實寫的一角顯示整體的空靈意境。裴迪從山外往裡寫，既不知松林裡更深一層的幽趣，寒山夕陽又一覽無餘，所以寫得雖空，反而使詩意過於坐實。

　　王維的《木蘭柴》也是選取景物最鮮明的特色加以渲染：
秋山收斂起夕陽的餘暉，晚歸的飛鳥聯翩相逐而來。滿山
秋葉在霞光中閃現出斑斕的色彩，漸漸與雲氣融成無邊的夕
嵐。王維在《送方尊師歸嵩山》中說：「夕陽彩翠忽成嵐。」
可以解釋「彩翠時分明，夕嵐無處所」兩句的意思。在這幅
宛如油畫般絢爛明麗的秋山夕照圖中，洋溢着無限新鮮的生
命力，毫無悲秋的感傷情調。裴迪同詠《木蘭柴》：「蒼蒼落
日時，鳥聲亂溪水。緣溪路轉深，幽興何時已。」以鳥聲和
溪水聲相亂，暗寫此處水聲潺潺、飛鳥群集的特點，實寫遊
人隨着溪迴路轉深入林中的幽興。與王維詩都突出了這裡多
鳥的特點，但迥異其趣。王維抓住了木蘭柴因秋色豐富而動
人情思的一面，在小詩裡開拓出壯闊絢麗的境界。裴詩以聲
代色，雖也有興致，但不能造成王維詩那種鮮明熱烈的藝術
效果。

　　《欒家瀨》歷來被看作王維善於以動寫靜的名篇。「颯颯
秋雨中，淺淺石溜瀉」兩句連用疊字渲染雨中山溪清清冷冷
的氣氛。「颯颯」寫秋天雨絲的連綿和雨聲的細密，「淺淺」
用《楚辭·雲中君》「石瀨兮淺淺」的典故，寫瀨水流瀉的急
速，都能得天然之趣。「跳波自相濺，白鷺驚復下」兩句攝取
白鷺被石上急流濺出的水珠驚飛這一有趣的鏡頭，給水波的

「跳」「濺」和白鷺的「驚」「下」以一連串分解動作的特寫，便使幽靜冷清的欒家瀨充滿了活潑的生趣。裴迪同詠：「瀨聲喧極浦，沿步向南津。泛泛鳧鷗渡，時時欲近人。」則如同搖出一個長鏡頭，寫鷗鳧近人，也很親切有味。只是沒有集中描繪對景物最深刻的印象，所以不如王維詩鮮靈活跳。可見，當虛而不虛，固然容易平板無餘味，當實而不實，也會失之泛泛無特色。王維這幾首小詩之所以能描繪出生動鮮明而各具特色的情境，就因為他善於抓住這三處景觀最基本的特點，精心選擇不同的表現角度，對景物動態加以剪裁或放大，以突出其最鮮活而又最能引起豐富聯想的意境，所以畫一隅而見全景，實處皆覺空靈。

　　虛實關係處理得是否巧妙，有時取決於能否使人與景完美和諧地融合在一起。裴詩有些篇章失於過實，多因有景無人。而王詩之空靈則多因由人見景。自然美只有通過人的深切感受才能展現出它的全部魅力。試看王維筆下的《臨湖亭》是何等令人心曠神怡：迎客的輕舟在湖上優哉遊哉地蕩來，亭亭的荷花在軒外四望無際的湖上盛開。由主人輕舸迎客、徜徉湖上的悠閒情趣正可見出波平風軟、清碧無限的湖光水色。而四面芙蓉一起開放的美景也要在當軒對酒、一快胸襟的雅興中才能充分領略。《竹里館》表現的是另一種高雅的

情致：詩人獨坐在深幽的竹林裡，夜深人靜，萬籟俱寂。誰能理解他那悠揚的琴音和清厲的長嘯？或許只有天上的明月能用它的清輝撫慰詩人寂寞的心靈。如果沒有這樣一位彈琴嘯詠、對月抒懷的詩人形象，那麼這處竹林不過是一片「荻筍亂無叢」（盧象《竹里館》）的荒涼角落罷了。裴迪同詠只老老實實地寫出這裡「出入惟山鳥，幽深無世人」的清幽，卻不能將抒情主人公清的心境與竹林的幽寂融為一體，化荒僻為清雅，所以終遜王維一籌。《南垞》所寫的南垞，只是湖邊的一丘小山，似乎景致平常。但王維不寫南垞的風景，只寫湖上泛舟、隔浦遠眺的興致，從遙望北岸反寫南垞，以南朝樂府民歌般的天真語調表現對隔岸人家生活的嚮往。不但湖上清波淼漫的風光和天邊遠村人家的輪廓依稀可見，而且覺得分外情韻深長。裴迪未解其中三昧，難怪他筆下的《南垞》除了「落日下崦嵫，清波殊淼漫」這樣泛泛的描寫外，就別無可記了。

　　有些本來可能是缺乏特色的景物，往往需要詩人調動豐富的生活經驗，經過藝術想像和概括才會呈現出特殊優美的意境。如果比較王維和裴迪同詠的《欹湖》《白石灘》這兩首詩，就不難看出王維所創造的兩種不同風味的清麗境界實際是理想美和自然美結合的產物。欹湖只是一片「青熒天色同」

(裴迪《欹湖》)的空闊湖水。白石灘也是一片「日下川上寒，浮雲澹無色」(裴迪《白石灘》)的水灘。所以在裴迪詩裡，這兩處和南垞幾乎沒甚麼區別。王維卻借用《楚辭·九歌》中淒清美麗的意境想像出一個女子在日暮時分在欹湖上吹簫送別夫君的情景：「吹簫凌極浦，日暮送夫君。湖上一回首，山青捲白雲。」嗚咽的簫聲在水上迴蕩，直達湖口。天邊斜陽裡，送別的人兒兩情依依。驀然回首處，唯見青山無語，白雲自捲。那凌波極浦的女子是人是神？那消逝在暮靄中的簫聲是真是幻？似都恍惚無定，渺然難測。曲終人去之後的欹湖依然輕籠着迷惘的意緒，令人回味不盡。

　　同樣，寒淡無色的白石灘在王維詩裡又展現出春夜月下少女浣紗的優美意境：「清淺白石灘，綠蒲向堪把。家住水東西，浣紗明月下。」白石灘上的流水又清又淺，水邊青嫩的蒲草將可盈握。流水環抱着附近的人家，少女趁着明月來到灘邊漂洗輕紗。輕紗在清水中漂動，宛如乳白的月光在淺灘上流瀉。青青綠蒲與青春少女相映成趣，為春夜又增添了無限春意。整個情境在柔和明淨的色調中沁透着青春的氣息。如果沒有「景中人」和「情中景」的渾融為一，沒有詩人根據生活感受加以高度提煉的藝術想像，這幾處景點不過是大同小異、平淡無奇的水泊罷了。

　　通過藝術提煉使人與景達到完美和諧地交融，固然能產生優美的意境，但這並不等於說景中必須有人。有時無人甚至更勝於有人。比如裴迪認為像辛夷塢這樣美的地方，當有王孫留玩，才不負佳景：「綠堤春草合，王孫自留玩。況有辛夷花，色與芙蓉亂。」(《辛夷塢》) 初春天氣，長堤上芳草連碧，自堪玩賞。更何況還有辛夷花展瓣怒放，豔色可與芙蓉相亂，確實使人流連忘返。辛夷花別名紫玉蘭，樹高數丈，花朵密集，盛開時繁花滿樹，雲蒸霞蔚。設計王孫留賞，更添富貴氣象，但未免落入俗套。王維的《辛夷塢》卻既無春草映襯，也無王孫流連：「木末芙蓉花，山中發紅萼。澗戶寂無人，紛紛開且落。」詩人從辛夷花盛開的繁盛熱鬧反過來想到它們終年寂寞的生長環境，描寫繁花雖如芙蓉般美麗，卻在山澗旁靜悄悄地隨着春光憔悴而無人留賞的情景。從初發紅萼寫到鮮花盛開而後紛紛凋落，整個過程平平敘來，似乎未經提煉，與裴迪的立意正相反。但詩人就以平實的筆觸烘托出辛夷塢春景在熱鬧中透出的幽靜和寂寞，令人從辛夷花自開自落的過程產生年年歲歲花相似的聯想，體味孤芳自賞的高格，更能從中感悟到青春的短暫和繁華的空幻，以致有的讀者認為此詩內含禪理。所以，這樣的無人之境比有人之境更值得玩味。

　　《漆園》可看作是與《孟城坳》首尾呼應的一首詩。倘若說《孟城坳》抒發了新遷輞川的人生感喟，那麼《漆園》則點出了隱居此地的真實原因：「古人非傲吏，自闕經世務。偶寄一微官，婆娑數株樹。」莊子曾任蒙漆園吏，晉詩人郭璞稱他「漆園有傲吏」（《遊仙詩》）。王維借漆園之名隱喻自己卜居在此非為性傲，實在是因為缺乏經邦濟世的才幹。雖說偶爾寄身於一個卑微的官職，然而終日婆娑於幾棵樹下，過着半官半隱的生活，已無更求榮華之心了。「婆娑數株樹」用《晉書》故事：殷仲文與眾人到大司馬府，見府中有老槐樹，觀看良久，歎息道：「此樹婆娑，無復生意。」所以此句一語雙關。「婆娑」原意是起舞的樣子，引申為盤旋、徘徊。從「婆娑」的字面意義看可以理解成徘徊於樹下的閒居生活；從典故的含義看，又是指詩人雖寄身微官，但已如老槐樹一樣沒有生機，難以復榮了。全詩明詠莊子，暗以自比，雖是巧用莊子所謂浮生如寄、偶遊天地之間的虛無主義人生觀解釋自己亦官亦隱的行跡，但憤世嫉俗之情和心灰意懶之歎深含於自嘲的語氣之中，只可意會不可言傳。裴迪同詠：「好閒早成性，果此諧宿諾。今日漆園遊，還同莊叟樂。」直接點明詩人漆園之遊與莊子之樂相同，卻將含義局限在「好閒」和隱居之「樂」上，就失於語露意淺，不及王維詩意味深長。

　　人們常常用「詩中有畫」來評價王維的山水詩，這話雖然說得很準確、很形象，但過於強調了王維詩再現自然美的一面，而忽略了他創造理想美的一面。其實，宋人方回說王維《輞川集》「雖各不過五言四句，窮幽入元」（《瀛奎律髓》），倒是更為精當的評語。也就是說，王維善於使五絕這種最短小的詩歌形式容納最大的精神意蘊，使他所描寫的每一處景物都能表現出最美的意境，引起窮幽入微的聯想。無論虛寫實寫、明寫暗寫，既忠於生活原貌，又比客觀真實更美，所以虛中有實，實處皆虛，空靈之中自能見出情境的鮮明特徵，精描細繪之處又留下無窮的回味餘地。「有一唱三歎，不可窮之妙」（方回《瀛奎律髓》）。唯其如此，詩人為輞川各景留下的這些精妙傳神的寫照才會引起後人的無限嚮往，以致有秦少游以《輞川圖》療疾的美談，使這組絕句的藝術魅力臻於神境。

韋應物（一首）

寄全椒山中道士

今朝郡齋冷，忽念山中客。
澗底束荊薪，歸來煮白石。
欲持一瓢酒，遠慰風雨夕。
落葉滿空山，何處尋行跡？

　　韋應物（約 733–793），京兆杜陵（今陝西西安）人。生
長在一個富有藝術修養的家庭，父親韋鑾和長兄韋鑒都善
畫。他十五歲到二十歲期間，擔任唐玄宗的侍衛。「安史之
亂」爆發後，發憤讀書。二十七歲後歷任各地縣官郡守，中
間也有時因病辭官閒居。四十五歲後擔任過滁州刺史、蘇州
刺史等職，卒於蘇州。韋應物一生主要在地方任官，對於時
政和民生疾苦非常關心。為人正直，注重道德操守。他的山
水詩大多寫在郡縣州府和閒居時期，高雅閒淡，自成一家。

　　這首詩是寄給安徽全椒縣山裡的一位道士的。從詩意可以揣測這時他在滁州刺史任上。因為滁州在安徽滁縣，與全椒相距不遠。他在滁州期間頗有一些寫山水的名作，一般都是寫閒遊城郊或附近縣邑所見景色。這首詩裡的山中道士也應該是這一時期結識的。道士隱居在山裡，養生修道，行跡與隱士相近。但他們主要的生活方式是煉丹求仙。所以在韋應物之前，對於道士的描寫都着重在煉丹採藥、修身養性的主題。這首詩卻將道士當成隱士來寫，因而意境與一般的仙道詩大異其趣。

　　開頭兩句寫寄詩給山中道士的原因：因為今天早上感到郡齋裡很冷，所以忽然想念起山中的道士來。天氣變冷暗示季節變易，已經進入秋涼時節。詩人對「山中客」的惦記暗示這位道士是獨自在山裡修煉，對於歲暮的即將來臨一定比身在郡齋中的詩人更為敏感。首句的「冷」字奠定了全詩冷寂的基調。不說道士，而稱「山中客」，固然與五言詩的行文需要有關，但也是有意在字面上隱去道士的身份，為全篇將道士寫成隱士提供方便。

　　道士生活雖然與山水有關，但他們的生活方式主要是餌玉餐霞、採藥煉丹，即對着朝霞和晚霞呼吸吞吐，將玉磨成碎屑，用鉛、汞等金屬燒煉丹藥，服用以求長生成仙。所以，

從來寫道士必定以這類生活為主要內容。這就導致詩裡的道教氣息過於濃厚，不利於山水美的表現和清空意境的創造。王維、孟浩然一派山水詩人在描寫與佛寺道觀有關的山水時，往往儘量減少有關宗教生活的內容，突出佛寺道觀的清淨，使之和山水的幽靜融為一體，創造出優美清空的意境。韋應物也繼承了這種表現方法，這首詩的創意正在於雖然正面描寫道士煉丹採藥的生活，卻令人感覺不到宗教氣息，這與「澗底束荊薪，歸來煮白石」兩句的描寫技巧有關。道士在山澗裡捆紮荊條柴草，目的就是填入丹灶用作煉丹的燃料。而煮白石就是煉丹的過程。這裡用了《神仙傳》中的一個故事：古仙人白石先生，「常煮白石為糧」。其實白石就是石英，所謂煮白石，也就是煉丹，以丹藥作為食糧，當然是仙人。這裡用這個故事指道士在山裡過着像白石先生那樣的神仙生活。但是「白石」字面上並沒有煉丹的道教氣息，而且與上句「澗底」呼應，只能使人聯想到山裡的清泉白石。同樣，「束荊薪」從字面上也看不出煉丹的目的，只是使人聯想到山裡的樵夫生活。於是詩人通過巧妙地將煉丹過程分解成採柴和煮白石兩個情節，把一個煉丹的道士寫成了在山裡獨自過着清苦生活的隱士。

　　正因為道士在詩人筆下已經變成一個寂寞清苦的隱士，

所以詩人在此風雨之夜，想拿着一樽酒去山裡慰問他。這兩句既寫出詩人對道士的真誠友誼，又進一步消解了道士的宗教色彩。因為一個不食人間煙火的神仙是不需要人間的感情慰藉的，風雨夕更不會引起他們對歲暮的感傷，只有寂寞的隱士才需要同道知己的理解。但是秋天的風雨中，只見滿山落葉紛紛，又到哪裡去尋找道士的蹤跡呢？「風雨夕」和「落葉」說明了首句「郡齋冷」的原因，同時與第二聯的清澗、白石組合在一起，在想像中幻化出空山秋雨之夜蕭條淒冷的意境。至此，可以進一步理解為甚麼詩人要將道士寫成隱士，因為只有這樣一個冷寂的隱士意象才可以與全詩、特別是後半首的空寂境界融合無間。最後冷然一問，更使渺然不知去向的道士連同空山化為一片虛無，留下了無窮的惆悵和回味。

　　這首詩題為《寄全椒山中道士》，道士採柴煮石的生活，空山秋雨、落葉紛飛的情景都出自想像。而意境的清空淡冷，既是韋應物山水詩的特色，又是對王、孟山水詩派空靈意境的進一步發展。能將道士的修煉生活寫得如此冷寂孤清而絲毫沒有鉛汞氣息，在盛唐的山水詩裡也是相當罕見的。由此也可以明白後人往往將韋應物和王維、孟浩然相提並論的原因。

遊覽篇

遊覽與山水詩的關係最為密切。中國文人自覺地在詩歌中描寫遊覽山水的審美體驗，始於南朝。唐代詩人為了開闊胸襟和視野，更有壯遊的風氣，從青年時代起就遍遊天下名山大川，描寫黃河、長江及五嶽的名篇不可勝數。日常生活中的尋幽覓勝也是常見的遊覽方式。由於佛教和道教盛行，寺廟道觀往往建在風景優美的山林，因此遊覽寺廟也成為山水詩的重要題材來源。這類詩歌的主題大多是讚美祖國山河的雄奇秀偉，以及從自然風光中得到的人生感悟和哲理啟示。

陰鏗（一首）

開善寺

鷲嶺春光遍，王城野望通。
登臨情不極，蕭散趣無窮。
鶯隨入戶樹，花逐下山風。
棟裡歸雲白，窗外落暉紅。
古石何年臥，枯樹幾春空？
淹留惜未及，幽桂在芳叢。

陰鏗（生卒年不詳），字子堅，武威姑臧（今甘肅武威）人。在南朝梁代當過湘東王法曹參軍，至陳代屢遷為晉陵太守、員外散騎常侍。他博涉史傳，尤工五言詩，為當時所重，

可惜傳下來的詩篇不多。他是繼晉宋謝靈運、南齊謝朓之後最重要的山水詩人，其詩以構思新穎、色彩明麗、意境開闊為主要特色。

這首詩寫作者閒遊開善寺所見春景以及疏散的野趣。開頭兩句寫開善寺所在的地理位置。「鷲嶺」本來是指中印度的靈鷲山，如來曾在此講經，成為佛家聖地。後來被借來比喻著名佛寺所在之山。南朝佛教流行，京城建康（今南京）佛寺尤多。唐代著名詩人杜牧曾寫過一首《江南春》：「南朝四百八十寺，多少樓台煙雨中。」開善寺在南京城郊的鍾山上，是梁代所建的著名佛寺，可見陰鏗將鍾山稱為鷲嶺，既是讚美開善寺在諸多佛寺中的重要地位，也寫出了南朝佛寺興盛的景象。鍾山屹立在長江岸邊，可以俯瞰建康城，所以說「王城野望通」。「野望」即眺望四野，這是古詩中寫山水田園常用的一個詞語，但是眺望的立足點可以因景而異。從下面兩句「登臨情不極，蕭散趣無窮」可以看出，此詩是寫登上鍾山居高臨下的野望之趣，所以視野開闊，有無窮的情趣，這兩句沒有直接寫野望所見風景，而是抒發登高遠眺的情懷和從中體悟的疏散自然的意趣，令人從「情不極」和「趣無窮」想見天空和郊野的無限空闊。

如果說前四句還只是寫了鍾山登高的開闊視野，那麼以

下四句才是對開善寺的正面着墨：「鶯隨入戶樹，花逐下山風」兩句頗有奇趣：由於樹枝伸進了戶內，於是樹上棲息的黃鶯兒也隨着樹枝一起進了門裡。而風將落花吹得紛紛飄下山去，看起來倒像是落花在追着風兒下山。這就使「鶯」和「花」也有了人的情趣，並通過鶯與樹、花與風相互依存、相互戲逐的關係寫出了大自然內在的活潑生趣。同時從這兩句還可以看出：詩人這時觀景的立足點已在開善寺內，所見的景物都是從寺廟的窗戶裡向外眺望所見。所以下面兩句接着說：「棟裡歸雲白，窗外落暉紅。」白雲歸來，進入了寺廟的棟宇之中，從窗內向外望，落日的餘暉紅了半邊天空。「白」和「紅」的對偶為全詩增添了鮮明亮麗的色彩。從雲歸棟裡還可以想見寺廟所據地勢之高，以致為白雲所繚繞。將這四句聯繫起來，開善寺暮春時節的優美環境便瞭然在目：它高踞於山頂的白雲深處，遠望王城連接郊野，落暉映紅半天。近看四周綠樹環抱，鮮花開滿山坡。雖然作者觀景的立足點是在棟宇的窗戶之內，但由於打通了內外，所見景物都在寺外。這就巧妙地將開善寺景觀清幽秀美的主要特點完整地勾勒出來了。

　　最後四句由暮色生出感想：看到歸雲和落暉，難免感慨時光的流逝，因而連發兩個問句：山上的古石從何年開始臥

在此地？路旁的枯樹又是經歷了多少個春天才變成朽空的樹幹？這兩句提問暗中轉到下山歸去的過程。古石和枯樹都是下山途中見到的景物，其中又隱含着很深的含義：古石的存在與山嶺一樣永恆，「何年臥」其實是追問到了天地開闢之初。樹木雖然每年秋冬便會凋零，但逢春即可生出新葉。但是連樹木都枯朽了，這又要經過多少個春天？這兩句以無生命的古石和原來有生命的枯樹對偶，強調大自然的永恆和時間的悠久。而人的生命既不能與草木相比，更勿論古石，這就難免感慨人生的短促和虛無。所以最後遺憾自己來不及淹留在山中，空使芳桂獨處幽谷。這裡表示自己想留在山中，從字面上看是用《招隱士》的典故：「桂樹叢生兮山之幽……攀援桂枝兮聊淹留。」但聯繫這首詩的題目來看，詩人所想的不僅是隱居，而是留在佛寺中靜修。佛教的宗旨是視一切為空無，以此解脫對於短促人生的煩惱。不過詩人並沒有把這層意思明白說出，而是寄託在對景物的描寫中。因此從全詩的意象來看，仍然是連貫的：在前面對鶯樹、風花、歸雲、落暉的描寫之後，繼續描寫了歸去途中所見山上的古石、枯樹、芳桂等景物，這就使全詩的筆墨始終環繞着開善寺周邊的環境，完整地記述了詩人遊寺晝出暮歸的全過程。

　　南朝的五言古詩有一種每篇十二句的定式，四句一層，

全詩三層意思。這一首就是如此。首四句寫登臨野望的情
趣，中四句寫從寺內窗戶中所見的景物，最後四句寫遊覽歸
來途中的所見和感想。三層意思雖然角度不同，但構成了開
善寺內外環境的完整描寫。詩人的感慨並不直接表達，而是
通過景物暗示。山水詩從謝靈運開始，一直面臨着如何處理
情景關係的問題。陰鏗的貢獻在於發展了由景見情、融情於
景的表現藝術，經過這個階段，才會進化到後來唐代山水詩
情景交融的意境。這首《開善寺》就是體現陰鏗這一貢獻的
代表作之一。

杜審言（一首）

和晉陵陸丞早春遊望

獨有宦遊人，偏驚物候新。

雲霞出海曙，梅柳渡江春。

淑氣催黃鳥，晴光轉綠蘋。

忽聞歌古調，歸思欲沾巾。

　　杜審言（約 646-708），字必簡，襄陽（今湖北襄陽）人。
是杜甫的祖父。唐高宗時進士，曾任洛陽丞，後貶官。武則
天時先後任著作郎、膳部員外郎。唐中宗時流放峰州，不久
回朝任修文館直學士，病卒。

　　這是一首五言律詩，描寫大江兩岸早春景色，以及由春
色觸動的歸思。從題目可以看出，一位姓陸的晉陵縣丞先寫
了一首《早春遊望》詩給作者。晉陵在今江蘇武進，離長江
很近。「遊望」是遊覽遠眺的意思。這是作者的和詩，那麼

當時詩人很可能是和陸丞一起在大江岸邊遊覽。開頭兩句說
「獨有宦遊人，偏驚物候新。」為甚麼這樣說呢？宦遊的意思
是在外遊歷做官的人，唐代士人為求入仕，或通過科舉，或
請託權貴，都要離開家鄉在外面奔波，常常經年不歸。所以
當節物氣候變化時，總會感傷光陰太快，離鄉太久，這是宦
遊之人的常情。而作者在兩句中分別用了「獨」和「偏」字，
強調只有宦遊人，對於新春物候的變化格外驚心，便更突出
了早春來臨時萬象更新的景觀對內心的觸動。而以下對大江
景色的描寫也處處在這「新」字上落筆。

　　「雲霞出海曙，梅柳渡江春」是杜審言的名句。前一句寫
一天之新，後一句寫一年之新：曙光從海上顯現，雲霞佈滿
了天空，日出的壯觀景象預示着新的一天的來臨。江南遍地
梅開柳綠，江北也到處透出了春意，好像春天隨着梅柳渡過
了大江。梅柳的美景預示着新的一年的來臨。這兩句不僅視
野開闊、景色壯美，而且立意造句也頗有新創。早在北朝，
王褒就有「平湖開曙日，細柳發新春」《別陸子雲詩》這樣
的佳句。寫江邊送別友人的情景：湖面雲開霧散，曙光初
升，岸柳細葉吐綠，春意始發，可說是初次以闊大的境界表
現黎明和早春所給人的新鮮、開朗的感受。杜審言這兩句詩
顯然受到王褒的啟發，但是杜詩成為名句而王詩不為人知，

除了杜詩氣象之宏麗和對仗的精工為王詩所不及以外，還與杜審言這兩句在「物候新」的自覺提煉上超過王詩有關。王詩雖然也是寫一日和一春之景，但只是就眼前景如實描寫。而杜詩則提煉了曙光「出」和江春「渡」的動態和景象，強調了節物令人驚心的「新」意。尤其是「梅柳渡江春」的句法，在初唐五律山水詩中出現，值得重視。類似的構思，梁代詩人吳均有「春從何處來，拂水復驚梅」（《春詠》），把春天寫得就像一個調皮的女子，一路拂綠了春水，驚開了梅花，好像能夠到處來去。唐代詩人張說也說：「忽驚石榴樹，遠出渡江來。」（《戲題草樹》）也是寫江北石榴樹發春，好像從江南渡江過來的。雖然難以判斷張說和杜審言的詩誰先誰後，但是比較之下，可以看出，吳均、張說的詩句比較直白，而杜審言「梅柳渡江春」的構句更凝練，已經不是單純地描寫物態和比喻。甚至句子結構都不符合常規的語法邏輯，它所給人的直覺感受已經無法用散文語言來直譯：春是梅柳渡江的原因還是結果呢？是春渡梅柳，還是梅柳渡春？意義的含混反而使人浮想聯翩。這就為五言律詩提供了一種更新的構句造境的方式。

如果說第二聯是從江海日出和南北春色的宏觀氣象來寫節物之新，那麼第三聯則是從「黃鳥」和「綠蘋」等微觀景物

來寫氣候之新。「淑氣」指溫暖美好的春氣，黃鶯啼鳴，是春天常見的景象，但詩人用一個「催」字，就好像黃鳥的嬌囀是被「淑氣」催發的；同樣水裡的蘋草轉綠，也是春天到來的自然結果，但詩人借用江淹的「東風轉綠蘋」與「催」字對仗，又更進一步強調了蘋草也是因為春光而轉綠的。「東風轉綠蘋」改成「晴光轉綠蘋」，雖是兩字之改，但與「淑氣」相對仗，令人如見晴光浮動、暖風輕漾，比「東風」更能渲染春天風和日麗、溫暖宜人的氣息。所以這兩句扣住人對春天的感覺，突出了氣候促使萬物更新的主動作用。

　　由於這是一首和詩，所以結尾需要對陸丞的詩有一個回應。最後兩句說忽然聽到陸丞所歌唱的古調，不禁歸思難忍，幾乎要流下淚來。這裡讚美陸丞的詩為「古調」，是因為唐人傳統的詩學觀以古為上，「古」相對於「近」而言，格調近於唐以前古詩的詩歌都可以讚為「古調」，這是一種唱和的禮貌。事實上，杜審言這首詩是標準的近體，並沒有按照所謂「古調」來寫。而面對如此美好的春色引起歸思，倒是自古以來詩歌中常見的表現，在山水詩中也屢見不鮮。不過聯繫開頭「獨有宦遊人，偏驚物候新」兩句來看，詩人的歸鄉之思還是出自宦遊之人的真實感情，同時也說明了驚心的原因。

　　從齊梁到初唐，五言律詩的形成經歷了一個漫長的過程。杜審言是對於五律的成熟做出過重要貢獻的作家。從這首詩可以看出，他的五律不僅格律嚴謹、對仗精工，而且氣象宏闊、構思巧妙，這些特點都對杜甫產生了深遠的影響。

孟浩然（二首）

臨洞庭

八月湖水平，涵虛混太清。
氣蒸雲夢澤，波撼岳陽城。
欲濟無舟楫，端居恥聖明。
坐觀垂釣者，徒有羨魚情。

　　這首詩還有一個題目《望洞庭湖上張丞相》。張丞相是
誰呢？一般的説法是張九齡。因為張九齡在唐開元二十一
年（733）任同中書門下平章事（即丞相），三年後罷相。唐開
元二十五年（737）貶為荊州大都督府長史，請孟浩然到幕府
中任從事。荊州離洞庭湖不算太遠。所以很可能是這一時期
寫的。但也有學者認為這首詩是獻給盛唐的另一位丞相張説
的。張説曾在唐開元四年（716）後被貶到岳州，就在洞庭湖
邊。孟浩然三十歲左右經過湖南，可能謁見過張説。這兩位

張丞相都是盛唐著名的宰相，也喜歡引薦下層文人。所以無論是哪一位，都不妨礙我們對詩意的理解，只是在判斷創作時間上，要相差二十年左右。

　　這是一首五言律詩。前四句描寫洞庭湖的壯美景色，後四句寄託自己希望得到張丞相引薦的心情。洞庭湖在湖南省北部，長江南岸，是中國第二大淡水湖，面積二千八百二十平方千米，素有「八百里洞庭」之稱，湘水、資水、沅水、澧水在此匯合，在岳陽縣城陵磯流入長江。自先秦以來，已經有不少詩賦對洞庭的遼闊壯觀極盡形容。那麼如何才能在短短四句詩內寫出新意呢？孟浩然沒有拘泥於對眼前湖水的實景描寫，而是突破了視野的局限，從渲染它的氣象着眼：八月正是波平水滿的季節，天水相接，浩茫無際。澹蕩的湖水彷彿包含着虛空，和青天連成了混沌的一片。這就將望水的視野擴大到無盡的天外，洞庭湖也隨着這視野的無限放大而與太清渾然一體了。古代有雲、夢兩個大澤，後來逐漸淤塞成為陸地，位於洞庭湖南岸。岳陽樓在岳陽市西門，矗立在洞庭湖東北。「雲夢」和「岳陽」二句，通過地名和方位的對仗，勾勒出洞庭湖的地理位置和南北名勝，同時又藉以進一步烘托洞庭湖的壯觀：上一句「氣蒸」二字，容易引起水

汽迷蒙和煙氣氤氳的聯想，這裡不但渲染出洞庭湖煙水混茫的浩瀚氣象，而且通過對動態的強調，令人悟出那蒸騰在雲夢大澤上空的不僅是湖中的水汽，更是大自然不斷勃發的生氣。由此不難理解下一句「波撼」二字的用心：湖水平滿，遠看岳陽城彷彿在起伏的波浪中搖晃，這本是視覺印象。但「撼」字的力度，又充分地表現出洞庭湖撼動天地的偉力。由此可見，詩人對洞庭湖的描寫沒有停留於一般的觀察，而是讓自己的整個身心融入宇宙，深刻地領悟其中蘊含的氣勢和力量，才能開拓出如此雄壯闊大的詩境。

後半首借眼前景觀寄託自己的志向：湖水浩渺，想要渡湖卻沒有船槳。這句話是比喻自己希望出仕做一番濟時的事業，卻沒有人引薦。為甚麼這樣比喻呢？因為唐太宗曾經在《春日登陝州城樓》詩裡說過這樣兩句話：「巨川何以濟，舟楫佇時英。」意思是靠甚麼渡過大河呢？我用船和槳等待着時代的精英們。「濟」的本義是渡水，但是古人常說的「濟時」或者「兼濟天下」的「濟」又是救濟眾生的意思，所以以「濟」字一語雙關。而在古代要有救濟天下的能力，就要踏上仕途，這就必須靠人引薦。唐太宗開創的「貞觀之治」，是一個善於用人的清平時代，他的詩表示了對人才的期待，以及引

薦精英的意願。孟浩然生逢「開元之治」，自然希望「張丞相」
這樣的在位者也能具有唐太宗那樣的胸懷，提供「舟楫」讓
自己得以實現「濟」時的抱負。所以下一句「端居恥聖明」就
更清楚地說明了自己「欲濟」的理由：閒居在家裡感到有愧
於這個聖明的時代。最後兩句化用了兩個典故：一個是《淮
南子‧說林訓》裡的「臨河而羨魚，不如歸家織網」；一個是
張衡《歸田賦》裡的「徒臨川以羨魚」。典故的原意是說與其
在河邊羨慕人家打魚，不如回家自己去織網來捕魚。孟浩然
只是強調了「羨魚」的意思：坐着看人家釣魚，卻只是空有
羨慕之情：那麼言外之意就是感歎自己沒有釣魚的條件，希
望引起對方的同情了。釣魚的故事在唐代也常含寄託：姜太
公八十在渭水邊垂釣，後來被周文王請去做了輔臣。所以「羨
魚」並不是真的想釣魚，而是羨慕一種政治機遇。最後兩句
的含意正是委婉地表白：希望謁見張丞相能夠成為自己被引
薦出仕的一次機遇。

這首詩後四句表現了詩人不願辜負時代，渴望出來做一
番事業的雄心大志。這種大志所顯示的寬廣胸襟和前半首描
寫洞庭湖的氣魄是完全相稱的。而且用來寄託大志的「濟」
水、舟楫、羨魚等比喻和典故又正是就眼前觀看洞庭水景產
生的聯想，所以比興寄託非常自然現成。寫景和言志的完美

統一，使這首詩和後來杜甫的《登岳陽樓》並列為唐詩中詠洞庭的最佳之作。

晚泊潯陽望廬山

掛席幾千里，名山都未逢。
泊舟潯陽郭，始見香爐峰。
嘗讀遠公傳，永懷塵外蹤。
東林精舍近，日暮但聞鐘。

　　孟浩然在四十歲以後離開家鄉襄陽到長安求取功名，失意而歸。後來又到洛陽盤桓，從洛陽南下，遊覽吳越山水。據陳貽焮先生考證，他南下的路線是自汴河入淮水，到長江京口，再南下到杭州、富春江、天台山，最後到永嘉（今溫州）。從永嘉返回揚州，到潯陽廬山，沿長江回到襄陽。沿途寫下了許多膾炙人口的山水詩。

　　這首詩寫傍晚在潯陽城下泊舟，眺望廬山的情景。詩題雖然是「望廬山」，卻沒有直接描寫廬山的景色。開頭四句從幾千里以外寫起：說自己掛起風帆行船幾千里，都沒有遇見名山，直到泊舟在潯陽的外城下才看見了香爐峰。一首五言

古詩一共八句，詩人卻用了一半的篇幅來強調他在見到廬山之前沒有遇見名山，為甚麼這樣寫呢？如果從孟浩然離開洛陽南下的路線來看，他這一路經過的名山大川不少，說沒有遇見過名山，未免誇張。而如此誇張的原因正是為了突出廬山的著名。這四句筆意連貫，一氣呵成，三、四句對得雖然工整，但完全是古體詩的敘述句寫法，對於篇幅僅八句的一首詩來說，是否過於浪費筆墨？

那麼再看後半首，詩人還是沒有正面描寫廬山，反倒追溯到更遠的回憶之中，說自己以前就讀過廬山高僧慧遠的傳記，一直很追慕他超脫於塵世之外的蹤跡。慧遠是東晉高僧，在廬山東林寺修行，創立了佛教的淨土宗。他在世時，還設立了白蓮社，吸引了很多隱士名流來山上學佛談道。謝靈運就曾經慕名前往，還寫過一些佛學方面的論文。相傳慧遠還和陶淵明，以及著名道士陸修靜經常來往談笑。雖然經現代權威學者考證，慧遠和陶淵明直接交往的證據不足，傳說並不可信。但陶淵明確實與慧遠是同時代人，而且就住在廬山腳下，很可能了解彼此的情況。更何況陶淵明參加白蓮社的傳說在唐代就已經流行。因此孟浩然對於慧遠的追懷，不僅是表示自己對慧遠超脫世俗、隱居塵外的蹤跡的嚮往，而且借這一典故帶出了有關廬山的種種歷史傳說，其中當然

也包含着對陶淵明、謝靈運等山水田園詩人的懷念。也就是說，詩人雖然沒有正面寫廬山，但是已經通過他對廬山東林寺慧遠的追懷，寫出了廬山最有名的掌故。

對於慧遠的追懷自然聯繫到東林寺，所以結尾説，望見廬山，就想到東林寺近在眼前。果然在落日暮色之中，遠遠傳來了寺裡的鐘聲。直到結束，詩人也沒有寫他望見的廬山景色如何，連東林寺也是在想像之中，只聽到鐘聲而已。由此看來，詩人從一開始其立意就不在正面描寫廬山的景色，而是着意渲染廬山的神韻：先是一筆抹煞自己掛席幾千里的旅途中見到的所有山水，以突出廬山之不愧為名山；然後通過對慧遠的追懷寫出廬山之所以稱為名山，在於有慧遠這樣的名僧。而慧遠在廬山隱居塵外的蹤跡則自然令人聯想到廬山的深幽清靜和遠離世俗。最後又借東林寺的暮鐘引起對廬山的無限神往，餘韻悠然，意味無窮。

盛唐的王、孟詩派都善於在山水詩中創造空靈的意境，清初著名文學家王漁洋稱讚他們的詩「色相俱泯」「羚羊掛角，無跡可求」。羚羊晚上睡覺時喜歡把角掛在樹枝間，角和樹枝渾然一體，分辨不出來。這個比喻的意思是説王、孟的詩並不刻意描寫景色的外貌特徵，卻能創造出優美的意境，使人看不出刻畫的痕跡。從孟浩然這首詩可以看出，詩

人創造空靈意境的方法之一是避免對山水光色動態特徵的正面描寫，而是通過想像、烘托傳達出描寫對象的神韻，引起讀者更多的聯想。當然，這種傳神的表現難度更大，這也正是孟浩然的山水詩能夠在盛唐詩中獨標一格的原因。

王維（四首）

藍田山石門精舍

落日山水好，漾舟信歸風。
玩奇不覺遠，因以緣源窮。
遙愛雲木秀，初疑路不同。
安知清流轉，偶與前山通。
捨舟理輕策，果然愜所適。
老僧四五人，逍遙蔭松柏。
朝梵林未曙，夜禪山更寂。
道心及牧童，世事問樵客。
暝宿長林下，焚香臥瑤席。
澗芳襲人衣，山月映石壁。
再尋畏迷誤，明發更登歷。
笑謝桃源人，花紅復來覿。

　　王維晚年住在藍田的輞川別業，過着半官半隱的生活。藍田山，又名玉山，在陝西藍田縣。這首詩寫山居時泛舟尋勝的興致，發端便見佳趣，又出人意料：一般寫遊覽，都是按出遊的時間順序，由早到晚，由前至後。但這首詩開頭就寫歸途：在落日映照的山水之中，詩人任憑好風吹蕩着小舟，將自己送上了歸途。一天遊覽已經結束，按理已無可再寫，然而詩中的佳境正由這筆意當斷之處生發；人雖歸來，而興猶未盡，不禁又回想起一天來搜奇尋幽的情景，順便交代了一路溯流而上，直追到水源盡頭的原因。王維住在藍田輞川別業，據《長安志》，輞水北流入灞水，又據《陝西志》，輞川在藍田縣南嶢山之口，川盡頭即王維別業。所以詩人可乘舟尋源。這一倒敘既簡潔地概括了兩岸的優美風光，又為下文轉入另一洞天埋下了伏筆。原來本詩要寫的就是歸途中的奇遇，所以才用歸途作為開頭。

　　在任船漂蕩的歸途中，遙看前方林木蒼翠、雲霞掩映，不覺為它所吸引，待到了眼前，方才疑心已非來時的原路。哪知這清流回轉，通向前山，又使自己偶然進入了一個更愜意的天地。「遙愛雲木秀，初疑路不同。安知清流轉，偶與前山通。捨舟理輕策，果然愜所適。」這六句寫詩人因貪戀美景而不覺迷路，而後又豁然開朗的驚喜心情，在細膩地描

寫心理變化的過程中，展示出山迴水轉，雲木蔥蘢的景色，情隨景生，景因情現，而措辭用意又暗合陶淵明《桃花源記》中武陵漁人闖入桃源的故事：「緣溪行，忘路之遠近」，「林盡水源，便得一山，山有小口，彷彿若有光。便捨船，從口入。」只是武陵人所看到的是在良田、美池、桑竹中往來種作的村民，而詩人所看到的則是四五個逍遙於松柏蔭下的老僧：「老僧四五人，逍遙蔭松柏。朝梵林未曙，夜禪山更寂。道心及牧童，世事問樵客。」這裡早晨只有誦經的梵音在林中迴響，夜裡只有靜坐參禪的僧人守着寂寞的空山。彷彿連牧童也受了僧人道心的影響，甘作方外之人；欲知世事，只有去問出外賣柴的樵夫。這個與世隔絕的天地就是石門精舍。石門，即石門泉，在陝西藍田縣西十里。據《圖經》説：「唐初有異僧止於此，大雪，其地融雪不積。僧曰：必溫泉也。掘之，果有湯泉湧出，遂置舍兩區，凡有病者，就浴多痊。後立玉女堂於泉側。明皇時賜名大興湯院。」精舍即佛寺。石門精舍或即指大興湯院。但詩中沒有一字言及佛寺建築和溫泉，反而有意隱去所有與世俗有關的事物，僅僅突出佛地遠絕塵俗的特點，將老僧、牧童和樵客都置於林岩之中，構成了一個毫無人間煙火氣的禪寂世界。

　　當晚詩人夜宿精舍，也在這片禪心的籠罩下，進入了超

凡絕塵的清淨之境：「暝宿長林下，焚香臥瑤席。澗芳襲人衣，山月映石壁。」棲憩於長林之下，靜臥於瑤席之上，焚香獨對空山，山澗中陣陣花香來襲人衣。石壁上灑滿月光，照得四周一片銀白。這段描寫造成詩人露宿林中的錯覺，正與上文描寫老僧逍遙於松柏蔭中一樣，是有意隱去關於精舍的具體描寫，以詩人對自然美的獨特觀照方式，表現此地的淳古、樸野，以及人與自然的融合無間。

山中的美景如此清絕幽雅，使人難忘。因此當詩人第二天黎明登程辭別桃源中人時，還要約定明年花紅時再來遊賞。末四句翻用《桃花源記》中武陵漁人再尋桃源迷失舊路的故事，與前半首相呼應，結得現成而又富有情趣。

這首詩在偶遊石門精舍的過程中完整地化用桃花源的典故，將這次遊覽比作誤入桃源的奇遇，既巧妙地創造出山迴路轉、別有洞天的境界，又充分渲染了石門精舍如桃源般與世隔絕的靜趣。儘管詩中僅兩句正面刻畫景物，然而一路所見雲山溪流、奇花秀木、落暉月色，均隨舟行人宿而一一展現。全詩剪裁別具匠心：開頭略去一天遊覽經過，從歸途發端，筆勢隨詩人的心理活動曲折變化，如清溪流轉一般紆進縵迴，至石門精舍而豁然展開。這就從章法上突出了這次遊歷的偶然性和傳奇色彩。謝靈運有一首《石壁精舍還湖中

作》，也是描繪日暮泛舟歸來的興致，卻先將一天從早到晚的氣候變化和遊覽過程寫足，然後才精細刻畫湖上景物。與這種平鋪直敘的結構方式相比，王維《藍田山石門精舍》在藝術表現上的創新是顯而易見的。

　　王維的山水詩以意境優美空靜為基本特色，這主要表現在他的五律和五絕之中，因為篇幅短小的詩歌便於簡化意象，以最少的文字引起最豐富的聯想，表現象外之意。而較長篇幅的遊覽詩因為要敘述完整的過程，詩裡的意象比較豐富密實，就不容易構成空靈的意境。而王維雖然遊佛寺，卻避免涉及與佛寺建築有關的實地描寫，只是取其境界的幽靜和空寂，並使人物的活動、景物的展現都籠罩其中。這就使他在較長的遊覽過程中同樣能創造出空靈的意境，這也是他對遊覽類山水詩的發展和貢獻。

終南山

太乙近天都，連山到海隅。
白雲回望合，青靄入看無。
分野中峰變，陰晴眾壑殊。
欲投人處宿，隔水問樵夫。

　　王維既善於用清新的筆調、勻潤的色彩，精緻地描繪山林清空優美的境界，又善於以疏放的線條和勁健的筆力勾勒雄偉壯麗的名山大川。這首詩描寫終南山雲煙變幻、干擾陰陽的雄姿，以大氣包舉的筆勢，展現了詩人坦蕩的襟懷和寬廣的眼界。

　　終南山在今陝西省西安市長安區南五十里，綿延八百里，是渭水和漢水的分水界。「太乙」古時指太白山，為終南山主峰。所以首聯用「太乙」代指終南山，謂其地近京城，山峰相連直達海邊。實際上長安到海邊有幾千里之遙，終南山並不到海。這裡只是以誇張的筆致，形容終南山的綿長遼遠和佔地廣大。不說「皇都」而說「天都」，也是作詩的竅門，因為「近天都」容易在字面上造成山峰高大、與天相接的印象。「連山」既可理解成終南山與其他山脈相連直到海邊的意思，也可給人以山脈連綿不斷的感覺。因此首聯十個字充分運用字面意義所給人的直覺感受，寫出了終南山延伸得極其遼遠的地勢。

　　第二聯着重描寫山勢之高，卻脫空一步，從繚繞山上的雲靄着眼。回首遙望，白雲便合攏在一起。這是站在山外，從遠處觀看終南山罩在茫茫雲霧中的景象。青靄微茫，比雲氣薄，須遠望才能見出，進入其中反倒看不見了，這是在山

裡從近處看。無論遠近，只有山峰高入雲際，才能見到這種景致。這兩句觀景角度大幅度轉換，省略了遊山人所走過的地面距離，視點跳躍的跨度極大，正與終南山壯闊的氣勢相應。同時，又真切地寫出了一般人在雲霧繚繞的大山中出入的新奇感受。

第三聯着重強調終南山佔地之廣。古代中華九州諸國的劃分，和天上星宿的方位是對應的，和某星對應的州國稱為某星的分野。這兩句說終南山中峰兩側分野就變了，可見其佔地不止一州。各條山谷的天氣也有陰有晴，各不相同，足見山谷與山谷之間相距之遠。這裡雖是實寫遊山人在山谷中所經歷的天氣陰晴變化，視野卻超越了山中人實際上所能看到的範圍。詩人的視點從空中移到中峰，又下移到各條山谷，猶如在高處俯視全山，這就和運用散點透視的中國山水畫一樣，以概括的筆墨和線條勾出了終南山的全景。

最後兩句是全詩的點睛之筆。如果說前三聯分別從長、高、大三方面描寫終南山的壯闊，只是交代清楚了它的地理位置、山勢特點和姿態面目，那麼最後兩句才真正傳達出了這幅終南山水的氣韻。詩人在這壯偉的大山中，點綴了一個晚來想要投宿的遊人，正隔着水向樵夫打聽附近可有寄宿的人家。這一結尾不僅以人與大山的懸殊比例產生了以小襯大

的效果，進一步烘托出終南山的雄偉氣勢，而且使這幅山水畫增添了高雅的隱逸之趣，不至於變成一幅「終南山地圖」。

在這首詩裡，詩人彷彿是從鳥瞰的高度觀照着完整的終南山的全貌，集合了數層和多方的視點，從而為中國文人山水畫提供了構圖的範例。王維的畫因氣韻生動、空靈清淡而被後世文人奉為南宗畫之祖。其實，他的真跡在宋代便已很難看到，後人認定他的風格可能更多的是依據這類山水詩所創造的意境。從詩歌藝術的角度來看，這首詩也典型地反映了盛唐人寫景善於概括提煉，並往往突破正常視野以表現闊大境界的特點。不拘於實景刻畫，使實寫和虛寫的結合達到無跡可求的程度，這正是盛唐山水詩的不可企及之處，而王維的山水詩則代表着這類詩的最高成就。《終南山》之所以成為歷代各種選本所不漏的名篇，就在於它又是王維山水詩中最完美地表現出壯偉境界的一首傑作。

華嶽

西嶽出浮雲，積翠在太清。
連天疑黛色，百里遙青冥。
白日為之寒，森沉華陰城。

昔聞乾坤閉，造化生巨靈。
右足踏方止，左手推削成。
天地忽開拆，大河注東溟。
遂為西峙嶽，雄雄鎮秦京。
大君包覆載，至德被群生。
上帝佇昭告，金天思奉迎。
人祇望幸久，何獨禪云亭？

　　西嶽華山，是我國著名的五嶽之一。在陝西華陰市西南，以奇拔峻秀名冠天下。《太平寰宇記》說它「遠而望之有若花狀」，故名華山。漢武帝曾在此修過不少祀廟，它與泰山等五嶽都享有三公的祭秩。關於這座名山的傳說很多，前人讚詠的角度也各不相同。王維的這首詩，運用金碧山水的畫理，傳神地寫出了華嶽的雄威和氣勢。

　　唐代的山水畫，主要是青綠山水，即以群青色和石綠色為主色調的工筆山水畫，用色時需要層層皴染。如果再用泥金線條勾勒景物的輪廓，就稱為金碧山水畫。據記載，王維創造了「破墨山水」，即主要用墨色的濃淡來表現山水。但是王維也同樣擅長青綠山水。所以他很善於將繪畫的原理運用到山水詩的創作中去。華嶽是一座皇家祭祀過的歷史名山，

與一般的名山地位不同，而且這首詩的重點是要寫華山的莊嚴氣象，希望唐玄宗來封禪，所以用富麗的金碧山水畫的原理來表現，就與此山的特色和內容特別協調。

全詩可分為三部分。首六句用濃墨重彩渲染華山的奇拔峻秀：西嶽之高，直出浮雲之外，以致層層疊翠積聚在太清之中，百里之內的天空都熔成一片混茫的青黛色。「積翠」二字，猶如用積墨法反覆敷染石青黛綠，畫出峰聳壁峭的山勢，筆力分外沉厚。這幾句構圖鋪天蓋地，不留空白，如青綠山水畫一般滿紙蒼翠，使天色與山色連為一片，形成堵塞天地的氣勢。因而連白日都被罩上一層寒氣，華陰城也在華山壓頂之下顯得越發森冷陰沉。

「昔聞乾坤閉」一句承上啟下，進一步強調華山與太清連成混沌一片，所造成的天地為之封閉的印象。同時追溯到開天闢地之前，引出巨靈劈山的神話。據《水經注》說：「左丘明《國語》云：華嶽本一山，當河，河水過而曲行。河神巨靈，手蕩腳踏，開而為兩。今掌足之跡仍存。」關於巨靈開山的神話還有很多其他的記載。如《搜神記》卷十三載，昔日華山阻擋黃河水流，「河神巨靈以手擘開其上，以足蹈離其下，中分為兩，以利河流。今觀手跡於華嶽上，指掌之形具在，腳跡在首陽山下，至今猶存。」有人考證說華山東峰

仙掌崖壁上有石髓凝結，黃白相間，如歧出的指掌，相傳即河神留下的手印，前代多有文人吟詠。但王維在此引用這一神話，其意不在記詠仙掌崖這一名勝，而是藉此歌詠華嶽自開天闢地以來便雄峙秦中的神威。「造化生巨靈」以下七句寫巨靈神右足蹈離其下，左手擘開其上，中分為二，使天地開拆，大河東注，華嶽西峙。在原原本本複述神話的過程中，將盤古開天闢地的氣魄賦予巨靈開山的形象，使這一古老傳說中的神靈成為華山不朽的精魂，從而活生生地展現了西嶽的威靈和雄奇。

最後一節轉用應制詩的頌聖語氣。「大君」兩句，意思是說大君的統治包蘊天地，至高的聖德澤被萬物。「大君」即天子，「覆載」指天覆地載，即天地之內萬物。前面將華山寫得如此雄威，而且是神靈創造的奇跡，那麼它自然應當與泰山享有同樣的待遇。所以末四句說上帝等待明主登封西嶽，華嶽神民也想有奉迎天子的機會，人與神都久已渴望皇帝臨幸，那麼為何只有泰山得到封禪呢？按《史記‧封禪書》：「昔無懷氏、伏羲、神農、炎帝、顓頊、帝嚳、堯舜，皆封泰山，禪云云。黃帝封泰山，禪亭亭。」「云云」和「亭亭」是泰山附近的山名。古代帝王在泰山封禪時曾禪於云云山或亭亭山。「云亭」之語出此，借指泰山。後來也用云亭代指

封禪。唐玄宗先天年間曾封華嶽神為金天王。唐開元十三年（725），唐玄宗東封泰山，開元十八年（730），百僚及華州父老屢次上表請封西嶽，不准。王維這首詩可能作於此時。但末六句與其說是反映當時朝野請封西嶽的願望，還不如說是為華嶽遭到的冷遇鳴不平，並藉此表達希望聖恩均等地施於萬民的要求。這一部分措辭典雅，與頌聖封禪的內容正相協調。「金天」「云亭」等富麗的辭采，猶如在青綠山水底子上以泥金勾染天上雲霞和亭台建築，最後完成了這幅描繪華嶽的金碧山水畫。

這首詩氣勢雄渾，筆力遒勁，墨彩濃重，文辭典麗，與王維山水詩一向以清秀空靜見長的風格迥然不同，卻正適於表現華嶽威峙秦京的風貌。足見這位山水詩畫的大師是深知「隨類敷彩」之妙理的。

漢江臨泛

楚塞三湘接，荊門九派通。
江流天地外，山色有無中。
郡邑浮前浦，波瀾動遠空。
襄陽好風日，留醉與山翁。

　　王維的山水詩，大多數寫於北方。唐開元末年，他因公幹到襄陽，寫下了這首描寫南方山水的五律。

　　漢江又名漢水，流經湖北襄陽，在漢口與長江匯合。襄陽原屬於楚國，所以說楚國的邊境與三湘相連。「三湘」有多種解說，一說是古代沅湘、瀟湘、蒸湘的總稱，在今湖南省境內。開頭不直接寫襄陽，而先寫襄陽所在的楚地，不但起勢高遠，而且為下一句寫漢江造勢：荊門是山名，是楚的西塞。九派指九江，一般認為長江到江西潯陽後，分為九道水，所以稱九江。這句指漢江與長江匯合以後向東直達九江。這就如同從高空俯瞰，大氣磅礡地勾勒出漢江在蒼莽的湘楚平野上浩蕩東去的流向，先拓開遠勢，然後才把視線轉向眼前「臨泛」所見之景。

　　「江流天地外，山色有無中」兩句與「荊門九派通」相呼應：流經襄陽的漢江一直通向九江，當然是流到了眼前能見的天地之外。而隱約可見的山色雖然不一定是荊門，卻也讓人聯想到江流將在山外直通九派的去向。這兩句採用平視遠眺的角度，以江流對山色，畫面開闊壯美，體現了王維特別擅長構圖的特色。詩人將他的視界極度放大，隨着江水的流去而延伸到無盡的遠方。在古人心目中，天地本來已經是空間的極限了。再到天地之外，那麼天地的界限又在哪裡呢？

所以這一句又在眼前景色的描寫中拓展出藝術想像的無限空間。後一句淡淡地抹出一痕遠方隱現的山色，有無之間是眼睛能夠辨別的最淡的色度。這就在可視的範圍內將視線推到最遠的盡頭。一「外」一「中」相對，江山之美既可見於視野之內，又可超出想像之外。其概括程度之高，使這兩句詩可以用來形容所有類似的江面景色，因而成為常被後代詩人引用的名句。

第三聯寫泛舟江上遙望襄陽的動態感覺，再次極寫視野的開闊：人在船上，看水近，看城遠，所以覺得整個郡城都像是浮在前面的水浦上；波浪起伏，人在船上搖晃，看起來好像是遠處的天空也在晃動。上句利用近大遠小的視覺原理，下句利用相對運動造成的錯覺，強調了「臨泛」時親身感受到的江浪的巨大浮力，展示出漢江波瀾壯闊的景象。

前三聯由遠至近逐層描寫漢江的浩大水勢和四圍景觀，每一層都從不同視角由遠到近地照應漢江與楚塞、荊門、郡邑的關係，最後自然落到臨泛的地點：襄陽。詩人由衷地誇讚襄陽風光優美，令人陶醉，以至想留下來和襄陽郡守一起醉酒觀賞美景。「醉」字一語雙關，而且包含典故。從典故看，這首詩是寫給襄陽地方官的。當時王維既然在襄陽公幹，自然要用和襄陽有關的典故來應酬當地太守。但是典故

用得很巧妙、風雅。山翁指山簡，西晉人。曾任征南將軍，永嘉三年（309）鎮守襄陽，有政績，喜歡喝酒，常常大醉而歸，騎着馬，倒戴着白頭巾。這是典型的魏晉名士風度。所以，王維用山簡來比喻襄陽郡守，也有讚美太守不俗的意思。同時，「山翁」的稱謂來自襄陽小兒歌唱山簡醉態的歌謠：「山公時一醉，徑造高陽池。日暮倒載歸，酩酊無所知。」時時能騎馬，倒着白接。這是王維用「醉」字的來歷。但從字面上看，「山翁」似乎只是一個普通的山間老翁，這就從文字形象上洗淨了官場的庸俗氣息，使身為官員的詩人和襄陽郡守都隱沒在「山翁」野老之類的角色中，與自然純淨的山水意境取得了高度的和諧。

常建（一首）

題破山寺後禪院

清晨入古寺，初日照高林。
竹徑通幽處，禪房花木深。
山光悅鳥性，潭影空人心。
萬籟此俱寂，但餘鐘磬音。

常建（生卒年不詳），唐開元十五年（727）進士。曾做過盱眙（今安徽盱眙縣）尉。一生仕途不得意，主要過着隱居的生活。他是盛唐山水田園詩派的重要作家，風格秀朗，善於將禪境和仙境化入山水詩，創造清冷幽微的意境。

這首詩寫詩人遊覽破山寺所見的幽靜景色，以及從中領悟的理趣。破山在江蘇常熟縣虞山北，唐代屬蘇州。山上有寺，俗稱破山寺，很有名。開頭兩句境界開闊高朗：清晨進入古寺，初升的太陽照耀着高大的樹林。這不僅是交代燦爛

晴朗的天氣，更借「高林」烘托出「古寺」的深幽。由於律詩用筆的簡約，詩人沒有說明高林是在寺內還是寺外，但無論內外，都可見這寺是被一片茂密的樹林包圍着。樹林之高正說明樹木生長年代之久遠，與古寺的歷史同樣久遠。因此，雖然還沒有寫寺內的環境，已經可以讓人從寺廟和樹林的古老想見寺內的清幽。

從詩題可知，詩人遊賞的重點在寺廟的後禪院。所以第二聯略去進入古寺所經過的多進院落，直接取道於竹林深處的小徑，進入後院的禪房。「竹徑通幽處」是很平實的陳述，卻被後人稍加改動而產生了「曲徑通幽」這一著名的成語。中國古代的寺院，特別是唐代的寺廟，往往在主要建築之外附帶園林。而中國園林的特色就在於曲折幽深，佈局善於由小見大，往往在看似無路可通時又轉入另外一個洞天。這座古寺的竹林中有一條小徑通往幽處，足見竹林之深密。而詩人走過這條小徑到達幽處，才見到還有一個後院，禪房隱蔽在花木的深處。由於詩人在遊覽中的這種體驗和所獲得的一份意外的驚喜，能夠傳達出人們在遊覽古典園林時常有的體會，所以「曲徑通幽」不但轉化為成語，也成為後代造園藝術家在園林佈局時不能忽略的藝術構思。

雖然是在花木深處，但後禪院的天地顯然十分寬廣：這裡

可以看到遠山、聽到鳥鳴，還有清澈的潭水倒映着藍天。「山光」是指陽光照耀下明亮的山色。詩歌開頭就說明這是一個初日朗照的好天氣，所以鳥兒叫得分外歡暢，這正是山光給鳥兒帶來的喜悅。而潭水悠悠，與天空相映，顯得特別空明，人對着這潭中的天光雲影，內心也變得一片空明。從「悅」和「空」這兩個詞的使動用法來看，這兩句是寫詩人由山色、鳥鳴、潭影得到的感悟。同時，這兩句又特別強調了鳥的「性」和人的「心」，「心」與「性」相對，即當時佛教中常談的心性。佛教的禪宗以認識世界的「空」為最高宗旨，認為人只有體悟到自己內心的虛空，才能理解世界萬物的虛空。這雖然是一種宗教修行的內心境界，但是對於詩人體悟山水也有啟發。當人心面對山水變得一片空明時，排除了塵世間的一切雜念，就能更清晰地體會大自然內在的活躍生命。這兩句寫的就是這種境界：詩人在面對潭影變得心地空明以後，就對鳥性與山光相悅的自然之理體會得更深。這就是這兩句中包含的理趣。

最後兩句是對上面兩句的進一步發揮：自己的心性在進入了如此空明的境界以後，才體會到了萬籟俱寂的空靜。「萬籟此俱寂，但餘鐘磬音」從字面看也是對古寺的實寫：古寺中本來就非常幽寂，只有鐘磬聲伴隨着誦經和齋供。但是詩人在「空人心」之後，聽不到任何聲音，只感覺鐘磬之音在

迴蕩，就不僅僅是寫聽覺，而是表現內心對整個世界的感悟了。盛唐山水詩常常寫到寺廟裡的鐘磬，這不僅是因為鐘聲悠長，能夠引起惆悵的共鳴，而且是因為鐘聲更像是宇宙間的韻律，可以洗淨塵俗的雜念，令人悟出心性的空淨。因此，最後兩句是寫詩人在面對潭影、聽到寺裡的鐘磬聲之時，恍然進入了虛空的世界，感受到了從宇宙深處傳來的大自然的節律。所以人雖在「幽處」，而內心卻像開頭描寫的「初日照高林」一樣，進入了一個極其高遠清朗的境界。

　　紀昀稱讚這首詩說：「興象深微，筆筆超妙，此為神來之候，『自然』二字尚不足以盡之。」（《瀛奎律髓彙評》下）認為盛唐山水詩固然都以自然見長，但常建此詩的妙處還不僅在此，而在於其「興象深微，筆筆超妙」，是神來的境界。「興象」是盛唐詩論家殷璠在《河嶽英靈集序》裡提出的概念，指能夠表現詩人欣賞山水的興致及其領悟的意象，其中還應該有所寄託。常建此詩中的興象如初日、高林、山光、鳥性、潭影、鐘磬音等，既體現了常建欣賞山水的興致以及從中領悟的心境的空明，也寄託了他對自然之道和佛教心性之說的體會，所以筆筆超妙，能夠成為歷來唐詩選本不漏的名篇。

李白（三首）

夢遊天姥吟留別

海客談瀛洲，煙濤微茫信難求。
越人語天姥，雲霞明滅或可睹。
天姥連天向天橫，勢拔五嶽掩赤城。
天台四萬八千丈，對此欲倒東南傾。
我欲因之夢吳越，一夜飛度鏡湖月。
湖月照我影，送我至剡溪。
謝公宿處今尚在，淥水蕩漾清猿啼。
腳着謝公屐，身登青雲梯。
半壁見海日，空中聞天雞。
千岩萬轉路不定，迷花倚石忽已暝。
熊咆龍吟殷岩泉，慄深林兮驚層巔。
雲青青兮欲雨，水澹澹兮生煙。
列缺霹靂，丘巒崩摧。

洞天石扉，訇然中開。

青冥浩蕩不見底，日月照耀金銀台。

霓為衣兮風為馬，雲之君兮紛紛而來下。

虎鼓瑟兮鸞回車，仙之人兮列如麻。

忽魂悸以魄動，怳驚起而長嗟。

惟覺時之枕席，失向來之煙霞。

世間行樂亦如此，古來萬事東流水。

別君去兮何時還？且放白鹿青崖間，

須行即騎訪名山。

安能摧眉折腰事權貴，使我不得開心顏！

　　李白（701-762），字太白，祖籍隴西成紀（今甘肅天水附近），是唐代最偉大的詩人。他的詩歌繼承了前代詩歌創作的全部成就，集中反映了盛唐時代樂觀向上的進取精神。由於「一生好入名山遊」，他也寫下了許多膾炙人口的山水名篇。唐天寶初年，李白被唐玄宗請進宮廷任翰林學士，這是他一生中最得意的時期。但是好景不長，唐天寶三年（744），李白被皇帝賜金放還，離開朝廷。政治理想的破滅，使他對現實世界有了比較清醒的認識。而對失去的前途，則又難免感到惋惜。因此詩人離開長安時，心情是極其矛盾和痛苦

的。在梁宋、齊魯一帶盤桓了一個時期之後，他想到南方的名山大川去遊覽，以消解心中的鬱悶。這首詩就是為留別東魯的朋友們而作的。

天姥山在越州剡縣南八十里。傳說登山人曾聽到過天姥的歌唱，因而得名。晉宋之交著名詩人謝靈運曾登此山，並留下了一些與之有關的詩篇。李白這首詩寫他夢遊天姥的情景，可能以他年輕時遊歷吳越的觀感為依據，也可能從謝靈運詩中的有關描寫得到啟發。但更重要的是，詩人之意並不在於精確描繪天姥山的奇觀和美景。他只是在神遊和夢幻中徜徉山水，追求精神上的自由和解脫。從這個角度來說，夢遊天姥的經過只是他複雜的精神活動的自然化。

「海客談瀛洲」至「雲霞明滅或可睹」四句，用兩句五言和兩句七言交錯對仗，起得很自由，句法與句意相輔：海外瀛洲固然渺茫難求，越中天姥卻是確實存在。這一開頭由海客的無稽之談引起越人關於天姥的傳說，實際是以類比的方法，用瀛洲的微茫來烘托天姥山雲霞明滅、恍若仙境的神秘感。據《一統志》載，天姥峰極其孤峭，仰望如在天表。加上關於天姥的傳說，自然容易產生關於神仙的幻想。所以詩一開篇，就將人引進了似仙非仙的幻境。

「天姥連天向天橫」至「對此欲倒東南傾」四句，寫天姥

山之高峻，不惜誇張之能事。山勢連天，已見其高與天接，
更「向天橫」，又見其雄壯寬廣，橫亘天際。接着又與全國
最著名的五嶽相比。泰山東嶽、衡山南嶽、華山西嶽、恆山
北嶽、嵩山中嶽，是雄峙於中國東、南、西、北、中五方的
名山，而詩人卻說這座僻處吳越的天姥山比五嶽還要高峻挺
拔。赤城山就更不在話下，完全被它的氣勢所掩蓋。赤城山
在天台縣西北，周三十里，一峰特高，可三百餘丈，山上有
赤石羅列，遙望如赤城。舉此特高之峰來做襯托，是取天姥
附近的眾山作為比較。這還不夠，又平地拔起天台山來，再
做一層比較。天台山也在天台縣，據《雲笈七籤》說，此山高
一萬八千丈，洞周圍五百里，名「上玉清平之天」，是葛仙翁
煉丹得道的地方。詩人不僅把天台山的高度增加了三倍，而
且讓它拜倒在天姥山的足下，這就更進一步將天姥山的雄偉
烘托到了難以想像的地步。「對此欲倒東南傾」，雖用《楚辭
・天問》中「墜何故以東南傾」的語詞，但也寫出了在夢中仰
視高山時總覺得山就像傾斜着要倒下來的感覺，微妙地把握
了夢遊的特點。同時「赤城」「天台」都是與神仙道家密切相
關的名山，用作陪襯，便更增添了天姥山的神秘色彩。

　　在將天姥山高峻雄拔的氣勢渲染得淋漓盡致以後，下面
便展開了詩人在遊山時所見到的一幅幅瑰麗奇幻的景觀。詩

人因越人關於天姥山的傳說而夢遊吳越。夢是幻覺，所以能在一夜之間「飛度鏡湖月」。鏡湖在今浙江紹興縣南，剡溪在今浙江嵊州南。明月把他的影子投到湖面上，又送他降落在謝公當年歇宿過的地方。謝靈運曾在剡溪一帶遊歷，有「暝投剡中宿，明登天姥嶺」（《登臨海嶠初發彊中作》）的詩句。這幾句的奇妙之處在於以極清澈透明而又靜謐的境界烘托出一個在夢幻中飛行的詩人，猶如一個美麗的童話在展開它色彩繽紛的世界之前，先以一種神秘而森冷的環境引人進入純淨而靜穆的氛圍。接着，詩人穿着謝靈運的登山屐，攀上了高入青天的岩壁。「謝公屐」是謝靈運發明的一種木屐，登山時，上山去其前齒，下山去其後齒，以減少坡度。「青雲梯」也取自謝詩《登石門最高頂》中「惜無同懷客，共登青雲梯」兩句，暗含今日李白已成謝公之同懷客的意思，表示在愛好遊山這一點上他和謝靈運懷抱相同。這一段既交代了天姥山的地理位置，又點出了此山的掌故，而且借謝公之遊蹤説明詩人夢遊天姥乃是以政治失意的謝靈運為同調，別具一種風流倜儻的情味。寫夢境又顧及實境，似真若幻，更覺得惝恍難測。

攀上絕壁，進入山中以後，先見到一片曙色，海日升空，天雞高唱，是將神話傳説幻化入夢。《述異記》説：東南有桃

都山，上有大樹，名桃都，枝葉遮蓋三千里。太陽初出時，照到此樹，天雞則鳴，天下之雞皆隨之而鳴。海日初升，人在叢岩峻嶺中千迴萬轉，山路盤旋，花石蔥蘢，不知不覺天色已暗下來。這兩句寫人在景色絢爛的山中目眩神迷的感受，也是寫夢境的傳神之筆。因夢境的轉換往往快速而突然，這裡將千岩萬轉聚在一句中，將旦暮變化寫得這樣迅速，從句法結構上也突出了夢境旋轉不定的特點。暮色降臨，熊咆龍吟震響於山谷之間，使深林為之戰慄，層嶺為之驚悚，更烘托出山中幽深荒涼而又略帶恐怖的神秘氣氛。雲氣陰陰欲雨，水色澹澹生煙，又使人彷彿進入了《楚辭·山鬼》中的意境。

　　如果說以上所寫的境界還是以現實生活中的山水為範本，加以神化和夢境化的話，那麼下一段就進入了一個完全虛構的浪漫世界：在令人驚恐不已的幽深暝色中，突然雷鳴電閃，山巒崩裂，一個神仙洞府訇然中開。這裡由楚辭句式轉為四言句，便用短節奏增強了突兀之感，令人從音調上就強烈地感受到境的變換。眼前展開一個青冥無際的廣闊天地，日月照耀着金台銀台。身披雲霓、乘着清風的神仙們紛紛從雲端裡下來。虎為之鼓瑟，鳳為之駕車，仙人們飄飄搖搖，排列如麻。這一段活用楚辭句式，化用神仙傳說中「白虎鼓瑟」「太微天帝登白鸞之車」「紫微垣上真人列如麻」等

各種典故，繪出了天帝所居紫微垣的富麗景象，寫得色彩繽紛、金碧輝煌，既熱鬧非凡，又深遠莫測。這是一生愛好求仙訪道的李白所嚮往的上天仙境，也結合了他在長安三年所目睹的宮廷生活的印象。詩人在精心描繪這幅圖景的時候，似乎未曾寄寓深意，然而它卻不能不使人聯想到李白畢生的精神追求，以及他在長安一步登天的那段輝煌經歷。這種似有若無的寄託，正是此詩的高絕之處。

當詩人昇華到超越現實、縹緲虛幻的仙境時，忽然魂悸魄動，一覺驚醒，唯見身邊的枕席，而失去了剛才夢中的煙霞。人做夢時往往在最緊張或最得意的時候突然醒來，這幾句寫人驚覺之後悵惘、怔忡的心態，十分傳神。詩人從虛構的超現實世界突然跌到人間現實，不正像大夢初醒一般嗎？所以下面自然就聯想到人世間的行樂也不過是如此一夢，往往極樂而後生悲。古來萬事都如東流之水，會隨時間消逝。由這樣的大徹大悟更可見出：上文中關於洞天福地的描寫未嘗沒有他在宮廷生活的影子。長安三年，不也像一場夢嗎？被放還山，正像從高空跌到谷底。夢醒之後，才會覺得剛才的夢是多麼虛幻。所以這幾句感歎固然流露出人生如夢的消極情緒，但也包含着詩人已從宮廷幻夢中覺醒過來的積極意義。正因如此，他才會痛痛快快地從此別卻功名富貴，在名

山大川中逍遙自在。「安能摧眉折腰事權貴」，是點題之語，吐出了這三年的悶氣，也說出了夢醒的含義。

　　這首詩突出地體現了李白長篇歌行想像豐富、意境宏偉、壯浪縱恣的藝術特色。它將楚辭、四言、雜言、歌行等各種詩體熔為一爐，揮灑淋漓，不拘一格，變幻莫測，獲得了形式的高度自由。全詩格調昂揚振奮，瀟灑出塵，雖間有消極的感歎，但有一種飛揚的神采和不屈的氣概流貫其間。最奇的是詩中所寫夢境雖然高度誇張，卻又傳神地表現了天姥山奇拔雄偉的景色。夢境寓意若有若無，既可以看作他所追求嚮往的自由世界，也可以看作他內心迷惘失意的反映，甚至包含着他對長安三年一夢的嗟歎。正因如此，這首詩才會在給人以奇譎多變、繽紛多彩的豐富印象的同時，又引起人們的深思，啟發多方面的聯想。

西嶽雲台歌送丹丘子

西嶽崢嶸何壯哉！黃河如絲天際來。
黃河萬里觸山動，盤渦轂轉秦地雷。
榮光休氣紛五彩，千年一清聖人在。
巨靈咆哮擘兩山，洪波噴流射東海。

三峰卻立如欲摧，翠崖丹谷高掌開。
白帝金精運元氣，石作蓮花雲作台。
雲台閣道連窈冥，中有不死丹丘生。
明星玉女備灑掃，麻姑搔背指爪輕。
我皇手把天地戶，丹丘談天與天語。
九重出入生光輝，東求蓬萊復西歸。
玉漿倘惠故人飲，騎二茅龍上天飛。

李白一生寫下了許多膾炙人口的山水名篇。其中最有特色的是那些描寫名山大川的七言和雜言歌行。這些詩氣勢豪放縱逸，想像豐富奇特，用仙境和幻境構成了壯麗奇譎的理想世界，寄託了詩人超然世外的高情逸志。《西嶽雲台歌送丹丘子》和《廬山謠》就是其中的代表作。這兩首詩雖然不是作於同一時期，但都是選擇黃河、長江邊的名山作為制高點，憑借其浪漫雄奇的想像，從站在空中俯瞰山河大地的視角，為長江、黃河寫下了最壯美的禮讚。

西嶽即華山，雲台是華山的東北峰。丹丘子即元丹丘，是與李白一起學仙修道的好友。從詩意看，元丹丘似曾受到唐玄宗召見，不久西歸華嶽。李白就寫了這首詩送他還山。雖以西嶽為題，其實是一首黃河的讚歌。

　　開頭劈空而起，詩人彷彿站在半空，對崢嶸的西嶽和奔騰的黃河發出大聲讚歎：「西嶽崢嶸何壯哉！黃河如絲天際來。」據《華山記》，華山上有白帝宮，俯眺三秦，曠莽無際，黃河如一縷水，繚繞嶽下。這是李白以「如絲」形容黃河的現實依據。但是「絲」雖然極細，卻因為是在天際，不僅見出在西嶽之巔遠眺黃河的高遠視野，而且蓄積了黃河自天邊奔流而來的遠勢，所以不覺其細，反而醞釀了巨大的力量。果然，以下緊接着就寫黃河奔到山下激流回轉的力度和巨響：「黃河萬里觸山動，盤渦轂轉秦地雷。」黃河從萬里之外奔來，以其巨大的衝力撞擊山崖，在山谷裡盤漩渦轉，發出雷鳴般的巨響，震蕩着秦地的上空。「盤渦轂轉」四字用西晉郭璞的「盤渦轂轉，凌濤山頹」(《江賦》) 現成的句子，原賦描寫因水深風勁而形成車輪般飛轉的漩渦，波濤洶湧似欲沖垮山崖的景象。李白則強調了急流相沖形成盤渦後發出的咆哮，猶如滾過三秦大地的雷聲。這就將黃河在西嶽下的水勢誇大到極限，充分展示了黃河之水天上來的雄壯氣勢。

　　接着詩人又從水色渲染黃河的氣象：「榮光休氣紛五彩，千年一清聖人在。」急流在山谷中衝撞，激起無數浪花，在陽光下閃射出萬道五色霞彩。而如此美景的出現是因為黃河變清，聖人出世。這兩句表面是寫景，其實是對太平盛世的

讚美。古人認為黃河千年一清，是聖明君主出現的祥瑞。據《尚書中候》說：堯主政七十載，在黃河洛水修壇。備禮之後，見「榮光出河，休氣四塞」。榮光就是五色光彩，休氣是美好的祥瑞之氣。「四塞」是炫耀四方的意思。「榮光休氣」用的就是這個典故，但更強調了榮光的「紛五彩」。這裡既是寫水霧在陽光照耀下出現彩虹的實景，又是歌頌黃河清、聖人出的時勢，因而不但點出了黃河在社會發展中的重要意義，而且預先為下文對「我皇」的讚美埋下了伏筆。

西嶽、黃河還有一個有名的古老傳說。據說華山正對河東首陽山，兩山原本是一山，面對黃河，河水經過要曲折繞行。河神巨靈用手掌掰開上面的山峰，用腳踢開下面的山根，中間一分為二，於是黃河便從中穿過，一山變成兩山。巨靈神的掌印和腳跡至今尚在。這個傳說是因西嶽仙掌峰上有一個巨大的掌形而產生的想像，歷代描寫黃河和西嶽的詩賦必定要提到這個故事。從字面看，李白只是用這個故事的本意，想像當初巨靈神咆哮着掰開兩山時的情景，被阻的黃河洪流得到泄洪的通道，必定會像箭一般噴射出去（有的版本作「箭流射東海」或「噴箭射東海」）。但是詩人將這一剎那的情景永遠定格了，他把巨靈的精魂賦予奔流不息的黃河，彷彿浚急的河水始終處於兩山剛被劈開的狀態，連用

「噴」字和「射」字，寫出了黃河在山谷中衝撞盤旋之後，急流從山口噴射出去，直達東海的態勢。這就進一步超越聲色的描寫，從黃河的神魂上寫出了水勢的壯觀。

在黃河急流的衝擊下，西嶽三峰向後退卻，似乎要被摧毀。翠綠的山崖和丹紅的山谷中開出了巨靈的高掌，「三峰卻立如欲摧，翠崖丹谷高掌開」這兩句仍然承接上文巨靈劈山的故事，但寫景自然從黃河轉向西嶽。三峰指華山山頂的蓮花峰、落雁峰和朝陽峰。山的東北是仙掌峰，據《華山記》，崖壁為黑色，中間有石膏流出，凝結成痕，黃白相間，痕跡較大的遠望好像五根手指，好奇者便傳說是巨靈神的掌印。又有記載說華嶽仙掌是丹紫色，正如肉色。每當太陽正面照射時就能看見。這兩句借巨靈故事一筆寫盡華山的幾個主要山峰，自然轉到下面兩句「白帝金精運元氣，石作蓮花雲作台」。這兩句緊接「三峰」而來，白帝宮在三峰之一落雁峰上。白帝是主管西方的金天氏，治所就在華陰山。而雲台峰就在蓮花峰下，據記載，遠望華山三峰和雲台峰，宛如青色蓮花開於雲之上。以上四句視點由遠及近，好像航空拍攝的鏡頭，逐漸從三峰移到蓮花峰和雲台峰。直到這時，詩題中提到的主角元丹丘才出現在眼前。

「雲台閣道連窈冥，中有不死丹丘生」兩句，在幽深曲折

的雲台閣道中，逐漸顯現出一個長生不死的丹丘生的仙人形象。「窈冥」雖是幽深之意，但也可以理解為天空的深冥，因此這兩句視點開始升到更高處，展開了丹丘生所生活的仙境。明星玉女是太華山上仙女的名字，據說手持玉漿，服之即可成仙。麻姑是古代道教傳說中的仙女，據《神仙傳》麻姑手爪似鳥。有一個叫蔡經的人見了，心裡暗暗希望麻姑用此手爪為自己爬背搔癢，被王遠斥責鞭打。李白在這裡說，明星玉女為丹丘生灑掃庭院，麻姑為丹丘生輕輕搔癢，竟將高貴的神女降為丹丘的侍女，主要是為了突出丹丘的道行之高。從而再把他推上更高的一層境界：「我皇手把天地戶，丹丘談天與天語。」「談天」意思不是今天所謂聊天，而是用戰國時鄒衍能談五德終始、書言天事而被稱為「談天衍」的典故，說元丹丘可以和把持天地門戶的「我皇」談論天事，在天上與天神共語，這是何等的榮耀呢？「手把天地戶」原出《漢武帝內傳》，王母命令侍女唱《元靈之曲》，其中有「天地雖廓寥，我把天地戶」兩句。李白把王母改成「我皇」，似乎是指天上的玉皇，但也可指人間的皇帝，也就是當今天子。這個「我皇」把握着天地間最大的權力，自然好像是執掌着天地的門戶了。正因如此，下面才會緊接「九重出入生光輝」一句。「九重」本指天之九重，但是人間帝王的深宮也稱為九重，那

麼這一句又似乎是指元丹丘曾被皇帝接見。此事雖然史無明證，出入九重也可能只是李白對元丹丘的祝願。但是唐玄宗信奉道教，對道士特別禮遇，元丹丘得到宮廷召見的機會也並非沒有可能。這一節的巧妙在於從「談天」開始，轉到送元丹丘的正題，「九重出入」之事既像是在人間皇宮，又像是在天上。詩人利用「天」「九重」「我皇」等詞彙語義的兩重性，以及元丹丘能見到玉皇談論天事的仙人身份，給人的感覺始終是在營造「天上」的環境。這就與上文所有的描寫取得了一致的視野。

　　與「九重出入生光輝」一句緊接的「東求蓬萊復西歸」，令詩意突轉，點出送元丹丘的原因。丹丘與「我皇」談過天之後「復西歸」，應當還是回到西嶽，所以前面才會以整篇來描寫西嶽的仙境。但是從字面看，主角丹丘生仍是浮遊在天上的。最後兩句是從詩人這個送別者的角度來寫：既然丹丘生有明星玉女備其灑掃，那麼如果他能將玉女手持的玉漿給自己這個故人喝一點，自己也可以和丹丘生一起乘龍上天了。末句用《列仙傳》中的故事：有一個叫作呼子先的占卜師，活到百歲，臨終時叫酒家老嫗趕快準備裝束，要和她一起去見中陵王。夜裡有仙人牽了兩條茅狗來叫子先，子先就把一條狗給老嫗，騎上才知道是龍。老嫗上了華陰山，常

常在山上大呼説：「子先，酒家母在此。」「二茅龍」就是兩條茅狗變的龍。這裡以華山呼子先比丹丘生，正切合丹丘生要西歸華嶽的事實，用典精巧。而典故的深層含義，除了表示要跟丹丘生學仙以外，還包含着跟丹丘上天見「我皇」的願望。

李白在早年的《上安州裴長史書》裡就稱元丹丘為故交。從這首詩的內容可以揣測，李白當時還沒有被唐玄宗召入長安，對時代還充滿幻想，因此應作於開元年間。開元年間確是唐代最承平繁榮的時期，當時大多數文人都認為自己遇到了堯舜之世，所以歌頌河清海晏，聖人出世，並不給人阿諛當世的感覺，反而表現了詩人希望乘時而起、有所作為的理想。詩人對元丹丘的豔羨和希望引薦的心情也應該作如此理解。而這首詩更重要的價值是對於黃河的禮讚。雖然李白多次在詩裡寫到黃河，但聲勢、境界都非這首詩可比。詩人對西嶽的大聲讚歎，與黃河奔騰萬里而來衝撞山崖所激起的巨響匯成一片，如巨靈咆哮，沉雷滾地，山鳴谷動，豪壯無比。全詩的氣勢也如黃河落天直射東海般一瀉千里，力敵萬鈞。而詩人的視野又始終在空中和天際，無論是寫西嶽諸峰還是洪波噴流，都是從高處俯瞰，因而產生了「天與俱高」的獨特美感。

廬山謠寄盧侍御虛舟

我本楚狂人，鳳歌笑孔丘。
手持綠玉杖，朝別黃鶴樓。
五嶽尋仙不辭遠，一生好入名山遊。
廬山秀出南斗傍，屏風九疊雲錦張，
影落明湖青黛光。
金闕前開二峰長，銀河倒掛三石梁。
香爐瀑布遙相望，回崖沓嶂凌蒼蒼。
翠影紅霞映朝日，鳥飛不到吳天長。
登高壯觀天地間，大江茫茫去不還。
黃雲萬里動風色，白波九道流雪山。
好為廬山謠，興因廬山發。
閒窺石鏡清我心，謝公行處蒼苔沒。
早服還丹無世情，琴心三疊道初成。
遙見仙人彩雲裡，手把芙蓉朝玉京。
先期汗漫九垓上，願接盧敖遊太清。

「安史之亂」爆發以後，李白在廬山避亂。這時唐玄宗
派永王李璘帶兵沿長江而下，阻止叛軍南侵。李璘經過廬山

時，邀請李白加入他的幕府。李白本來就盼望着能有為國效力的機會，因此欣然隨永王來到金陵。但不久以後永王被人告發企圖依託金陵謀反，當時已在甘肅靈武繼位的唐肅宗派兵剿滅永王軍隊，李白也受到牽連，在潯陽下獄。後被流放夜郎，途中遇赦，從江夏再來廬山。這首詩就作於此時。詩題中的盧虛舟，在唐肅宗時擔任殿中侍御史。「謠」是樂府歌行的一種體裁。

開頭兩句先為自己畫了一幅狂放飄逸的自畫像：説自己本來就是楚國狂人接輿那樣的人物，唱着「鳳兮鳳兮」的歌謠嘲笑孔丘。李白的狂放與楚狂本來神似，所以這個比喻很能表現李白的典型形象，但是詩人用典還有更深一層含義：據《論語·微子》，孔子到楚國時，接輿去見孔子，唱道：「鳳兮鳳兮，何德之衰？往者不可諫，來者猶可追！已而！已而！今之從政者殆而！」鳳凰是儒家認為天下太平的象徵。從接輿唱的歌裡就可以看出李白自比楚狂，唱着鳳歌嘲笑孔丘，實際上是表露了對於肅宗時代政治的不滿。又據《高士傳》，接輿本名陸通，平時喜歡養性，躬耕自給。因為見楚昭王政治黑暗，才假裝瘋狂不做官。當時人稱之為「楚狂」。最後與妻子改名換姓，遊歷各處名山，世人傳他已經成仙。從接輿的平生事跡又可看出，李白藉以自比的另一層意思，是

説自己也將像楚狂那樣放蕩於名山，以求得道成仙。所以後面四句正是由此發揮，進一步描寫自己的形象：手裡拿着神仙用的綠玉手杖，辭別了江夏（今武昌）的黃鶴樓，遍遊五嶽，為尋仙道而不辭路遠。「一生好入名山遊」這一句概括了李白畢生在名山之中遊歷的喜好和風神，同時為轉入廬山之遊自然過渡。

廬山是李白最喜愛的名山之一。這首詩既然是以廬山為題的歌謠，當然應該描寫廬山最重要的景觀特徵。但是詩人沒有局限於遊覽廬山的客觀記述，而是以空中遨遊、全景觀照的視點，將廬山極度放大，使之遠遠地超出原有的自然形態：廬山位於南方，屬於二十八宿中斗宿的分野。旁有鄱陽湖，長江由此流過。「廬山秀出南斗傍，屏風九疊雲錦張，影落明湖青黛光」三句即勾勒廬山地理位置的特點。這幾句誇張廬山的高大秀麗直插雲天，彷彿聳立於南斗旁邊。於是廬山五老峰東北的九疊雲屏也隨之極度放大，天上的彩雲就像錦緞一般張開，成為屏風上的圖案。它的影子便倒映在清澈的鄱陽湖中，使湖面上的水光也閃耀着廬山的青黛色。這一段從山水對映的關係展開廬山的全景，雖然沒有寫遊山之人，但可以想像出具有如此視野的詩人必定具有無比高大的形象。

　　由於以上的視角，廬山上所有的景觀都和青天相接：金
闕本來是指廬山北面的石門，有雙石高聳，形狀像門，中間
有石門水瀑飛瀉而下。詩人將它比作「金闕」，彷彿因為打
開廬山的這座金門，才見到香爐峰和雙劍峰這兩座高峰。據
《尋陽記》，廬山上有三石梁，但不可考，今屏風疊左面有三
疊泉，水勢成三折流下，與李白詩句相合。既然廬山如天上
的屏風，那麼倒掛在三石梁上的瀑布自然就像銀河從九天落
下。廬山瀑布中香爐峰瀑布是李白的最愛，曾經寫過好幾首
詩讚美它的萬千氣象，所以這裡再次突出香爐峰瀑布遠遠在
望。這一層仍是按照山與水的關係將廬山主要的景點組合為
全景，只是角度不斷變化而已。詩人的着眼點本不在介紹廬
山名勝，而在渲染它的蒼莽氣勢，所以緊接着「回崖沓嶂凌
蒼蒼」一句又將視野升高推遠：從空中望去，廬山曲折的山
崖和重疊的岩嶂凌駕於青天之上。青翠的山影與天上的紅霞
朝日相互映照，東望吳天，長空寥廓，連鳥都飛不過去。這
就在極力誇大廬山的高大秀偉之時，又展開了無邊高遠的空
間，為下觀長江造勢，將詩情推向高潮。

　　「登高壯觀天地間，大江茫茫去不還。黃雲萬里動風色，
白波九道流雪山」四句是全詩視野的最高點，而着重寫廬山
與長江的關係：長江在潯陽（今九江）分為九道，白浪滾滾，

經過廬山浩蕩東去，直奔蒼茫的天際。黃雲萬里，隨着風勢變化，如大海般湧動起伏。詩人將他的視野拓展到天的盡頭：長江彷彿挾帶着極西頭的崑崙雪山，又像是捲裹了萬里大漠的黃雲。只有縱觀天地、俯視一切的詩人才能揮動如椽的巨筆，寫出這茫茫九派、波濤似雪、雲海翻騰、風雲變色的壯偉景象，而詩人的磅礴氣勢也在這裡達到了極致。

　　詩人借廬山的氣象充分讚美了長江的壯觀之後，視點回到了山上：「好為廬山謠，興因廬山發」兩句用歌行的重疊句法總結上文，藉此轉折交代自己寫廬山謠的真正用意：是因為要步謝靈運的後塵，到廬山上去修煉成仙。「閒窺石鏡清我心，謝公行處蒼苔沒」兩句即用謝靈運登廬山的典故，謝靈運寫過《登廬山絕頂望諸嶠》詩。據記載，南康府西有石鏡峰，上有一塊圓石懸崖，明淨如鏡。謝靈運有詩句說「攀崖照石鏡」，即指此處。李白要去尋找被蒼苔埋沒的「謝公行處」，也是頗有深意的：謝靈運是東晉大士族，入宋以後，因捲入王室之間的鬥爭，得罪朝廷被放為外任。但他不久離職返鄉，到處遊山玩水，藉以體會老莊的「達生」之道。李白的遭際與謝靈運有類似之處，所以他也希望像謝靈運那樣離開世俗，在山水間獲得心靈的清淨和自由。「早服還丹無世情，琴心三疊道初成」兩句就是寫這種「達生」的心理狀態。上句

説服食外丹，下句寫修煉內丹。李白相信道教，而且接受過道士的符籙。還丹是道教煉丹的術語，意思是把丹藥燒成水銀，又使水銀還原成丹，所以叫「還丹」。琴心三疊也是道教的一種修煉方法，《黃庭內景經・上清章》説：「琴心三疊舞胎仙。」道教説人的丹田有三處：肚臍下稱為下丹田，心下稱為中丹田，兩眉間稱為上丹田。修道者練氣功時，心和氣靜，使三處丹田的和氣積累為一體。「琴心」即平和之心，「疊」即積，所以叫作琴心三疊。這兩句説自己想早點服食還丹，因為已經沒有留戀世俗的心情了。而且練丹田之氣，也達到了初步成道的境界。這幾句將廬山和求仙聯繫起來，照應開頭「五嶽尋仙」的意思，也為前面寫景從空中俯瞰廬山和長江的視角找到了落腳處，因為只有超然世外的仙人才能以這樣的視野和氣魄來觀照山川。

所以最後四句的立足點又回到了空中：得道的詩人可以遠遠看見仙人們在彩雲間飄遊，手裡拿着芙蓉花朝見道教的元始天尊。據説元始天尊住在天中心之上，名為玉京山。這兩句不僅進一步將廬山寫成了仙境，而且預示詩人也將與仙人們一起自由地翱翔於天地之間。最後兩句扣住題目「寄廬侍御虛舟」之意，説自己已經和不可知的人相約於九天之外，願意接盧敖一起共遊太空。這裡化用《淮南子・道應訓》典

故，非常巧妙。該書說，燕國人盧敖曾經遊於北海，在蒙谷見到一個長相奇怪的人，正在迎風而舞。盧敖表示希望與此人結為朋友。這個人笑着說：「吾與汗漫期於九垓之外，吾不可以久駐。」於是舉臂跳入雲中。李白借用這個怪人的原話，將盧虛舟比作盧敖，意謂自己今後將飄遊於太清之中，並期待着盧敖和自己一起，在不可知的世外獲得永恆的自由。

　　李白一生都在追求絕對的精神自由，遊仙就是突破一切束縛的最好方式，尤其是在晚年經歷了這樣一場政治磨難之後，詩人對世情看得更透，也就更加渴望離開污濁的塵世。但遊仙只是虛幻的想像，而祖國山河的壯美才真正使他在大自然中找到了精神和人格的寄託，激發出與天地相通的浩然之氣。因此從這個意義上說，李白這首詩和《西嶽雲台歌送丹丘子》一樣，既以其處理個人形象和時空關係的獨特方式達到了人與自然合一的境界，又展現了將黃河、長江一類天地之大美與人文之精華融為一體的豐富內涵。

杜甫（二首）

望嶽

岱宗夫如何？齊魯青未了。
造化鍾神秀，陰陽割昏曉。
蕩胸生層雲，決眥入歸鳥。
會當凌絕頂，一覽眾山小。

杜甫（712–770），字子美，祖籍襄陽，後遷居鞏縣（今河南鞏義市）。是我國最偉大的詩人。寫過許多憂國憂民、抨擊時弊的優秀詩篇，深刻地反映了「安史之亂」時期唐王朝由盛而衰的急劇轉變。他的詩歌集前代詩歌藝術之大成，形成了博大精深、沉鬱頓挫的獨特風格。與李白一樣，代表着我國古典詩歌的最高成就。

杜甫詩歌的成就雖然主要體現在那些反映現實、言志述懷的重大題材之中，但因為早年曾經到處漫遊，晚年又因為

「安史之亂」而漂泊流離，走過許多名山大川，所以也寫過不少優秀的山水田園詩。但風格既不同於王維、孟浩然的空靈閒淡，又不同於李白的壯浪縱恣。而是能夠根據描寫對象的特點，變化出各種不同的意境，寄託自己在不同人生階段的感慨。這首五言古詩大約寫於 736–740 年間，杜甫漫遊齊趙之時。雖然此前到長安去考進士落榜，但他並不在意。所以詩裡依然豪情萬丈，表現了希望登上事業頂峰的雄心壯志以及對前程萬里的樂觀和自信。

　　泰山是傳說自堯舜以來就受到歷代帝王祭祀的名山。杜甫之前詠泰山的名作寥寥無幾。晉宋詩人謝靈運的《泰山吟》本是樂府題，但全詩用大量雙聲疊韻詞着力形容泰山的高峻奇險，強調封禪的肅穆神聖，風格典重生奧，完全失去了樂府的原味。或許正是因為泰山的宗廟色彩過於濃厚，詩人題詠便不得不考慮它的神聖意義，所以連善寫山水詩的「大謝」一旦涉筆，也只能寫成板滯的頌體。李白的《遊泰山六首》，以遊仙詩的形式抒發了他在泰山頂上與仙人同遊、精神飛揚於天地之間的自由與快樂，倒也符合泰山在漢代被視為「神仙道」的形象。杜甫這首詩則選擇了一個「望」的角度，將泰山壯美的自然景觀和象徵崇高的人文意義融為一個整體印象，成為自古至今詠泰山的第一首名作。

　　開頭以散文句式自問自答：發端直稱「岱宗」，本身已包含了泰山是帝王封禪之地的意蘊，接着說從齊到魯都望不盡它的青青山色，又以景色描寫烘托出它的高大。這兩句既點出泰山坐落於齊魯的地理位置，又借「青」字闡發了「岱宗」的人文含義。「岱」是代謝之意，古人認為泰山處於東方，是萬物生長、春天開始的地方。所以望不到盡頭的青色，既是自然景色的描繪，又顯示了春天從岱宗開始的意義。

　　同樣，下面兩句「造化鍾神秀，陰陽割昏曉」，說大自然把神奇和靈秀都集中於泰山，山南山北的明暗由高高的山峰分割。既是讚美泰山景色的壯麗和雄奇，也隱含着「岱宗」一詞的本義：萬物代謝、昏曉變化正是陰陽造化之功，既然集中於泰山，那麼此山當然不愧為五嶽之首了。這就超越視野的局限，化用泰山傳統的人文含義概括了泰山的主要特徵：一個象徵造化偉力和代謝變化的自然奇觀。

　　如果說前半首主要是寫「嶽」，那麼後半首則主要是寫「望」：詩人遙望山中雲層起伏，心胸豁然開朗；目送飛鳥歸山，眼眶幾乎為之睜裂。「蕩胸生層雲」句本來是說泰山上層層雲海的壯觀滌蕩着自己的胸襟，使人豪情滿懷，但是以「蕩胸」二字置於「生層雲」之前，卻給人一種錯覺，似乎層層雲氣是從詩人的胸中升騰，充分表現出詩人仰望泰山時精

神的激蕩，以及將大自然的浩氣都納入胸懷的豪情。有此力度，下句說目送歸鳥以致要「決眥」的誇張，才更顯出「望」的專注急切和目光的清澈深遠。

那歸鳥所向之處，就是詩人相信自己終有一天會登上的極頂。於是結句用孔子「登泰山而小天下」的典故，就極其現成，極其巧妙。既自述懷抱，又回到了泰山豐富的人文內涵中。正因為泰山的崇高偉大不僅是自然的也是人文的，所以登上絕頂的想望本身，當然也具備了雙重的含義。而這裡借用聖人的話，又正好說明了詩人嚮往的絕頂，正是聖人曾經指出過的人生應該努力達到的最高峰。全詩寄託雖然深遠，但通篇只見眺覽名山之興會，絲毫不見刻意比興之痕跡。若論氣骨崢嶸，體勢雄渾，更為後出之作難以企及。

唐詩之所以膾炙人口，往往在於能從自然景觀或生活情景中提煉出富有哲理意味的感受，表達出大多數人在同樣情景中都可能會有所感悟，卻不一定說得出來的體會。杜甫這首《望嶽》能夠成為名作，不僅在於能夠最大限度地包含泰山的自然美和人文美，更在於詩人寄託壯志的結尾兩句所具有的高度概括力，能夠最典型地表達出人們登上事業頂峰的希望和信心。

登高

風急天高猿嘯哀，渚清沙白鳥飛迴。
無邊落木蕭蕭下，不盡長江滾滾來。
萬里悲秋長作客，百年多病獨登台。
艱難苦恨繁霜鬢，潦倒新停濁酒杯。

　　這首詩是杜甫晚年旅居夔州時所作。唐大曆元年 (766)，
杜甫自雲安至夔州。柏茂琳於這年秋天任夔州都督，對杜甫
多有資助。杜甫在此居住了兩年左右。他本打算出川經由
兩湖重回家鄉，只是為生計所迫，必須沿途投親靠友，積攢
川資。加上身體每況愈下，肺病、糖尿病等嚴重威脅着他的
健康，不得已而滯留下來。夔州是一個荒涼而不甚開化的地
方，風俗較落後，生活也很苦。杜甫在此沒有多少事可做，
寫了大量詩歌，回憶他一生的經歷和思想變化的過程，探索
唐王朝由盛而衰的歷史教訓。可以說這是杜甫進行人生總結
的一個階段。所以這一時期的詩歌大多數帶有悲涼蕭索的色
彩，感慨也更深沉了。《登高》即寫他登高所見江上秋色，
抒發了晚年到處漂泊、無限悲涼的心情。

　　這首詩以精心結撰的句式、極其講究的聲律和凝練飛

動的景象，展示出闊大高遠的境界。在一種迴旋流蕩的旋律中，烘托出獨立於秋氣之中的詩人貧病交困而孤獨寂寞的形象。換言之，詩人悲哀而又不安寧的心境是在這擾動不安的秋景中顯示出來的。

全詩突出了一種動感：風急、天高、猿聲哀鳴，渚清、沙白、鳥兒來回飛旋。頭兩句寫景，將字詞和音節排得密集而緊湊，每句各包含三景，一字一頓一換，便使句式結構與所寫景物達到契合無間的程度，渲染出秋氣來臨的緊迫之感。為緩解節奏的迫促感，又採用了流暢的「灰」韻，這就造成了聲調的迴環流轉。登高而望，江天本來是很空闊的，但詩人使用這種特殊的對仗和起句方式，卻令人強烈地感受到風之凄急，猿之哀鳴，鳥之迴旋，都在受着無形的秋氣的控制，彷彿萬物都對秋氣的來臨惶然無主。於是，本來寫不出形態的秋意，便借風、猿、渚、鳥所構成的這種飛旋迴蕩的動態表現出來了。秋氣一來便如此勁厲蕭殺，它不是天高氣爽的初秋，而是蕭索落寞的深秋。它來得是那樣急速，自然會使詩人想到人生的秋天也是來得那樣急速，而不由得產生惶然之感。所以，「無邊落木蕭蕭下，不盡長江滾滾來」這一聯，就不止是單純寫景了。「風颯颯兮木蕭蕭」（《楚辭‧山鬼》），木葉飛落，自見秋風颯然。而「無邊」則放大了落

葉的陣勢，「蕭蕭下」，又加快了落的速度。顯然，詩人在滿目落葉飄零的眼前實景中，融進了他從心裡所感知的秋氣：它無處不在，來勢迅猛。它是那樣無情，催促着注定要消逝的事物快速逝去，使人聯想到一切有限的生命，包括短促的人生。同樣，寫滾滾而來的長江，也有意加快了江水的流速。與上句相對，未免含有逝者如斯、時不待人的悲慨。但這兩句氣象如此宏大，境界如此壯闊，對人們的觸動卻不限於歲暮的感傷，還有哲理的啟示：儘管春後有秋，萬物遇秋都要衰落凋零，但宇宙和生命又是永恆的，正如這長江，水不停地滾滾流去，卻永遠也沒有流盡的時候。因而，這兩句將葉落和水流的速度都大大加快，藉以微妙地烘托出詩人心頭所感受到的四時更替、萬物代謝的快速，卻並沒有哀惋、迷惘的意緒，而是構成了壯闊、高爽的意境，以理趣深蘊而耐人尋味。

秋氣來臨的快速令詩人想到自己一生所經歷的寒暑變換之快速。所以下聯説：「萬里悲秋常作客，百年多病獨登台。」「萬里」概括詩人一生漂流的經歷，經常寄人籬下、客居他鄉，自然常在作客時悲秋。「百年」意指詩人生命已將到盡頭，又值多病之時。這兩句意思層層遞進，將悲秋之意寫盡寫絕：萬里漂流，又在客中遇秋，人到晚年，老來多病，又

如此孤獨，這種種人生最淒涼的境況都集於一身，此時登高四望，心情如何也就不言而喻了。如果說這一聯是總結詩人畢生的悲秋之苦，那麼末二句則是抒寫眼前的處境之苦：本來一生不幸，眼下更為潦倒，日子原就艱難，滿懷苦恨，已使鬢髮日漸變白，更何況最近又因肺病戒酒，連一杯解憂的濁酒都不可得。對此秋景，更當奈何？結尾情調低沉，有無限悲慨溢於言外，但因全詩寫秋景極其新警，能使人在悲涼之餘感到一種騷動，聯想到宇宙人生變化的某些哲理，所以並無頹廢之感。

前人讚此詩「一篇之中，句句皆律，一句之中，字字皆律」，「而有建瓴走坂之勢」，指出如此精密的對仗和嚴格的聲律，卻能形成如此流暢的氣勢，實屬不易。盛唐七律大多聲調流暢，主要藉助歌行式的結構方式，如崔顥的《黃鶴樓》即是一例。句法平易鬆散，不求體裁的精密，自然興會淋漓，丰神秀美，這是初盛唐早期七律的共同特點。杜甫此詩的結撰方式則難度極大，首聯密集的音節安排與寫景的急速變換相對應，構成動盪迴旋的意象；次聯的對仗極為精工而採用歌行式句法，又增加了流暢的韻味。後兩聯連用遞進句法，一意貫串，遂使全詩一氣呵成，峭快中又迴蕩着飛揚流轉的旋律。充分調動文字在意象和聲調等方面的特點，通過精心

的結撰組織，使字句所形成的節奏、聲調體現出字面意義所不能充分表達的感受，從而使詩境的內涵得以開擴，顯然是這首七律在藝術上最難的地方。從這一點來說，明人胡應麟稱它「章法、句法、字法，前無古人，後無來學，此當為古今七言律第一，不必為唐人七言律第一」（《詩藪》），是不為過譽的。

韓愈（二首）

山石

山石犖確行徑微，黃昏到寺蝙蝠飛。
升堂坐階新雨足，芭蕉葉大支子肥。
僧言古壁佛畫好，以火來照所見稀。
鋪床拂席置羹飯，疏糲亦足飽我飢。
夜深靜臥百蟲絕，清月出嶺光入扉。
天明獨去無道路，出入高下窮煙霏。
山紅澗碧紛爛漫，時見松櫪皆十圍。
當流赤足蹋澗石，水聲激激風吹衣。
人生如此自可樂，豈必局束為人鞿？
嗟哉吾黨二三子，安得至老不更歸！

韓愈（768-824），字退之，河內河陽（今河南孟州市）
人。唐貞元八年（792）進士。曾任監察御史，後貶陽山（今

廣東陽山）令。唐憲宗時升為刑部侍郎，因上表諫阻皇帝迎佛骨，被貶為潮州刺史。最後官至吏部尚書。韓愈主張尊儒排佛，反對藩鎮割據，並倡導古文運動，是唐代著名的大儒和古文家，散文成就極高。

韓愈博學多才，古文滔滔雄辯，以寫作散文的才力和學問來寫詩，就形成了韓詩的一個重要特點：以文為詩。所謂「以文為詩」，並沒有確切的定義，只是古代詩話中的一種印象式的評論，大體指詩人採用或吸收散文表達的一些手法和特點來寫詩，比如在詩裡發議論，或者採用文章的佈局章法，等等。以文為詩的表現方式會產生一些弊端，例如描寫過分細緻，平鋪直敘，缺乏詩歌的跳躍性，不夠含蓄有味，等等。但是也會擴大詩歌的表現力，成功與否要看具體作品，不能一概而論。山水記遊詩是適於吸收散文手法的一種題材。中唐和宋代的一些詩人力圖使詩歌能像散文一樣具體翔實、有頭有尾地表現出較長時間的遊覽過程，自由地抒發議論，雖然寫出了不少缺乏詩味的押韻之文，但是也有一些成功的作品，韓愈的《山石》就是其中的一例。

《山石》大約作於唐德宗貞元十七年（801）。韓愈當時任節度推官。七月在洛陽，與兩三個友人到洛北惠林寺去釣魚，當夜宿於寺中，次日歸去，有感而作此詩。從表面看，

這詩猶如一篇平鋪直敘、文筆簡妙的遊記。然而一句一景、移步換形，層層展開黃昏、入夜、黎明等各個時分的不同畫面，貫注着遊人從中領悟的人生樂趣。一座荒山古寺，經詩人用濃淡相間的色彩點染之後，不但處處呈現出幽美的境界，而且滲透着詩人的特殊個性。

開頭四句寫詩人黃昏時進入山寺的過程：「山石犖确行徑微，黃昏到寺蝙蝠飛。」前句寫沿着小路在高低不平的山石中穿行的經過，後句寫到達山寺的時間以及黃昏蝙蝠亂飛的情景。開門見山地點出山寺環境的荒涼僻靜，黃昏中的山色、寺景隨着交代到寺的路徑和時間步步展現。而且一起調便見出詩人崚嶒的骨相：「犖确」兩字形容山石的棱角不平，卻也能令人聯想到韓愈很不隨和的性格。韓愈一生剛直不阿，不肯趨附權貴。蘇東坡曾説過：「犖确何人似退之，意行無路欲從誰。」就是用這首詩的第一句來比喻韓愈的性格，但也確實看出了《山石》取景及其格調與詩人性格之間的內在關係，可説是韓愈的知音。這兩句選景取山石、蝙蝠，遣詞用僻字拗調，以怪景、硬語導入幽境，倍增新奇之感。

接着在升堂坐階的過程中就勢捕捉住乍到寺中的第一眼印象：「升堂坐階新雨足，芭蕉葉大支子肥。」「支子」即梔子

花。用「大」和「肥」這兩個極俗之字形容芭蕉、梔子吸足新雨之後的飽滿水靈，也是一種反傳統的手法，但這裡用得十分恰當，因為剛剛坐定，天色又暗，不能細細鑑賞，只能得出一個花木都長得很壯的粗略印象，所以用俗字比雅詞更能傳神地表現詩人久居世俗、偶出塵外的清新感受。

接着詩人被寺僧引到佛殿裡觀看壁畫：「僧言古壁佛畫好，以火來照所見稀。」寺僧説畫和以火照畫都與前面的敘事步步緊接，文意沒有一點中斷，因而自然暗示出天色由昏變黑、遊人自外入內，絲毫不露轉換的痕跡。「稀」字一語雙關，不僅讚美古蹟的珍奇為世所稀有，也寫出了古舊的壁畫在燭光下影影綽綽的圖像，使以火照畫這幕情景本身就顯現出一種穠麗而略帶神秘的情調。

看完壁畫，就該吃晚飯睡覺了：「鋪床拂席置羹飯，疏糲亦足飽我飢。」鋪床拂席，是僧人為詩人留宿寺中做準備，連同設置羹飯等一系列動作，平直瑣細，像散文一樣鋪敘，似乎是詩裡可以省略的情節。但是寫得親切樸素，寺僧的殷勤和寺中生活的清苦也可由此見出，而且傳達出詩人自得其樂的神情，所以語言雖然平淡卻興味十足。

躺下以後，詩人卻睡不着：「夜深靜臥百蟲絕，清月出嶺光入扉。」漸漸不聞蟲聲，月光照進門內，是已到夜深的

情景。這裡只是從靜臥之人的聽覺和視覺去寫時間的流轉，而山寺深夜的靜美意境、詩人一夜不眠的複雜思緒，都歷歷分明。

　　緊接着是從夜深到天亮離寺的過程：「天明獨去無道路，出入高下窮煙霏。」天明離寺，信步走去，由於晨霧迷漫，不見道路，上上下下在雲霧之中到處走遍。這兩句寫空氣的迷蒙清潤，與夜間的澄澈清朗各臻其美。古人有「煙霏雨散」句，此處用「窮煙霏」寫平明真景，又照應黃昏雨後的興象，何等自然現成。由於詩歌一開頭就是上山到寺的情景，沒有細寫周圍的景物，因此正好借天明以後下山的過程，補足了山景：「山紅澗碧紛爛漫，時見松櫪皆十圍。」山色爛漫為遠望，松櫪十圍為近觀。「山紅澗碧」用概括的顏色寫出滿山花葉繁盛，溪澗水流清澈的美景。「十圍」指十人拉起手來才能合抱的樹幹直徑，一路走去常可見到這樣高大原始的林木，更可見山中的深幽。這兩句寫出景物的遠近層次，同時在景色轉換之間也暗示了雲開霧斂的天氣變化。正如蘇東坡所説：「宿雲解駁晨光漏，獨見山紅澗碧時。」前面既然説滿山煙霏，那麼要看見山紅水碧，必然是雲霧收斂、晨光泄漏之時，遠處的景色才能盡收眼底。

　　「當流赤足蹋澗石，水聲激激風吹衣」兩句對渡澗的情

景做了一個特寫，藉此與題目和開頭的「山石」呼應：赤腳
踏在山澗中的石頭上，水聲激激清其耳，山風吹衣入其懷，
耳目為之全新，身心任其滌蕩，是何等愜意！詩人在世俗中
蒙受的塵垢，可藉此沖洗一淨，所以自然引出以下的人生感
歎：「人生如此自可樂，豈必局束為人鞿？嗟哉吾黨二三子，
安得至老不更歸！」人若能夠在如此美好的大自然中自由自
在，不受官場的羈束，就足以快樂地度過一生了。所以詩人
不禁反思自己和二三好友，為甚麼到老還不肯回歸自然呢？
這段感想出自為景物觸發的真情，成為全詩的點睛之筆。《論
語》說：「二三子以我為隱乎？」結句由此化出，暗示想要在
此歸隱的意思，更見韓愈的儒者本色。這裡雖已點透詩人從
暫遊山寺所悟出的人生樂趣，但背後還有一層不屑久居幕下
的苦惱、渴望擺脫他人羈束的意蘊可供回味。

　　這首詩以遊記首尾完整、層層深入、篇末結出感想的記
敘手法為綱，以詩歌直尋興會、融情於景、觸目生趣的傳統
表現方式為本，畫面層次豐富，色調絢麗清爽。雖然整個過
程寫得寸步不遺，但是處處流露出對山寺環境的清新感悟。
因此是一篇以文為詩的成功之作。

謁衡嶽廟遂宿嶽寺題門樓

五嶽祭秩皆三公，四方環鎮嵩當中。
火維地荒足妖怪，天假神柄專其雄。
噴雲泄霧藏半腹，雖有絕頂誰能窮？
我來正逢秋雨節，陰氣晦昧無清風。
潛心默禱若有應，豈非正直能感通！
須臾靜掃眾峰出，仰見突兀撐青空。
紫蓋連延接天柱，石廩騰擲堆祝融。
森然魄動下馬拜，松柏一徑趨靈宮。
粉牆丹柱動光彩，鬼物圖畫填青紅。
升階傴僂薦脯酒，欲以菲薄明其衷。
廟令老人識神意，睢盱偵伺能鞠躬。
手持杯珓導我擲，云此最吉餘難同。
竄逐蠻荒幸不死，衣食才足甘長終。
侯王將相望久絕，神縱欲福難為功。
夜投佛寺上高閣，星月掩映雲曈曨。
猿鳴鐘動不知曙，杲杲寒日生於東。

唐人山水記遊詩的風格豐富多彩、不拘一格，但像《謁

衡嶽廟遂宿嶽寺題門樓》（以下簡稱《衡嶽》）這樣的怪詩卻很罕見。作詩以怪出新不易，以怪而成佳作尤為不易。《衡嶽》之怪，首先在立意之俗。從來高人雅士登覽山水，多賦遺世高蹈之情和鄙棄富貴之志；而韓愈則直抒功名絕望的牢騷和求神賜福的希望，反而在極其世俗之處顯示出詼諧豁達的神情，傾瀉出一腔剛直不阿的正氣。《衡嶽》之怪，又在意境之奇。盛唐山水記遊詩善於用優美清新的意象概括詩人對山水的感悟，情景交融，意境空靈悠遠；而此詩的意象則夾雜了鬼物神妖，意境雄怪典實，採用情景交替、夾敘夾議的章法，力圖使全詩像遊記文一樣具體詳盡、有頭有尾地反映出謁衡嶽廟的全過程，以及遊者曲折微妙的心理變化，使詩的表現力達到能像文一樣自由揮灑的境地。《衡嶽》之怪，還在文字之生。盛唐山水詩只用平易的常見字，聲情悠揚流暢。這首詩則連篇累牘地使用拗口的雙聲疊韻字，凡是押韻的句子都採用三平調（七言句最後三個字都是平聲），平聲一韻到底，利用「東」韻洪亮的音響效果和鏗鏘的節奏感創出奇調險格，造成著硬雄壯的聲勢，體現了韓愈專從生硬險奧處自闢詩徑的獨特風格。意俗、境怪、語生，無一不是傳統詩法的有意悖反，而此詩卻以奇創自成正調，原因就在詩中的「橫空盤硬語」正與衡嶽突兀森聳的山勢，以及詩人骨相崚嶒的

個性相得益彰，因而能從奇特中產生和諧的美感。

　　《衡嶽》詩作於唐永貞元年（805）九月，這一年韓愈已經三十八歲。他在踏上仕途之前，曾經蹉跎科場二十年，「四舉禮部乃一得，三選吏部則無成」，到三十五歲才得一京官。任四門博士、監察御史不過兩年，就因為上疏論「宮市」的弊端，並請求緩徵京畿農民租稅，在唐貞元十九年（803）被貶為陽山（今廣東陽山）令。唐永貞元年（805）唐順宗即位，例行大赦，韓愈被赦至湖南郴州等待任命。半年後，唐憲宗登基，韓愈被轉到江陵府任法曹參軍。由於歷經坎坷，深感正直的寒士升遷過於艱難，韓愈一生極力鼓吹國家應根據道德修養和才能學問選拔人才。他所標榜的道統學說和聖賢事業的核心內容，也就是要求德才兼備之士求取功名富貴。這一主張反映了當時廣大中下層地主要求擠進王公卿相行列的普遍願望，所以他敢於在詩文中理直氣壯地為本階層的政治權利大聲吶喊，從不掩飾自己強烈的富貴利達之心。《衡嶽》詩正是反映了他在獲赦轉官時展望今後前途的複雜心情。

　　被貶陽山是韓愈踏上仕途後第一次受挫，雖然牢騷滿腹，但遇赦歸來，豪氣尚未減退，對前程依然抱有幻想。因此在赴江陵之任的途中，泛舟湘水，瞻仰南嶽，這座名山使他產生的第一個聯想便是帝王賜予的「祭秩」。開頭先讚美

五嶽在祭祀儀禮中的崇高地位，說它們的祭祀等級都比照三公的待遇，然後概述泰、華、衡、恆四嶽分鎮東、西、南、北，環繞中嶽嵩山的地勢，這是典禮所用的頌體詩的寫法，所以開場局面很大，氣勢雄傑而又典雅莊重，但口吻中又微含嘲戲。接着轉到衡嶽所鎮之南方。南方在陰陽五行中屬火，所以說「火維」。古代南方被中原視為蠻荒之地，妖怪很多，衡嶽受上天賜予權柄，專鎮此地以逞其雄威。這四句寫得次序井然，從容不迫，語言則追求生奧拗口的效果。雖然沒有正面刻畫衡嶽的形貌，但是借五嶽祭秩和權柄之高顯示了這座名山森嚴雄偉的姿態以及鎮妖伏怪的神威。反而得其神似，正合乎南嶽的特殊身份。

衡山雖然馳名天下，它的真面目卻不易得見。以下四句寫作者對於這次拜謁衡山能否遇到晴天的擔心，說平時山岫間噴雲泄霧，霏微迷漫，彷彿是衡嶽故意將半個身子藏在雲霧之中，使人無法見到最高峰。加上詩人來此正逢九月秋雨季節，天氣陰晦，沉悶無風，就更不可能看清衡嶽的全貌了。「噴雲泄霧藏半腹」句中的「噴」「泄」「藏」三個擬人化的動詞用得俏皮粗獷，將衡山寫成了彷彿神話中的一尊吞雲吐霧、慣會捉迷藏的巨怪，與前面的「火維地荒足妖怪」取得意象的呼應。此山越是遲遲不露崢嶸，就越是顯得高峻神奇，同

時也更勾起讀者急欲見山的興致。所以這幾句看似平鋪直
敘，句句實寫，其實就像盤馬彎弓，蓄勢不發，等待後來的
高潮。緊接着以下筆意突然一轉，詩人謁山的誠心居然感動
了上天：「潛心默禱若有應，豈非正直能感通！須臾靜掃眾峰
出，仰見突兀撐青空。紫蓋連延接天柱，石廩騰擲堆祝融。」
作者在心裡默默祈禱的當然不只是天氣轉晴，他是將天晴看
作一種求福的吉兆：如果心中的祈禱真的應驗，豈不是因為
自己的正直能夠感動上蒼？如果位比三公的衡嶽神靈與自己
心意相通，那麼這是否也可以看作今後命運轉變的祥瑞呢？
這才是默禱深處的潛意識。祝告之後，雲霧果然在須臾之間
一掃而空，猶如驟然拉開一道障蔽群峰的帷幕，衡山突然露
出了真容。由於前面的烘托已經筆飽墨濃，留足氣勢，到這
裡如果筆力不足就會失去全篇氣象。所以下面詩人選擇衡嶽
七十二峰中紫蓋、天柱、石廩、祝融四座最大的山峰排成一
聯，一齊推出，令人頓時覺得眼前眾峰插天，突兀森聳，仰
觀周覽，驚心動魄。這時寫得越是堆砌，便越覺意象飽滿，
山勢逼人。何況四峰之間的排列組合極其靈活：紫蓋連延
與天柱相接，拓開衡嶽連綿起伏的遠勢，石廩騰跳在祝融之
上，又畫出眾峰層疊嵯峨的壯觀。龍騰虎躍的雄姿中，又透
出一派紫氣氤氳的莊嚴氣象。前面留足的氣勢也在此排蕩而

出，迅速升到了高潮。

　　為衡嶽突然顯露的威嚴所震懾，也是為自己的默禱竟然應驗的意外所觸動，作者不覺下馬而拜，自然轉入衡嶽廟的勝境：「森然魄動下馬拜，松柏一徑趨靈宮。粉牆丹柱動光彩，鬼物圖畫填青紅。」這四句借下馬拜山的動作承上啟下，寫盡嶽廟從外到內的環境特徵，一句一景，層次分明，暗中帶過作者下馬進廟的觀賞過程。「松柏一徑趨靈宮」句上接前四句，以橫斜的一徑小道勾破畫面上高峰聳立的排列態勢，使構圖飛動靈活、錯落有致。靈宮掩映在松柏叢中的深遠靜謐之感，又反襯出眾峰的峻拔。「粉牆丹柱」寫嶽廟外觀，粉白的牆壁和鮮紅的大柱在晴光輝映下流光溢彩，這兩種亮色與群峰疊壓重深的墨色形成鮮明的對比，使畫面上大山壓頂的沉重氣氛得到緩解。「鬼物圖畫」是廟內壁上所見。「填」字準確傳神地寫出壁畫勾線填色的作畫原理，青紅相間的色塊和粉牆丹柱構成明快斑駁的色調，猙獰的鬼物圖畫滲透着怪異的氣氛，並和前文的「妖怪」再次形成呼應。這幾句雖是客觀寫景，卻不難從中想像作者乘興徑自入廟的輕快情緒，以及心中對神靈的敬畏。

　　進入廟中，升階敬神，自然由寫景轉為寫人。作者着意刻畫了自己求神的過程以及廟祝的形象，為下文的抒情鋪

塾。「升階傴僂」以下六句，用生澀的語詞寫祭神占卜之事，能將作者和廟令兩人恭敬的姿態寫得合乎各人的身份和心理：作者彎腰曲背，進獻脯酒，求神賜福，至誠至恭；廟令老人則抬眼張目，察言觀色，慣能鞠躬，做出訓練有素的恭敬之狀。與其說他善識神意，還不如說他熟悉祭者的心理。因此在來者獻上祭品後，隨即手持瑩白的蚌殼做的卜具教擲卦象，斷定占到了上上大吉的兆頭，以示敬神有驗。這段生動細緻的人物描寫充分體現了以文為詩的長處，在傳統的記遊詩中很難見到。

作者求到的這一卦雖然暗合自己心事，卻反而勾出他滿腹牢騷和一番苦笑：「竄逐蠻荒幸不死，衣食才足甘長終。侯王將相望久絕，神縱欲福難為功。」這幾句說自己近年來因被貶逐而流竄到蠻荒之地，能夠不死便是萬幸。今後只要衣食剛夠溫飽，也就心滿意足，甘心以此終老了。至於封侯為王、出將入相的奢望早已斷絕，縱使神靈賜給自己這樣的福分，恐怕也難以成功。這番牢騷似乎是以戲謔的口氣反寫自己無意於功名富貴的清高，其實卻是正言明說，毫不隱諱地直接抒發急切的功名利達之心。「望久絕」的意思不是不做此望，而是久望而不達，轉而絕望，只恐神之賜福也無濟於事。「侯王將相」兩句與開頭「五嶽祭秩皆三公」遙相呼應，

始終不離嚮往王公卿相的心事。對於前途的展望夾雜着對朝廷的一腔怨憤，全在苦澀的幽默中盡情吐露，充分顯示出作者倔強如故的個性。

　　結尾點明詩題中「夜宿嶽寺」之意，補足衡嶽記遊全程：「夜投佛寺上高閣，星月掩映雲朣朧。猿鳴鐘動不知曙，杲杲寒日生於東。」從「夜投佛寺」來看，作者所投宿的寺廟並非白天占卜的衡嶽廟，而是附近的一座佛寺。最後四句字字扣住佛寺的環境特徵、湘中多猿的地方風情及秋季晝夜的陰晴變化，一句一景，境隨時移，與「森然魄動」四句移步換形、一句一景的章法對應，在景色轉換中展示時間的推移過程。入夜投宿佛寺，登上高閣，只見星月被朦朧的雲氣所掩，若明若暗，為黑沉沉的山峰寺廟勾勒出模糊的輪廓。猿鳴鐘響，不覺曙色漸顯，明亮的太陽從東方升起。那日光雖然還蒙着高山秋晨的寒氣，但展現在詩人眼前的，是一個光明的世界，再也不是陰氣晦昧的前景了。結語壯麗高遠，與開頭雄傑磅礴的氣勢相稱，更顯得從頭到尾無一字疲弱，無一句陳言熟語，嶄絕橫放，筆力千鈞。

　　韓愈調任江陵以後的發展趨勢似乎證實了《衡嶽》詩中的吉兆，以及結尾展現的光明前景。他在江陵僅一年，就被召還京師，此後官運亨通，步步升遷，一直做到刑部侍郎。

至於因諫佛骨再次遭貶，已是後話。這說明這次調任江陵，雖然不是升官，畢竟還是命運轉變的一個契機。此詩將遊衡嶽時天氣由陰雨轉晴的偶然變化看作自己因正直而感動上天的祥瑞，其中未始沒有寄託着否極泰來的朦朧希望。蘇軾在謫遷途中曾作《過太行》詩，序中說：「予南遷其必返乎？此退之登衡山之祥也。」將韓愈登衡山之祥看作遷謫必返的吉兆，一語道破了《衡山》詩中的深意。只是詩裡的這種弦外之音在若有若無之間，只可意會，難以言傳。所以雖然全詩吸收了散文遊記順序記敘、細緻描寫心理活動乃至人物形象的一些手法，而且因為多寫妖怪鬼物而造成獰厲奇峭的風格，卻以怪景硬語構成了壯美渾成的意境。可見無論怎樣創奇變怪，採取何種反常的藝術手段，只要是成功之作，總不可能從根本上違背詩歌以寄託性情、含蓄微渺為至高之境的重要規律。

白居易（一首）

杭州春望

望海樓明照曙霞，護江堤白蹋晴沙。
濤聲夜入伍員廟，柳色春藏蘇小家。
紅袖織綾誇柿蒂，青旗沽酒趁梨花。
誰開湖寺西南路，草綠裙腰一道斜。

　　白居易（772-846），字樂天，下邽（今陝西渭南）人。是
唐代的偉大詩人。唐元和年間曾任翰林學士、左拾遺等職，
後因得罪權貴，被貶江州司馬。唐長慶年間曾任杭州、蘇
州等地刺史，官至刑部尚書。晚年住在洛陽，號香山居士。
白居易關心民生疾苦，主張用新樂府諷喻時事。詩歌作品極
多，在當時家喻戶曉，對後世影響極大。
　　「江南憶，最憶是杭州」，這是白居易對杭州的深情回
憶。曾經擔任過杭州刺史的經歷，使他不但熟悉江南的湖光

山色，更熱愛這裡的風土人情。這首七律《杭州春望》就是
他在唐長慶三年或四年（823 或 824）春天遊賞西湖時寫下
的。在詩人的生花妙筆之下，杭州的春景是如此壯麗繁華：
錢塘江濤聲澎湃，西子湖波光瀲灩。朝霞開出曙色滿天，春
風催綠了萬家柳煙。護江堤上，行人的履屐踏着白沙陽光，
梨花深處，仕女的紅袖掀開畫樓羅幕；青旗在酒樓上招展，
酒香和花香一齊飄散……全詩一句一景，如同一幅散點透視
的國畫山水。雖從「望」字寫出，卻並不拘泥於展望的角度。
詩人巧妙地使自己的思路和視線與律詩黏對的聲律節奏相對
應，將各處景色自然地串聯起來，描繪出繁富多彩的畫面，
讚美了杭州的風物人情之美。

　　首聯以高聳於霞光之中的望海樓與橫亙在錢塘江上的護
江堤勾出杭州城背海帶江的雄偉地勢，展開了詩人高瞻遠矚
的寬廣視野。樓高堤低，點與線的垂直關係拓開了遼闊高遠
的天地空間。霞紅沙白，光與色的互相映襯渲染出明麗晴暖
的春日景象。護江堤應指錢塘江海塘，全長三百公里，高六
至七米，是古代人工修建的擋浪潮堤壩。錢塘江口和杭州灣
地區的海塘，始築於秦。唐開元元年（713）在鹽官一帶重築，
稱捍海塘，即大壩。當時主要是砂土築成。沙在晴日下遠望
色白，所以此詩說「堤白蹋晴沙」。杭州用白沙築堤還有白居

易《錢塘湖春行》中說的「白沙堤」，即今西湖蘇堤以西的白堤，一名孤山路，北有斷橋，南有西泠橋，現其西為裡湖。但白沙堤並非白居易所築之湖堤。據清人考證，因此堤原名白沙，後單稱白堤，或沙堤，後人遂訛傳為白居易所築之堤，又稱之為白公堤。白居易所築之堤原址在西湖東北，接連下湖。望海樓在杭州城東（作者原注：城東樓名望海樓）而見海，堤在錢塘江口為護江，詩人的視線自然就轉到了發於海而入於江的錢塘大潮。恰如這首七律的第二句要與第三句平聲相黏，濤聲與護江堤及望海樓也就自然聯繫在一起了。

聽着遠遠的濤聲，詩人不由得浮想聯翩。相傳伍子胥被吳王夫差殺害，民間同情他的遭遇，編出神話，說他怨恨吳王，死後驅水為濤。所以錢塘潮又叫「子胥濤」。歷代都為他立祠紀念，即伍員廟。《錢塘縣志》說：「吳山古稱胥山，自鳳凰山迤邐而來，跨踞城中，昔人立祠祀子胥，故名，亦稱伍山。」知道了錢塘潮和伍員廟的關係，就不難理解「濤聲夜入伍員廟」的構思之巧了。潮水有早晚之分，伍員凌晨驅駕濤水而來，到夜晚濤聲再起時，就該回廟休息了。因此詩人的思路又由海濤轉到肅立在吳山上的伍員廟。悲壯的傳說激發了詩人懷古的豪情，而英雄的故事又不禁使他聯想到美人的遺跡。「蘇小家」指南齊錢塘名妓蘇小小墓，在西泠橋

邊，也借喻西子湖畔的歌姬舞女。從字面看，「柳色春藏蘇
小家」只是歌詠春到西湖，柳色見新。但這「藏」字其實一語
雙關，兼含女子懷春之意，下得十分含蓄：春天不僅藏在西
湖的柳色裡，而且藏在多情的越女家。這一聯工整的對仗使
迴蕩着濤聲的伍員廟和掩映在西湖柳蔭中的蘇小小墓形成了
雄偉和秀麗的鮮明對比。並且巧借古蹟，將遙遠的歷史融入
眼前的春景，既概括了錢塘江的壯觀和西子湖的嫵媚，又微
微流露了詩人周流古今的感慨。從構圖來看，吳山上的「廟」
和柳蔭裡的「家」一顯一隱，與首聯望海樓和護江堤的一高
一低，又形成一種錯落有致的節奏感。

　　與本詩第四句和第五句必須相黏的聲律規則相應，從柳
蔭中的「蘇小家」轉到「紅袖織綾」，不僅因為由想像中的古
代女子過渡到現實生活中的女子而在意象上互有關聯，而且
還生發出更深一層的含義：西湖的柳色和多情的「蘇小家」
都藏不住熱鬧的春光。春風轉送着花香，微帶着醉意，蕩漾
在全城遊人的心裡。穿着鮮紅織綾春衫的女子爭相誇耀着織
工精美的柿蒂花紋；酒家樓上的青旗隱現在雪白的梨花叢
中，正在招呼遊春的人們前來沽酒暢飲。「紅袖織綾誇柿蒂」
句既是寫仕女春遊的景致，又巧妙地顯示了杭州城以絲織聞
名天下的特點。南宋吳自牧《夢粱錄》卷十八：「杭土產綾曰

柿蒂、狗腳。……皆花紋特起，色樣織造不一。」據姜南《蓉塘詩話》，柿蒂、狗腳都是指綾緞上凸起的紋樣。杭州土產綾有多種花樣，其中以柿蒂花紋為最佳，白居易自注：「杭州出柿蒂，花者尤佳也。」同樣，「青旗沽酒趁梨花」也暗合杭州城裡趕在梨花開時釀熟春酒的風俗。白居易此詩原注：「其俗釀酒趁梨花時熟，號為『梨花春』。」此句用「梨花」的酒名與織綾花紋名「柿蒂」對仗，又正應趁春天梨花開放飲酒賞花的時景。紅袖寬舒，青旗招展，蒂紋精細，梨花繁密，紅白青綠的調色，線條疏密的搭配，使動態的人物與靜態的背景融成五光十色的一片。這一聯巧借物名，將杭州的風物人情化入春望的場景，通過描繪人物的秀美和市面的繁華，讚美杭州人民用巧手織出了如花似錦的春光，釀就了芳香醉人的春意。

儘管詩人順應律詩黏對規則而轉移視點的巧思已經形成了一條貫串遠近、巨細各種景物的主線，但繁雜的畫面仍然需要完整的佈局。詩人選擇了從湖上開出的孤山寺路，這條長堤由斷橋向西通向孤山，春來芳草芊綿。白居易原注：「孤山寺路在湖州中，草綠時望如裙腰。」它逶迤斜過湖上，橫貫整個畫面，將各處勝景連成一體。同時那「裙腰」的生動比喻還令人想見：展現在詩人眼前的西子湖，不正像一位束

着草綠色裙腰的美妙少女嗎？這就使其餘各句中人與景的融合形成更完整、鮮明的印象，從而使杭州壯觀、嫵媚、秀麗、繁華、清新的多種風格在春與美的基調上得到了統一。

　　詩情和畫意的交融，工巧和天然的和諧，這首《杭州春望》的特點，不也正是杭州之春的特點嗎？

杜牧（一首）

山行

遠上寒山石徑斜，白雲生處有人家。
停車坐愛楓林晚，霜葉紅於二月花。

杜牧（803-852），字牧之，唐京兆萬年（今西安）人。是晚唐著名的詩人和古文家。曾任使府幕僚多年，並歷任黃州、池州、睦州、湖州刺史。歷代評論家都稱讚他「情致豪邁」「雄姿英發」，能在萎靡感傷的晚唐詩壇上獨樹一幟。

這首七絕像是一幅最簡妙的山中秋景的速寫：寒山上石徑欹斜，通向遠峰。重嶺上白雲飄浮，茅舍掩映。坡麓上層層霜林，紅葉遍野。構圖是如此簡潔，色彩是如此明快，筆致是如此爽淨，唯其將取景精簡到了最有概括力的限度，山中高爽、明麗、略帶清寒的秋色才給人留下了最鮮明的直覺印象。

　　詩人在構圖時有意略去的景物，不一定要讀者一一來補充。有時，過分具體地設想畫面中每一部分的佈局，用許多實物來塞滿本來可以有更大想像餘地的空間，反而會破壞原詩優美的意境。高明的詩人本來就不滿足於用文字表現一幅醉人的山林晚秋圖，而是要用語言組成的線條和色彩使人們從秋色中體會詩情，得到哲理的啟示。

　　全篇畫意和詩情互相生發，隨着詩人悠然自得的履跡展開。「遠上寒山」的是山行的詩人，還是斜上山頂的石徑？應當說二者兼而有之。那麼這「遠上」二字的好處就在意思的含渾，它將詩人遊山的行蹤和即目所見之景連成一氣了。倘是真的一幅畫，勾勒再簡單，那石徑也不可能一空依傍，寒山的輪廓總不免要塗抹幾筆。而在詩裡，卻可以分明地突出這條斜斜的石徑，讓寒山的形狀退到虛處，不必刻畫，只需領略這點山中的秋寒以及山路向遠處斜上的縱深之感，便自能體味山裡環境的深遠和空靜，以及詩人一路行來的清興和幽致。「白雲生處有人家」，是詩人憑那條石徑產生的推測，還是嶺上白雲中確實隱隱可見人家？「有」字的肯定語氣不難牽動許多關於山中人家的遐想。梁代吳均的《山中雜詩》說：「山際見來煙，竹中窺落日。鳥向檐上飛，雲從窗裡出。」是進入白雲深處近看山裡人家的景象，頗有生活情趣。

但比杜牧寫得實。北宋梅堯臣《魯山山行》:「人家在何處?雲外一聲雞。」則是在幽徑空林中遙聞雞鳴而猜測人家的所在,比杜牧寫得更空靈。相比之下,便可知杜牧這一句的意境正好在遠近之間和虛實之間,既有空靈的意趣,令人對白雲縹緲之處杳然神往;又有實在的景象,可從山裡人家感受到親切的生活氣息。寫眼前景而語言如脫口而出的白話一般明快淺顯,似乎隨手拈來,不思而得,山野中自有雋雅之致的情味卻足堪玩賞。

在這樣一幅清淡疏朗的背景襯托下,那一大片晚霞映照下的楓林紅得格外可愛,詩人情不自禁地停下車來觀賞經霜的楓葉,陶醉在這片動人的秋色之中了。「晚」字可作三用:既點明傍晚時分,帶出夕暉落照;又扣住晚秋季節,照應楓林染霜;同時暗示賞玩流連之久,不覺時辰已晚。而「霜葉紅於二月花」的妙想也全從這一「晚」字生發。二月花是早春的紅色,霜葉是晚秋的紅色。如果説春天象徵生命的開始,那麼霜秋則象徵着生命的凋謝。詩人攝取了春、秋兩季大自然中最熱烈的色彩,通過秋葉之紅勝過春花之紅的比較,讚美了楓林經霜之後越發火紅豔麗的頑強生命力,正是讚美它那傲霜衝寒的精神以及晚秋更勝於春朝的生機,而全篇濃鬱的詩情也在引到高潮的時刻昇華為哲理的領悟。

　　倘若認為詩中高爽、明麗的意境是詩人的某種理念在自然景物中的投影，當然失之穿鑿附會。但意境既是情與景的融合，是審美趣味的自然流露，詩人的性格、氣質乃至所處時代的風貌必定會通過對審美意識的影響曲折地反映在他的作品之中。深秋蕭殺的氣氛客觀上容易給人造成淒寒的心理感覺。因此，古來詠秋之作總以悲吟怨歎為多。但不同時代、不同性格的詩人對秋色又有不同的感受。初盛唐詩人遭逢國力上升的盛世，他們詩中的秋景不少是充滿朝氣和活力的。像陳子昂筆下的晚秋便是雲海浩蕩、金輝滿天的一派壯觀景象：「況乃金天夕，浩露沾群英。登山望宇宙，白日已西暝。雲海方蕩潏，孤鱗安得寧？」（《感遇》其二十二）這是詩人處於大有可為的時代所產生的動蕩不寧的心情在登山望秋時的自然流露。「安史之亂」後，極盛而衰的唐王朝已經進入了它的秋季。但中唐許多富於改革理想的詩人仍對前途充滿信心，因此他們的詠秋之作仍然是樂觀、昂揚的。如劉禹錫的《秋詞·其一》就說：「自古逢秋悲寂寥，我言秋日勝春朝。晴空一鶴排雲上，便引詩情到碧霄。」正是排雲直上的壯志和激昂高揚的詩情使詩人發出了秋日勝於春朝的由衷讚美。

　　而在日暮途窮、氣息奄奄的晚唐，很多詩人對國家的前途失去了信心。他們描寫的秋景便帶有濃厚的感傷色彩。李

商隱的詩典型地反映了人們在末世所普遍感受到的沒落情緒。秋天在他心裡引起的是滿目淒涼殘敗的感觸:「秋陰不散霜飛晚,留得枯荷聽雨聲。」(《宿駱氏亭》) 縱然能看到夕陽的無限美好,也抑制不住絕望的歎息:「夕陽無限好,只是近黃昏!」(《登樂遊原》) 與其説這是對晚景的讚美,不如説是對衰暮的哀輓。杜牧卻在晚唐詩人中獨標一格。他畢生都在追求着恢復「貞觀之治」和盛唐氣象的理想,希望通過政治的革新,挽回唐王朝沒落的命運。而唐武宗會昌、唐宣宗大中年間出現的小康局面,也曾給予他「爾生今有望」(《感懷詩》) 的一種錯覺,刺激了他對唐王朝「艱極泰循來」(《感懷詩》)、衰極而復興的幻想。因此,杜牧筆下的秋色總是開朗、高爽的:「樓倚霜樹外,鏡天無一毫。南山與秋色,氣勢兩相高。」(《長安秋望》) 那寥廓明淨的鏡天猶如詩人開闊的心胸,而高與天齊的南山和秋色也彷彿在與詩人的氣勢兩相爭高。《山行》中爽淨明麗的秋色和俊拔英爽的氣概也同樣反映了這種富於理想的樂觀性格。誰能説那經霜更紅的楓林所蘊含的哲理意味與詩人盼望大唐否極泰來、晚景更紅的心情沒有關係呢?

　　以直達的語言表現對自然美的敏鋭感受,寄詩人的思想感情於清新優美的畫面之中,形成俊爽的風調、高絕的意

境，是杜牧在藝術上的自覺追求。《山行》之所以膾炙人口，正是因為他能在發現和提煉秋色美的基礎上進行高度的藝術概括，令人從中悟出鼓舞人奮發向上的生活哲理，表現了健康純正的審美趣味。儘管霜楓吐豔的美景恰似盛唐氣象在唐王朝滅亡以前的迴光返照，但杜牧詩中雄健豪邁的氣魄和積極進取的精神畢竟在暮靄沉沉的晚唐詩壇上投下了最後一道理想的光芒。何況，「霜葉紅於二月花」所蘊含的深廣的哲理意味遠遠超出了它的時代內涵。其不朽的藝術魅力就在於它對一切在衰暮之時猶能充滿活力、使生命放出異彩的人和物都是一個精妙的比喻和壯美的禮讚。

徐俯（一首）

春遊湖

雙飛燕子幾時回？夾岸桃花蘸水開。
春雨斷橋人不度，小舟撐出柳陰來。

徐俯（1075-1141）是北宋大詩人黃庭堅的外甥。早年作詩受到黃庭堅的影響，所以被呂本中列入《江西詩派宗社圖》。但他後來極力要擺脫江西詩派艱深雕琢的風格，追求平易自然。主張「必有是景，然後有是句」（曾季狸《艇齋詩話》）。從這首《春遊湖》即可看出他暮年的詩風。

這是一首七絕，寫早春遊湖的幽興，目之所及，自成佳境：成對的燕子掠過水面，夾岸的桃花臨水怒放，雨後的春水漫過了橋頭，一葉小舟從柳蔭中悠悠撐出。像桃紅柳綠、春水雙燕這類為人所寫熟的常見景色，倘若真的不費心思隨手拈來，極易落入平熟率滑一路。這首詩之所以能給人以新

鮮之感，主要是能夠以意趣剪裁景物，根據覓春的心理和遊湖的行蹤來安排構圖。

發端作一問句，起得突兀。彷彿詩人忽然發現了雙飛的燕子，這才意識到春天已經悄悄地回來了。「幾時」二字是對燕子如見老朋友一般的親切問候。春天不知不覺地來臨在詩人心裡所引起的驚喜之情也自然溢於言外。再看湖上，果然桃花開遍枝頭，已是一片春意盎然了。「夾岸」二字寫桃花成林，極為繁盛，為「蘸」字鋪墊：花既夾岸，枝條斜伸到水面，方有蘸水而開的妙想。而蘸水又可使人意會桃花的鮮豔水靈彷彿是由於蘸飽了水分的緣故，甚至可以進而聯想到水中桃花的倒影，故下一「蘸」字，桃花之神態、意趣俱出。

後兩句從過橋與乘舟兩路寫遊湖之興，而能將遊蹤化為畫意。雨後水漲，淹沒橋頭，斷了人行，改為坐船擺渡。這小小的插曲，倒給詩人提供了現成的詩料。不但可見出春雨之後湖上波平水滿的景象，而且因斷橋而寂無人行，還給這幅明媚的春景添上了一點荒寒的野趣和清幽的情味。捨橋登船，柳蔭中撐出一葉小舟，與上句自成因果，接得現成。正如上句由橋斷而見水漲，這句也由舟小而見湖寬。中國畫表現水景常用此法，只就橋、船落筆，不畫波紋，自有水意。所以這兩句體現了中國詩歌藝術的兩個重要審美特點：一是

寫景在秀麗之外須有幽淡之致，花開燕飛，固然明麗，然無斷橋野浦，便少逸趣。二是以實寫虛，虛實相生。只消寫出小舟一篙撐出柳蔭的悠然情態，水面的空闊寧靜和滿湖陰陰的柳色便如在目前。正如全詩並無一字刻畫湖光水色，僅在近水景物上做文章，就將滿湖春色烘托了出來。

　　南宋詞家張炎有一首描寫春水的《南浦》詞。上片說波暖水綠正是春曉時節，而待到落紅隨浪流去，已是春將歸去之時。其中「荒橋斷浦，柳陰撐出扁舟小」句，是此詞的名句，顯然是從徐俯《春遊湖》的後兩句蛻化的。但更強調了斷橋的「荒」意和扁舟的「小」字，就比徐俯詩更明確地點透了那點荒涼感在桃紅柳綠中的調劑作用，以及詩歌構圖以小襯大的辯證關係。徐俯此詩曾傳誦一時。趙鼎臣說：「解道春江斷橋句，舊時聞說徐師川。」（《和默庵喜雨述懷》）可見此詩在當時已非常著名。而張炎的《南浦》詞居然能在前人名句上稍事改作而成「古今絕唱」，上述道理不是很值得深思嗎？

行旅篇

行旅是山水詩創作的重要生活源泉。古代
士人常常為求取功名而背井離鄉，奔波於旅途
之中。如果入仕或者被貶，又常要離開家鄉或
京城到外郡赴任，這種行旅又稱為宦遊。而遇
到亂世，詩人們更是常在漂泊羈旅之中。古代
交通不便，出門無非是車馬舟船，在悠長緩慢
的旅途中，能夠飽看沿路風光，從容欣賞山川
之美。此外，古人在送別友人時，常常在詩裡
想像行人在旅途中所見景色，所以送別也往往
和行旅聯繫在一起，產生優秀的山水詩。這類
詩裡寄託的往往是濃鬱的離情鄉愁、旅途的寂
寞和厭倦，也有人生的反思和瞻望。

謝朓（二首）

之宣城郡出新林浦向板橋

江路西南永，歸流東北鶩。
天際識歸舟，雲中辨江樹。
旅思倦搖搖，孤遊昔已屢。
既歡懷祿情，復協滄洲趣。
囂塵自茲隔，賞心於此遇。
雖無玄豹姿，終隱南山霧。

謝朓（464-499），字玄暉，陳郡陽夏（今河南太康附近）
人。是南朝宋齊時期的詩人。因與晉宋時期的著名山水詩人
謝靈運同族，又以山水詩名世，所以有「小謝」之稱。他曾擔

任過宣城太守等官職，於是又被後人呼為「謝宣城」。後因受誣陷，下獄死，年僅 36 歲。

「之宣城郡出新林浦向板橋」，詩題如此準確具體地標出了行程和去向，詩人卻沒有以他那清麗的秀句描繪新林浦的佳景和板橋渡的幽致。詩中展現的是浩渺無涯、東流而去的江水，佇立船首、回望天際的孤客，隱隱歸舟，離離江樹，如淡墨般的幾點，溶化在水天相連的遠處……

這是齊明帝建武二年（495）的春天，謝朓出任宣城太守，從金陵出發，逆大江西行。據李善引《水經注》：「江水經三山，又湘浦（一作幽浦）出焉。水上南北結浮橋渡水，故曰板橋浦。江又北經新林浦。」謝朓溯江而上，出新林浦是第一站。宣城之行留下不少佳篇，除這首以外，著名的《晚登三山還望京邑》即作於下一站泊舟三山時。新林浦、三山都在金陵西南，距京邑不遠，宣城也在金陵西南方向，所以首二句「江路西南永，歸流東北騖」先點明此行水長路遠，正與江水流向相背。江舟向西南行駛，水流向東北飛奔。江水尚知入海為歸，人卻辭別舊鄉而去。這就自然令人對江水東流生出無限思慕：那水流在歸海的途中，不也經過地處東北的京邑嗎？那正是自己告別不久的故鄉呵！此處並未直接抒情，僅在人與江水相逆而行的比較中自然流露出深長的愁

緒。「永」和「騖」不但精確地形容了逆流而上與順流而下的不同水速，而且微妙地融進了不同的感情色彩：水流已將抵達它的歸宿，所以奔流得那麼迅速；人卻是背鄉而去，而且行程剛剛開始，所以更覺得前路漫無盡頭。

離思和歸流自然將詩人的目光引到了遙遠的天際：「天際識歸舟，雲中辨江樹。」江面上帆影點點，即將從視野中消逝，但還能認出是歸去的船隻。再用心辨認，還可以看出，那隱現在天邊雲霧中的是江畔的樹林，而有樹之處就是彼岸，就是金陵呵！詩人在這裡用清淡的水墨染出了一幅長江行旅圖，以「辨」「識」二字精當地烘托出詩人極目回望的專注神情，則抒情主人公對故鄉的無限懷戀也就不言自明。清人王夫之說：「語有全不及情而情自無限者，心目為政，不恃外物故也。『天際識歸舟，雲中辨江樹』，隱然一含情凝眺之人，呼之欲出。從此寫景，乃為活景。故人胸中無丘壑，眼底無性情，雖讀盡天下書，不能道一句。」（《古詩評選》卷五）歷來稱賞謝朓這一聯名句者，都不如王夫之說得這樣透徹。

從漢魏到兩晉，文人五言詩以抒情言志為主，寫景成分雖逐漸增多，但總的說來情語多而景語少，即使寫景也是由情見景、景融於情，景語僅僅是情語的點綴。直到謝靈運的山水詩出現，五言古詩才有了純寫景而全不及情的描寫。大

謝山水詩剛從玄言詩脫胎而出，玄言詩中的山水描寫作為玄理的印證，本來就有萬象羅會、堆砌繁複的特點，這對於謝靈運「寓目輒書」、寫景「頗以繁富為累」的山水詩自有直接的影響。大謝力求從山水中發現理趣，將枯燥的玄理說教變成抒情寫意的手段，但還不善於使抒情說理和寫景融合在一起，景物雖刻畫精工而只求形似，缺少情韻，這就使他的山水詩產生了情景「截分兩橛」（王夫之《姜齋詩話》）的弊病。比如同是水上行旅之作，謝靈運只能情景分詠：「旅人心長久，憂憂自相接。故鄉路遙遠，川陸不可涉。……極目睐左闊，回顧眺右狹。日末澗增波，雲中嶺逾疊。白芷競新苕，綠蘋齊初葉。摘芳芳靡諼，愉樂樂不燮。佳期緬無象，騁望誰云愜。」（《登上戍石鼓山詩》）這首詩抒寫憂思直截了當，不求含蓄，刻畫景物則左顧右盼，筆筆不遺。作者還不善於將觀望美景而更加鬱鬱不樂的心情融會在澗波、雲嶺、白芷、綠蘋等客觀景物的描繪裡，也不善於將各種零散的印象集中在騁望的目光中，熔鑄成完整的意境。小謝則以清新簡約的文筆洗去大謝繁縟、精麗的詞采，僅淡淡勾勒出寓有思鄉之情的江流、歸舟、雲樹的輪廓，並統一在遠眺的視線中，這就使語不及情的景物含有無限的情韻，將大謝刻板的摹寫變成了有情有人的活景。這一變化不僅使大謝與小謝詩有

平直與含蓄之別，而且促使厚重典實的古調轉為輕清和婉的近調。從此以後，詩歌才開出由景見情一種境界，為唐代山水行役詩將景中情、情中景融為一體，提供了成功的藝術經驗。所以陳祚明說：「『天際』二句竟墮唐音，然在選體則漸以輕灕入唐調。」（《采菽堂古詩選》）參較孟浩然的《早寒江上有懷》，不難體味小謝此詩啟唐漸近之處。孟詩後半首說：「鄉淚客中盡，孤帆天際看。迷津欲有問，平海夕漫漫。」客中懷鄉的淚水已經流盡，眺望孤帆的目光還凝留在天際。寒霧漠漠的大江之上，哪裡是迷途者的津渡？唯有滿目夕照，平海漫漫，展示着渺茫的前程。詩中再現了「天際識歸舟，雲中辨江樹」的意境，只是滲透着久客在外的懷鄉之情以及仕途迷津的失意之感，較之小謝詩寄託更深，也更加渾融完整、清曠淡遠。

小謝的山水詩雖然在剪裁提煉、融情入景方面較大謝有明顯的進步，但仍存在着有句無篇的瑕疵。這首詩前四句寫景，後八句寫情，「天際」二句突出篇中，後半首便覺得氣力較弱。鍾嶸稱小謝「善自發詩端，而末篇多躓，此意銳而才弱也」（《詩品》）。其實，小謝詩玉石雜糅、篇末多躓的原因並不是意銳才弱，倒是意弱所致。他的山水詩多數承襲了大謝詩寫景加抒情說理的公式，大都將抒情部分集中置於篇

末，長篇大套，而又沒有強烈深刻的感受作為全詩的基調，因此「篇篇一旨，或病不鮮」(《采菽堂古詩選》)，這是由其思想感情的貧弱決定的。謝朓因文才出眾而先後受到隨王和齊明帝的寵信，仕途一帆風順。但由於齊王朝政治鬥爭的複雜，他也常對自己的處境懷着隱憂。他遭過暗箭中傷，最後竟因為不肯參與廢立皇帝的陰謀而遇害。謝朓詩歌「篇篇一旨」，所表現的主要是感激皇恩、安於榮仕和遠隔囂塵、畏禍全身這兩種思想的矛盾。《之宣城郡出新林浦向板橋》這首詩就反映了他調和仕隱矛盾的心理。謝朓出任宣城太守之前，南齊在一年 (494) 之內改了三個年號，換了三個皇帝，其中之一是謝朓為之充任中軍記室的新安王，在位僅三個月。新安王登基時，謝朓連遷驃騎咨議、中書詔誥、中書郎等官職。明帝廢新安王自立後，謝朓的前程雖未受影響，但目睹皇帝走馬燈似的變換，不能不心有餘悸。所以當他第二年出牧宣城時，對京邑固然不無留戀，不過也很慶幸自己能離開政治鬥爭的漩渦。此詩後八句就表現了這種複雜的情緒。「旅思倦搖搖，孤遊昔已屢。」這兩句承上啟下，巧妙地由前四句眷戀故鄉的惆悵心情轉換為無可奈何的自我排遣。「搖搖」用《詩經·王風·黍離》「行邁靡靡，中心搖搖」句意，寫因遠行而沒精打采，心中無所適從的樣子，同時也照應了

人隨着江舟的顛簸搖來晃去的感覺，以及倦於行旅、思緒恍惚的狀態，是傳神之筆。不說此次孤身出仕，只說從前孤遊已經不止一次，越是強自寬解，便越見出眼前的孤獨。

「既歡懷祿情，復協滄洲趣」，這話雖是指此去宣城既遂了做官的心願，又合乎隱逸的幽趣，卻也精練地概括了詩人一生的思想矛盾。而且在後代成為概括吏隱生活的名句。雖然魏晉以後朝隱之風逐漸興盛，調和仕隱的理論在士大夫中相當流行。晉人王康琚甚至說：「小隱隱林藪，大隱隱朝市。」（《反招隱詩》）但將熱衷利祿之心和遁身滄洲之意這兩種本來相互排斥的生活情趣如此坦率地統一起來，「滄洲趣」便更像是為「懷祿情」所塗上的一層風雅色彩。不過在當時的政治環境中，在外郡做官，因為遠離京城的政治中心，相對京官而言，也確實類似隱居。正如謝朓在以下兩句中所說：「囂塵自茲隔，賞心於此遇。」從此離開京城那煩囂的是非之地，隨心所欲欣賞山水的自在生活也可由此開始。所以後代詩人由此得到啟發，往往將自己出任外郡視為「滄洲」。

當然，在外郡的賞心充其量不過是公務之暇逍遙吟詠的散淡生活，並非真正的避世遠遁，然而究竟可以幽棲遠害，所以末二句說：「雖無玄豹姿，終隱南山霧。」結尾一典多用，精當巧妙。據《列女傳・賢明傳・陶答子妻》載：「答子

治陶三年，名譽不興。家富三倍。……居五年，從車百乘歸休，宗人擊牛而賀之。其妻獨抱兒而泣。姑怒曰：『何其不祥也！』婦曰：『妾聞南山有玄豹，霧雨七日而不下食者，何也？欲以澤其毛而成文章也，故藏而遠害。……今夫子治陶，家富國貧，君不敬，民不戴，敗亡之徵見矣！願與少子俱脫。』……處期年，答子之家果以盜誅。」從上下文看，詩人是說自己雖無玄豹的姿質，不能深藏遠害，但此去宣城，亦與隱於南山霧雨無異，這也正是他在《始之宣城郡詩》中所說「江海雖未從，山林從此始」的意思；從典故的含義看，「玄豹姿」又借喻自己身為一郡之守，雖無美政德行，未必能使一郡大治，但也深知愛惜名譽，決不會做陶答子那樣的貪官污吏，弄得家富國貧。所以字面意義是借出仕外郡之機隱遁遠禍，典故含義又是指以淡泊心境處理政務，這就借一個典故包羅了「既歡懷祿情，復協滄洲趣」的兩重旨趣，更深一層地闡明了自己以仕為隱的處世之道和以隱為仕的治政之法。結尾不但扣住赴宣城為郡守的正題，而且字面形象與首句「江路西南永」照應，令人在掩卷之後，彷彿看到詩人乘舟向西南漫漫的江路緩緩前去，隱沒在雲遮霧繞的遠山深處……

　　這首詩情景分詠，又相互映襯。前半首寫江行所見之

景，又暗含離鄉去國之情；後半首直寫幽棲遠害之想，也是
自我寬解之詞。因此境界完整，構思含蓄，語言清淡，情味
曠逸，堪稱小謝山水詩中的上乘之作。

晚登三山還望京邑

灞涘望長安，河陽視京縣。
白日麗飛甍，參差皆可見。
餘霞散成綺，澄江靜如練。
喧鳥覆春洲，雜英滿芳甸。
去矣方滯淫，懷哉罷歡宴。
佳期悵何許，淚下如流霰。
有情知望鄉，誰能鬒不變？

　　萬籟俱寂的秋夜，月光如水，白露垂珠，大江宛如一條
銀練靜臥在空濛的夜色中。金陵城（今南京）西樓上，徘徊
着一個詩人的身影，靜謐的夜空中傳來了他那寂寞的低吟：
「月下沉吟久不歸，古來相接眼中稀。解道澄江靜如練，令
人長憶謝玄暉。」這是李白在吟哦南朝詩人謝朓的名句。眼
前的美景使他深深領悟了「澄江靜如練」的意境，追憶前賢，

這位大詩人不禁發出了古來知音難遇的長歎。然而此時的李白應未想到，由於他的歎賞，謝朓這句詩在後世得到了無數的知音。

「澄江靜如練」是謝朓所作《晚登三山還望京邑》一詩中的名句。這是一首五言古詩，應作於齊明帝建武二年（495），謝朓出為宣城太守時。在這次出守途中，他還作了一首題為《之宣城郡出新林浦向板橋》的古詩，據《水經注》記載，江水經三山，從板橋浦流出，可見三山當是謝朓從京城建康到宣城的必經之地。三山因上有三峰、南北相接而得名，位於建康西南長江南岸，附近有渡口，離建康不遠，相當於從灞橋到長安的距離，所以此詩開頭借用王粲《七哀詩》「南登灞陵岸，回首望長安」的意思，用「灞涘望長安」一句形容他沿江而上，傍晚時登上長江南岸的三山回望建康的情景，十分貼切。「河陽視京縣」一句從字面看似與上一句語意重複，其實不然。這裡借用潘岳《河陽詩》「引領望京室」句暗示自己此去宣城為郡守，遙望京邑建康，正如西晉的潘岳在河陽為縣令，遙望京城洛陽一樣。王粲的《七哀詩》作於漢末董卓被殺，李傕、郭汜大亂長安之時，他在灞涘回望長安，所抒發的不僅是眷戀長安的鄉情，更有嚮往明王賢伯、重建清平之治的願望。謝朓這次出守之前，建康一年之內換了三個

皇帝，也正處在政治動蕩不安的局面之中。因此首二句既交代出離京的原因和路程，又借典故含蓄地抒發了詩人對時勢的隱憂，以及對京邑眷戀不捨的心情。

　　前二句領起望鄉之意，以下六句寫景、六句寫情。詩人扣住題意，選取富有特徵性的景物，將登臨所見層次清楚地概括在六句詩裡。遠遠望去，皇宮和貴族第宅飛甍的屋檐高低不齊，在日光照射下清晰可見。只「白日麗飛甍，參差皆可見」兩句，便寫盡滿城的繁華景象和京都的壯麗氣派。此處「白日」指傍晚的日光。「麗」字本有「附着」「明麗」兩個意思，這裡兼取二意，描繪出飛甍在落日中愈加顯得明麗輝煌的情景，可以見出謝朓煉字的功夫。「參差」二字既寫京城宮殿樓闕的密集，又使整個畫面顯得錯落有致。「皆可見」三字則暗中傳達出詩人神情的專注：既然全城飛甍都歷歷可見，那麼從中辨認自己的舊居當也是一般登高望鄉之人的常情吧？所以這兩句雖是寫景，卻隱含着一個凝目遠眺的抒情主人公的形象。

　　詩人沒有點明在山上流連凝望的時間之久，但從「白日」變為「餘霞」的景色轉換中自然就顯示出時辰的推移過程。「餘霞散成綺，澄江靜如練」，描寫白日西沉，燦爛的落霞鋪滿天空，猶如一匹散開的錦緞；清澄的大江伸向遠方，彷彿

一條明淨的白綢。這一對比喻不僅色彩對比絢麗悅目，而且「綺」「練」這兩個喻象給人以靜止柔軟的直覺感受，也與黃昏時平靜柔和的情調十分和諧。「靜」字一作「淨」，亦佳。明人謝榛曾批評「澄」「淨」二字意思重複，想改成「秋江淨如練」。另一位詩論家王世貞不以為然，認為江澄之後才談得上淨。清代詩人王士禎也譏諷謝榛說：「何因點竄『澄江練』？笑殺談詩謝茂秦！」其實，如果沒有謝榛竄改，這「澄」字的好處還真容易被人忽視。唯其江水澄清，「淨」（或「靜」）字才有着落，才能與白練的比喻相得益彰。同時，「澄」清的江水還能喚起天上雲霞與水中倒影相互輝映的聯想。李白在《金陵城西樓月下吟》中引用「澄江靜如練」以形容大江沉浸在月光之中的清空透明之感，「澄」字就更有點睛意義。可見「靜如練」這一比喻是因為有了「澄」字的襯托，才成功地表現出大江寧靜、澄澈的境界。「靜」與「淨」相比，「靜」字寫境更為傳神。唐代徐凝曾用白練來比喻瀑布：「千古長如白練飛，一條界破青山色。」被王世貞譏為「惡境界」，原因就在用靜態的白練來形容飛瀉的水瀑，反將活景寫呆了。這個例子可以幫助我們從反面體味「靜如練」的好處。

如果說「餘霞」兩句是用大筆暈染江天的景色，那麼「喧鳥覆春洲，雜英滿芳甸」兩句則是以細筆點染江洲的佳趣。

喧鬧的歸鳥蓋滿了江中的小島，各色野花開遍了芬芳的郊野。群鳥的喧嚷越發襯出傍晚江面的寧靜，遍地繁花恰似與滿天落霞爭美鬥豔。鳥兒尚知歸來，而人卻離鄉遠去，何況故鄉正滿目春色如畫，怎不叫人流連難捨？無怪詩人歎息：「去矣方滯淫，懷哉罷歡宴。」這兩句抒發了將要久客在外的離愁和對舊日歡宴生活的懷念，又寫出了詩人半途淹留、依依不捨的情態。「去矣」「懷哉」用虛詞對仗，造成散文式的感歎語氣，增強了聲情搖曳的節奏感。

　　至此，登臨之意已經寫盡，往下似乎無可再寫。但詩人卻巧妙地跳過一步，由眼前對京城的依戀之情，想到此去之後還鄉遙遙無期，淚珠像雪糝般散落在胸前，感情便再起一層波瀾。「有情知望鄉，誰能鬒不變」，則又由自己的離鄉之苦，推及一般人的思鄉之情；人生有情，終知望鄉。長此以往，誰能擔保黑髮不會變白呢？結尾雖寫遠憂，而實與開頭呼應，仍然歸到還望的本意，而詩人的情緒也在抒發感慨之時跌落到最低點。

　　這首詩寫景色調絢爛紛繁、滿目彩繪；寫情單純明朗、輕清溫婉。詩人將京邑的黃昏寫得如此明麗美好，毫無蒼涼暗淡之感，固然是為了渲染他對故鄉的熱愛，但也與詩中所表現的遊宦懷鄉之情並無深刻的傷痛有關。全詩結構完整對

稱，而給人印象最深的則是「餘霞散成綺，澄江靜如練」兩句。與謝靈運的「雲日相輝映，空水共澄鮮」（《登江中孤嶼》）相比較，可以看出小謝在景物描寫上的飛躍。如果説大謝還只是以直敘（即賦）的手法來説明水天輝映、空明澄澈的景象，那麼小謝已經能夠利用恰當的比喻進行形容，使水天相映的景象不但有鮮明悦目的色彩，並能融進主人公對景物情調的感受。當然這首詩也存在着鍾嶸所説「末篇多躓」的缺陷。他的山水詩仍然沿襲謝靈運前半篇寫景、後半篇抒情的格式，由於抒情大多缺乏健舉的風力，加之又「專用賦體」，不像寫景那樣凝練、形象。本篇結尾情緒疲軟消沉，與前面所寫的壯麗開闊的景色便稍覺不稱。但儘管如此，他在景物剪裁方面的功力，以及詩風的清麗和情韻的自然，都標誌着山水詩在藝術上的進步，對唐人有很大的影響。所以李白每逢勝景，常「恨不能攜謝朓驚人詩句來」，「解道澄江靜如練」只是這類佳話中的一例而已。

王灣（一首）

次北固山下

客路青山下，行舟綠水前。
潮平兩岸闊，風正一帆懸。
海日生殘夜，江春入舊年。
鄉書何處達？歸雁洛陽邊。

王灣（生卒年不詳），洛陽人。唐玄宗時進士。開元初任滎陽主簿，最後官職是洛陽尉。在盛唐有詩名。

詩題點明這首詩是作者在旅途中所作。北固山在今江蘇鎮江市北，面對長江，三面臨水。從詩意看，詩人前夜泊船在山下，馬上又要掛起風帆出發了。開頭兩句說：「客路青山下，行舟綠水前。」正是此意。但開頭不說停船晚泊，而是用「客路」與「行舟」對仗，這樣寫，可以省去對前夜「次北固山下」的交代，既點出北固山是客遊旅途所經之地，又概

括了詩人一路在青山綠水間行舟的風景，行旅中處處賞心悅目，心情的愉快和舒暢也不難想見。

北固山附近江面開闊，波平浪靜，放眼望去，似乎水與岸平，水天相連。「潮平兩岸闊」精確地寫出了長江下游江面的壯闊景象；而「風正一帆懸」則寫出了一帆高懸順風而行的快意。這兩句對意象經過精心的提煉，通過工整的對仗，突顯了兩岸潮平和一帆高掛的垂直關係：詩人在這裡略去了江面上所有的來往船隻和其他景象，彷彿只有自己的「一帆」在「兩岸」開闊的江面上順風暢行。這就使江天的空闊之感無限拓展。「風正」一語本來指風向與船行的方向完全相同，不偏不斜，說明因為風順，所以扯起滿帆。但「平」與「正」的對仗，則強化了行舟高掛風帆行進在浩蕩大江之上的堂堂氣派，它所給人的印象不僅是大江的壯闊和船行的順暢，更令人從中體悟到開朗、正大的氣象以及對於前程萬里的展望。

高掛的風帆，不僅有順風推行，而且迎來了初升的朝陽和江上的新春。長江下游近海，所以說朝日是從海裡升起的。「生殘夜」是因為古代發船一般在凌晨，正是黑夜將盡未盡之時。而「江春入舊年」則是節氣的巧合。古代用農曆，新年從正月初一開始，立春才算是進入春天。但也偶有

立春在正月初一之前的情形，也就是說新年未至，就已經立春了，所以說彷彿是江春闖入了舊的一年。上一聯寫風帆高懸、兩岸潮平的景象，已經展示出宏闊正大的氣象，加上這一聯中的朝陽和江春，又為這幅江上行舟圖增添了光明燦爛的背景，使全詩更加氣象萬千。何況「海日生殘夜，江春入舊年」這一聯並不僅僅是實景的描寫，其中更蘊含着豐富的哲理：海日從殘夜中生出，新春來自舊年，給人以光明生於黑暗，新事物從舊事物中誕生的無限啟示。而這樣的啟示並非詩人刻意寄寓，而是在對山水的欣賞中自然體悟的，因而尤其自然而且發人深省。

結尾寫詩人行旅中的鄉思。久客在外，不知寫給親人的書信何時能夠抵達，希望託能夠捎信的大雁將自己去的消息帶到洛陽邊。這兩句抒情與詩題開頭所說的「客路」相呼應，補充說明了詩人正在從洛陽到江南的旅途之中。

這是一首用五律所寫的山水詩。雖寫在盛唐初期，但已經展示了盛唐氣象的最顯著的特徵，那就是爽朗樂觀、朝氣蓬勃、富於展望和哲理的啟示。王灣生活的時代五律已經成熟，也有不少詩人用這種詩體來描寫山水，但是像這樣意境開闊、氣象宏大的作品還很少見。當時的宰相張說曾將「海日」一聯題於政事堂，令能寫詩文的人都以此為楷模，是很

有眼光的。張説是盛唐的大文豪，曾提出盛唐詩歌的理想風貌應當是「天然壯美」。王灣這首詩正是符合他的這一審美理想的。對於五律山水詩而言，這首詩的出現還有其特殊的意義：律詩發展到初唐，雖然格律逐漸規則，但是富有深廣概括力的佳作不多。王灣從海日生於殘夜、新春入於舊年的自然現象中領悟出深刻的哲理，超出了一般的五律山水詩僅停留於刻畫景物、即景抒情的水平，為近體山水詩指出了藝術提煉和昇華的途徑。因此可以説，這首詩的出現是五律詩境進入盛唐的標誌。

王維（一首）

宿鄭州

朝與周人辭，暮投鄭人宿。
他鄉絕儔侶，孤客親僮僕。
宛洛望不見，秋霖晦平陸。
田父草際歸，村童雨中牧。
主人東皋上，時稼繞茅屋。
蟲思機杼鳴，雀喧禾黍熟。
明當渡京水，昨晚猶金谷。
此去欲何言，窮邊徇微祿。

　　這首詩作於王維赴濟州途中。唐開元九年（721）以後，王維得中進士，調大樂丞，這是專管朝廷音樂的官署。因伶人舞黃獅子得罪朝廷，被貶為濟州司庫參軍。離京以後，一路上心情十分抑鬱。詩中寫他在鄭州投宿時所見雨中秋景，

同時抒發了遭貶赴邊的感慨。

首二句寫自己早晨從洛陽出發，晚上便到了鄭州地界。洛陽一帶在春秋時皆為東周之地，鄭州古屬鄭國。所以說朝與周人辭別，暮投鄭人宿夜。以「朝」「暮」相對，是南北朝民歌慣用的句法，這裡藉以表現遠離京國的心理不適應，強調出行時間雖短，但人居環境已經改變。人在旅途中，常常會因所至地邑變異之迅速而產生感歎，這兩句與本詩下文中「明當渡京水，昨晚猶金谷」一樣，都是感慨自己昨天還在洛陽，今天已成了他鄉之人。這就為下句抒發身在異鄉的孤獨感做了鋪墊。

「他鄉絕儔侶，孤客親僮僕」兩句寫自己置身他鄉，昔日的伴侶友人都已隔絕。孤身為客，從故鄉帶來的僮僕便成了親人。僮僕與主人本有上下等級之分，但同在異鄉，就覺得格外親近，這也是羈旅中的人之常情。而感情上覺得親近的只有僮僕，不僅因為僮僕是熟人，更因為僮僕身上還保留着昔日生活的回憶，這就反過來更見出詩人難以適應陌生環境的落寞，以及對故鄉親友的深切思念。由此可見，這兩句的好處正在於能從行旅中細膩的感情變化寫出離鄉的孤獨悽苦，總結出客遊他鄉之人身處同樣境地之中時所共有的人生體驗。

　　已經來到鄭州，自然再也望不見宛洛。「宛」指南陽，「洛」指洛陽。詩人從少年時起便在那裡居住，並出入兩京王公貴人之第宅，頗受上層社會禮遇。現在作為一個罪人離開那裡，詩人心境的陰沉晦暗，正像眼前被連綿秋雨籠罩的原野。然而自己的處境還不如這片平川上過着安定生活的人們：田父從遠處的草野歸來了，村童仍在雨中放牧。詩人投宿的主人家住在東邊的高地上，應時的莊稼環繞着茅屋。秋蟲伴着織機一起鳴叫，鳥雀喧叫着迎接禾黍的成熟。這八句寫景根據從遠到近的層次勾勒出詩人投宿莊戶人家時眺望田野所見，蟲鳴、禾黍熟點出時當將要收穫的秋季，田父歸來說明已到黃昏時分，自然而現成地概括了北方平原普通鄉村最常見的景象。旅人在陰雨和暮色中，最渴望溫馨的親情和安定的家園。因而旁觀田園生活的寧靜，自然會喚起深沉的鄉思；秋雨黃昏的情調，更增添了獨宿他鄉的惆悵。這層象外之意詩人並沒有明言，但是滲透在田園景象的描寫中，與此詩首尾兩節的抒情相參看，自然可以體味。

　　身在羈旅中的詩人雖然讚美眼前田家生活的安樂，但是這種生活的儉樸清苦與昔日的富貴繁華相比，畢竟是另一個世界，更何況就連這種儉樸的安定生活與自己也是無緣的。今天只能在此暫住一夜，明天將要渡過京水。再想到昨天晚

上人還在洛陽西邊的金谷，就又添了一層感傷。前面提到「宛洛」，這裡又提「金谷」，雖是指同一個地方，但宛洛自古以來就是京畿繁華之地，而金谷是西晉大富豪石崇的豪華莊園所在地。詩人屢次強調他剛離開的「金谷」和望不見的「宛洛」，顯然也有將剛剛消失的繁華生活與眼前的寂寞清苦生活加以對比的深意在。京水源出滎陽縣高渚山，鄭州以上謂之京水，王維有《早入滎陽界》詩，作於《宿鄭州》之前，詩裡有「泛舟入滎澤」之句，可見他是乘舟沿京水來到鄭州的，因滎陽是鄭州的轄縣。對於明日旅途的擬想，以及對於昨晚宿處的回憶，既與首二句照應，又使旅人奔波勞碌的生涯與眼前他人安寧的生活形成對照。拋離故鄉，孤身為客，已使詩人情不能堪，更何況此行只是為了微薄的俸祿而去往窮僻邊遠的地區，還有甚麼話可說呢？王維所去的濟州，地在山東，古人認為鄰近邊海，所以稱之為「窮邊」。結尾無言的歎息，傾吐出詩人羈旅之中的深沉感慨，謫宦的委屈和不平也盡在不言之中了。

　　在王維之前，田園詩一般都作於詩人的隱居或閒居生活之中，表現的是回歸自然的意願。王維有一些田園詩寫在行旅之中，既寫出了北方鄉村的典型風光，又從羈旅鄉思的角度反襯出田園的安寧。就主題和表現角度來說，在當時都頗

有開創性。詩中所寫的雖然只是詩人貶謫途中投宿鄭州時的
所見所感，但獨處他鄉與鄉人更親的感情體驗，對鄉村安寧
生活的羨慕和眷戀，也道出了大多數旅人在類似境況中所共
有的感受。這便是這首詩在任何時代都能引起人們共鳴的基
本原因，而這種高度的概括力也正是盛唐行旅詩的主要魅力
所在。

杜甫（二首）

石櫃閣

季冬日已長，山晚半天赤。
蜀道多早花，江間饒奇石。
石櫃曾波上，臨虛蕩高壁。
清暉回群鷗，暝色帶遠客。
羈棲負幽意，感歎向絕跡。
信甘屏懦嬰，不獨凍餒迫。
優遊謝康樂，放浪陶彭澤。
吾衰未自由，謝爾性所適。

唐肅宗乾元二年（759）七月，因為關隴地區饑荒，在這裡擔任華州司功參軍的杜甫棄官而去，客居秦州（今甘肅天水）。在秦州只住了三個月，十月即攜家前往同谷（今甘肅成縣），但到達同谷後逗留不過一個月，為飢寒所迫，於十二月

離開同谷，南下成都。從秦州到同谷，以及從同谷到成都，杜甫寫了兩組紀行詩，計二十多首。這兩組詩按照旅途的順序，以變化多端的表現藝術描繪奇險的蜀中山水，莫不象景傳神，歷歷在目，又寄託着詩人隨時觸發的人生感慨。就其創作原理來說，他繼承了謝靈運觀察細緻、如實刻畫山水形貌的基本特點，但更善於概括和突出各處景物的不同特徵，筆調也更豐富多彩，因而是謝靈運之後山水詩的一大創變。

這是一首五言古體詩，作於從同谷到成都的旅途中。描寫詩人黃昏時分走到石櫃閣時所見美景：季冬時節，日影已經變長，山裡的傍晚，半個天空都被晚霞照紅了。蜀中地氣和暖，蜀道上有許多早開的山花，江中又有許多參差不齊的奇石。這兩句上句寫山，下句寫水，以山花和江石相互映照，概括了一路走來花多石多、美不勝收的印象。同時也可以想見詩人一定是走在沿江的山路上，才能兼顧「蜀道」和「江間」的兩邊景色，這就把石櫃閣臨江的環境烘托出來了。

「石櫃」兩句正面寫石櫃閣，還是扣住山水相映的關係着筆：石櫃閣好像在江中的層層波浪之上，倒影映入水中，陡峭的石壁像是在虛空中迴蕩。從水中看山，不僅見出石櫃之高峻直插虛空，更可見出江水之清澈深沉。這就突破了山水分寫的「大謝模式」，通過巧妙的取景角度將山水合而為一了。

「清暉回群鷗，暝色帶遠客」兩句語言奇雋，歷來為後人所激賞。「清暉」語出謝靈運《石壁精舍還湖中作》：「昏旦變氣候，山水含清暉。清暉能娛人，遊子憺忘歸。」謝詩這幾句頗有理趣，寫出了山水間的清氣，以及人對山水之美的會心。杜甫詩裡的「清暉」也包含了日落時山水間的波光和清氣。暝色降臨，在空曠的山野中看來，似乎是由遠而近的，遠客也是由遠而近，所以像是被暝色「帶」來的。這句的妙處還在讀者眼前拓開了想像空間，彷彿把遠客推到了天邊，隨着暮色越走越近。而作為背景的是山間半空的雲霞和水上迴翔的群鷗，因而構成了極其絢麗爽目的境界。

群鷗迴還，是眼前實景，但與「遠客」對應，也暗示了人與群鷗相親的忘機之樂。鷗鳥在古詩中往往具有隱逸之趣的象徵意義。《列子·黃帝》説：「海上之人有好漚鳥者，每旦之海上，從漚鳥游，漚鳥之至者百住而不止。其父曰：『吾聞漚鳥皆從汝游，汝取來，吾玩之。』明日之海上，漚鳥舞而不下也。」指人無機巧之心，鷗鳥才會與人親近。所以鷗鳥常常用來比喻淡泊閒適的隱者生活。景色描繪中的這點深意自然引出了下文的幽棲之歎。詩人説自己到處漂泊，棲宿無定，雖然身處羈旅之中，但是辜負了如此美好清幽的景色和其中的意趣。因為並沒有到山水中去尋幽搜奇的想法，所以

只能感歎着走過這風景絕勝的地方。同時，詩人又進一步解釋自己不只是因為被飢寒所迫，還因為天性屏弱怯懦，而且甘心如此。所謂「屏弱」，是自謙的説法，指的是自己沒有超脱世俗的膽量，瀟灑地遁入山水去過自由逍遙的生活。他在早年的《自京赴奉先縣詠懷五百字》中曾經説過，「非無江海志，瀟灑送日月。」説自己不是沒有隱居江湖瀟灑度日的志向，但是「葵藿傾太陽，物性固莫奪」，自己忠於朝廷的天性正如葵藿的葉子天性向日而不能改變。後來在《北征》詩中，他再次思考過隱居的問題：「緬思桃源內，益歎身世拙。」説自己也曾嚮往桃花源的生活，但是因立身愚拙而缺乏生計的詩人又到哪裡去尋找隱居的桃源呢？可見詩人不能隱居，一方面因為他的志向是憂念天下，而不是獨善其身；另一方面也是因為他不善於為自己謀生，沒有隱居的物質條件。更何況身體衰弱，又被身家所累，沒有自由，所以只好對陶淵明和謝靈運道歉：自己沒有他們那種放浪山水、優遊田園的雅趣和性情，所以與他們能夠在大自然中適其本性的生活是無緣的。事實上，杜甫這時已經棄官，又在山水中行旅，後來到成都後，在草堂靠朋友接濟度日，生活狀態已經等同於隱居。然而即使身居鄉村山野，他也永遠不可能超塵脱俗，這就是他和陶、謝的根本區別。但是這並不影響詩人對大自然

的熱愛和理解，正是在這種「吾衰未自由」的處境中，他更珍惜眼前的美景。所以雖然志趣與陶淵明、謝靈運不同，杜甫還是留下了許多膾炙人口的山水名篇。

旅夜書懷

細草微風岸，危檣獨夜舟。
星垂平野闊，月湧大江流。
名豈文章著，官應老病休。
飄飄何所似？天地一沙鷗。

公元 765 年，杜甫在成都擔任軍政長官的好朋友嚴武去世。杜甫失去了生活依靠，決定攜家離蜀，原打算回到洛陽去，但在旅途中因病滯留在夔州，後又因戰亂不止漂泊到湖南，始終未能實現他回歸家園的夢想。《旅夜書懷》寫於他出川時自渝州到忠州的旅途中。

繫舟於微風吹拂的青草岸邊，只有孤獨的桅杆高高聳立。這是一個天高氣清、春風微熏的靜夜。星空低垂，平野廣闊無際；大江奔流，月影在波浪中翻湧。這兩句一寫岸上，一寫水中，可與王維的「大漠孤煙直，長河落日圓」(《使至

塞上》）相媲美。描寫極其壯闊高朗的空間，輪廓勾勒愈是簡括，形象就愈是鮮明，王維和杜甫顯然都深知這個道理。大漠和孤煙、長河與落日、星星與平野、月亮和大江，都只是簡單地勾勒了它們的幾何形狀和相互垂直的關係，便展開了遼闊無邊的境界。但構圖的原理雖然相同，二者的意境卻差別很大。王維主要是展示了一幅壯麗的大漠落日圖。而杜甫在景物構圖中暗寓着很深的含義：星空平野使人想到宇宙的永恆，月影江流則令人想到時間的流逝。在如此廣闊的時空中，細草、孤舟更顯得渺小、孤獨。這就自然令詩人聯想到自己的身世：聲名可以使人永恆，但杜甫追求的豈是因文章而流芳百世；官位可以實現經世濟時之志，卻又因老病而不得已罷休。無論是身後之聲名，還是生前之功業，都沒有成就，何況至今漂泊不定，像一隻到處飄遊的沙鷗，找不到人生的歸宿。沙鷗的形象為前三聯的景物描寫做了一個總結，「天地」對應星空平野、大江月影，「沙鷗」對應細草危檣，比喻自己漂泊孤獨的處境，同時也點出了自己在這廣闊的時空中思考一生「名」與「官」的原因。

由此可見，這首名作不僅以境界高朗壯闊取勝，更在於取景照應人事的匠心之妙：全篇以細草、微風、沙鷗、危檣等微渺孤獨的意象置於無垠的星空平野之間，使景物之間的

這種對比，自然烘托出詩人獨處於天地之間的飄零形象。杜甫從寄寓秦州時開始，就一直有意無意地在詩裡提煉自己的這種孤獨感，多次把自己比作鷗鳥，或把自己的渺小形象置於乾坤之間：「大哉乾坤內，吾道長悠悠」（《發秦州》），「還同海上鷗」（《巴西驛亭觀江漲》），「相看萬里外，同是一浮萍」（《又呈竇使君》），「天入滄浪一釣舟」（《將赴荊南寄別李劍州》），等等。到這首詩裡，才在野闊星垂、江流月湧的背景中，找到「天地一沙鷗」這一最有實感而又最典型的比象。以後在夔州，這種思路愈趨明確：像「乾坤一草亭」（《暮春題瀼西新賃草屋》其三）、「江湖滿地一漁翁」（《秋興八首》其七）、「乾坤一腐儒」（《江漢》），等等，無不是由這一境界變化發展而來。這種對照體現了杜甫後期對自己一生境遇和功名的反思：個人在宇宙中是多麼渺小，人生在世，如果能在這天地間留下一些痕跡，才是有意義的一生。當他越來越清楚地意識到自己只是一介書生，生當亂世，於國於時毫無用處的時候，這種悲哀是超越時空的。但杜甫又相信自己憂時傷亂的精神在天地間的價值，他不會為自己的堅持和由此帶來的孤獨感到悔恨。因此，「天地一沙鷗」的比喻雖然包含着對於自己後半生始終飄搖不定的無奈，卻也是他獨立於天地之間的精神形象的寫照。

歐陽修（一首）

晚泊岳陽

臥聞岳陽城裡鐘，繫舟岳陽城下樹。
正見空江明月來，雲水蒼茫失江路。
夜深江月弄清輝，水上人歌月下歸。
一闋聲長聽不盡，輕舟短楫去如飛。

歐陽修（1007–1072），字永叔，廬陵（今江西吉安）人。
在北宋曾官至戶部侍郎、參知政事。是北宋詩文革新的領
袖，大散文家和大詩人。詩歌風格豪放雄奇，較多地接受了
李白和韓愈的影響。他能熟練地駕馭唐人所傳下來的詩歌
形式，並努力使之更加流利瀟灑，同時又大體不失唐詩的風
味。這首《晚泊岳陽》較為突出地體現了這種藝術追求給他
的詩歌帶來的變化。詩作於宋仁宗景祐三年（1036）。當時
歐陽修因支持范仲淹的改革，在范仲淹遭貶後，寫了一封《與

高司諫書》，指斥隨眾詆毀范仲淹的高司諫，以致得罪執政，被貶為峽州夷陵令。這年九月初四，歐陽修到達岳州，夷陵縣令來接，泊船城外，詩中所寫的就是這一夜在江上所看到的優美景色。

這是一首七言古體詩，除了首二句用歌行式的對偶句以外，其餘六句均為單行散句。自從杜甫寫作了許多單行散句的七言古體以後，韓愈又對這種體式加以發展，使七古逐漸與以雙行偶句為主的七言歌行之間形成了格調的差別。歐陽修此詩有意排除對偶，與杜甫、韓愈的做法一脈相承，也與他倡導詩文革新，以散體矯正駢儷的主張有關。這種體式尤其適宜於用敘述句展開較長的過程，正合乎此詩內容表達的需要。全詩八句，展現了從泊舟城下到夜深人靜時分江水空茫、月色皎潔的清幽意境。幾乎每一句都表現了一段時間推移的過程。

首句「臥聞岳陽城裡鐘」，是作者臥在舟中時遠遠聽到岳陽城裡傳來的暮鐘聲，這時船還在行進之中，正向岳陽城靠近。待到「繫舟岳陽城下樹」時，船已停住，並已泊在城下，繫在岸邊的樹幹上了。所以頭兩句連用兩個「岳陽」相對，看似重複，其實已表現出船從遠到近的移動過程。因樹下泊舟，才注意到月出江上，「正見空江明月來」，說明泊船正是

明月初上的時候。用「來」而不用「出」「上」等字，是承接前
兩句，點出船與岳陽城以及城頭的明月相向而行的動態，彷
彿明月正迎面而來，不僅為詩歌增加了動趣，而且顯示出人
與明月之間的親切關係，語氣就像是正看到一個常見的老朋
友迎上前來。出現「雲水蒼茫失江路」的景象，則是因為明
月漸漸升高，在江面上灑滿了月光。雲水混茫，一片空蒙迷
茫，以致看不見水路了。這句和上句似乎是緊相銜接的兩個
鏡頭，實際上已經在不知不覺中交代了從月出到月上中天的
時間流逝過程。

　　「夜深江月弄清輝」，初看仍是寫江月相映的景色，然而
時間已經轉到夜深時分，所寫的是月亮將落時的江景特徵。
「弄」字極為傳神。月亮高懸中天時，月光四散，「弄」字沒
有着落。唯有月亮將要落下江面時，才可能接近它映在水面
的倒影。水波粼粼，月影蕩漾，與水雲一色，以致看不清江
面的景象大不相同。這才會產生江月與其清輝相弄的感覺。
以前「弄」字多表現人賞月，如謝靈運的「弄此石上月」（《石
門岩上宿》）。這裡以「弄」字寫江月自弄清輝，便賦予月亮
許多情趣，且更顯示出江上的空靜和江月的孤清。在展示了
明月從初出到將落時江面上三種不同的境界後，「水上人歌
月下歸」一句宕開：遠遠的歌聲傳來，更為這空明的意境增

添了悠揚容與的情味。在歌聲悠長的餘音中，輕舟短槳如飛一般離去，唯有歌聲仍裊裊不絕，在空江上迴蕩。「一闋聲長聽不盡，輕舟短楫去如飛」兩句中的「長」與「短」相映成趣，使全詩在悠遠空廓的靜境中能見出輕快飛動的意趣。

唐詩善寫靜境和遠韻，這首詩靜美空靈的境界仍與唐詩相近。但如與孟浩然的《宿建德江》相比，就不難看出二者之間的差異。孟詩說：「移舟泊煙渚，日暮客愁新。野曠天低樹，江清月近人。」也是寫暮江泊舟和江上月色。原野空曠，天穹低垂，江水清碧，月影近在身旁，似解慰人孤寂。詩中着重表現的是一個靜止的畫面。而歐詩則表現的是時間推移過程中的意境，以及月下人歌、輕舟如飛的動感美。這種在靜境中突出動態過程的表現方式在北宋其他詩人的作品中也可見到，體現了宋人有意要突破唐人的熟境，另作開拓的創新意識。

蘇軾（一首）

遊金山寺

我家江水初發源，宦遊直送江入海。
聞道潮頭一丈高，天寒尚有沙痕在。
中泠南畔石盤陀，古來出沒隨濤波。
試登絕頂望鄉國，江南江北青山多。
羈愁畏晚尋歸楫，山僧苦留看落日。
微風萬頃靴文細，斷霞半空魚尾赤。
是時江月初生魄，二更月落天深黑。
江心似有炬火明，飛焰照山棲烏驚。
悵然歸臥心莫識，非鬼非人竟何物？
江山如此不歸山，江神見怪驚我頑。
我謝江神豈得已，有田不歸如江水。

蘇軾（1037-1101），字子瞻，眉山（今四川眉山）人。北

宋傑出的散文家和詩人。蘇軾與父親蘇洵、弟弟蘇轍都是宋代著名的文學家，並稱「三蘇」。他具備廣博的歷史文化知識和藝術才能，懷抱經世濟民的政治理想。性格耿直，看重操守，既反對因循守舊，又不贊成新法，因此屢遭排斥。一生大部分時間在地方官任上，為當地百姓做了很多好事。

　　蘇軾雖然被貶到各地，經受了許多政治磨難，但有機會遊歷大江南北，寫下了許多描寫祖國大好河山的詩篇。《遊金山寺》作於宋神宗熙寧四年（1071）冬，蘇軾赴杭州上任的行役途中。這時王安石正實行變法。蘇軾與王安石意見不合，上奏章反對新法，請求出判杭州。十一月從潤州（今鎮江）出發，過金山寺，便寫下了這首七言古體記遊詩。金山寺在今鎮江市的金山上。金山原來在長江中，後來山南面沙灘淤積，漸與南岸相連。但蘇軾遊金山時，還是四面江水環繞的景象。

　　詩以追溯江水的起源發端，一筆寫盡詩人離鄉之後多年宦遊的經歷。詩人的故鄉眉山在長江的上游。首句的意思本是「我家住在長江初發源的地方」，但這裡用「我家」緊接「江水」的句法造成了直視江水為我家之物的錯覺，大有囊括乾坤的氣概。連接下句「宦遊直送江入海」來看，「我家」二字又點出自己的思鄉之情源遠流長，其來有自：江水從我家發

源，我又因宦遊東行，直到江水的入海處。人送江入海，江隨人而行。就像李白出川時作的《渡荊門送別》所説：「仍憐故鄉水，萬里送行舟。」蘇軾將這番意思倒過來，説自己的宦遊經歷倒像是一直把江水從「我家」送到了入海處，就別有新意。此詩開頭本來是寫金山寺所見的江水，卻先宕出遠神，直到萬里之外，再讓詩人的蹤跡順江入海，收歸到山寺，起勢大氣磅礴，果然是大古文家的手筆。接着，詩人又借傳聞虛寫漲潮時潮頭洶湧的情景，文勢隨潮頭突起，隨即便轉為沙岸上只剩下潮痕的眼前景象，文勢又隨之下落，順便點明遊寺的時間是天寒水枯的季節。一起一落之中，氣勢的混茫壯偉和景色的落寞蕭瑟各異其趣，又融合成雄渾高遠的意境。

以下扣住開頭，句句從江水落筆：揚子江中有中泠泉水，為天下點茶第一。泉在金山西北。既然是遊覽，這等名勝當然不可不提。但也可能是泉邊那塊隨着波濤出沒的巨石觸動了詩人關於宦海浮沉的聯想。因為江潮的漲落本來就與人生命運的起伏有某種相似之處，所以詩人着意描繪了大石盤陀奇崛，屹立於風浪之中的情狀，也未始沒有更深的含義在。這裡雖然沒有任何比喻或者暗示，然而讀者由這塊巨石自古以來就經受着風濤衝擊的事實，很容易聯想到歷史上那些在政治風浪中屹立不倒的剛正士大夫。儘管這時蘇軾仕途

的挫折才剛剛開始，但他既然把自己的宦遊和江水相聯繫，那麼那塊江心中的巨石自然也會觸動他想到今後的人生命運。這種似有若無的意蘊尤其耐人尋味。

接着，詩人就眺望中泠泉的大石拓開更遠的視野：登上金山的絕頂遙望故鄉，深長的思緒隨着波濤的起伏愈蕩愈遠。「望鄉國」與首句「我家」相呼應，點出開頭從「江水初發源」說起的用心。然而正可順勢滔滔而下抒發鄉情的時候，文勢卻忽然一轉：江南江北的青山太多，遮斷瞭望鄉的視線。望鄉不能解憂，反而徒增離愁。於是意興闌珊，只好尋舟歸去。似乎遊覽就要到此結束，卻被山僧苦留看落日所接續，轉出了另一種神奇瑰麗的境界。這四句意思一句一轉，文勢也隨之起伏變化，形成三次轉折，轉換節奏的快速，在歷來講究章法波瀾壯闊的七言古詩中也不多見。

詩人留下與山僧一同觀看落日，在山上一直逗留到二更。也是一句一景：微風拂過，萬頃江面泛起靴文般細細的波瀾。落霞橫斷，半個天空都是魚尾似的火紅色。描寫水上落日，麗詞佳句已為前人用盡，很難脫俗。蘇軾在這裡用「靴文」和「魚尾」這兩種俗物來形容微波萬頃、斷霞半空的壯麗景象，看起來好像違背了詩家描摹景物情狀不宜拘泥寫實的常規，而且所用喻象的瑣細也似乎與江景的壯觀很不協

調，但給人的整體印象卻覺得新鮮真切。靴文是穿過的靴子上自然形成的細碎皺紋，以之比喻輕波微瀾，能精確形象地描畫出原來平靜如錦的江面被微風吹皺的形態，加上「萬頃」的修飾，就令人只會在二者的細紋上產生聯想，而忘記「靴」的實物。「魚尾赤」則本身包含着典故。《詩經‧周南‧汝墳》說：「魴魚赬尾。」魴魚之尾是赤紅色的。熟悉典故的人自然會有此聯想，便化俗為雅。像這樣的比喻方式體現了從韓愈到蘇軾詩歌取象的特點。他們的長篇七言往往追求寫實，寫景比喻不一定取清雅的形象，甚至不怕以醜怪的意象入詩，只求狀物逼真貼切。憑着大古文家運筆自如的氣魄，別有一種生新別緻的效果。韓愈的《衡嶽》和蘇軾此詩就是如此。

從「江月初生魄」到「月落天深黑」，概括從黃昏到夜半的時間推移過程，似乎寫得很平板。但一個凝目遠眺、流連忘返的抒情主人公形象卻呼之欲出。而在月落之後，詩人還是沒有離去，所以才會看到江心的炬火。火把飛騰的火光照亮了金山，驚起了已經棲宿的夜烏。這一偶然見到的奇怪景象，為詩人遊金山寺留下了一個心結，以致歸去以後直到臥床休息還是念念不忘，一直在琢磨自己見到的非鬼非人，究竟是何物。「非鬼非人竟何物」這句下，作者原有自注：「是夜所見如此。」對於剛剛避開政治鬥漩渦的詩人來說，見

到不明事物的出現，難免引起他關於某種神示的不安猜慮，從而帶出最後四句對江神見怪的疑心。從文勢來說，雖有這個偶發事件插入，倒是順勢結尾，水到渠成。但將偶然性見聞實錄在詩裡，在杜甫之前也是罕見的。蘇軾在詩中展開的心理活動過程，通常只在散文裡才會得到細緻的表現，這也正是「以文為詩」的一種體現。不過在這裡倒為詩人驚怪悵惘的心情更增添了幾分恍惚騷動的意緒。

當然，蘇軾畢竟是一個達觀的詩人，即使沉浸在這種複雜的心緒裡，也沒有失去他天生的詼諧和風趣。他將夜半見到的炬火看成是江神對自己的警示：如此美好的江山，自己卻不肯歸山，所以江神要責怪自己的頑固了。但是自己有不得已的苦衷，只能向江神道歉，發誓家鄉如果有田可耕，一定歸鄉退隱。結尾落到「歸山」，又向江水發誓，與首句「我家江水」再次呼應。這四句猶如戰國策士之文，用意先立地步：江山如此，江神又見怪，絕無不歸之理。然後以己之矛攻己之盾，說出不歸實在有不歸的不得已。這就更深刻地表現了自己在政治風浪中進退兩難的苦惱心情。但從詩人賭神發咒、立誓退隱的懇切態度中，仍可窺見他並不甘心從現實政治中退卻的真實思想。

這首詩題為「遊金山寺」，其實沒有一筆實寫山寺，而只

取此寺屹立金山、以觀望江景著稱的特點，寓深沉的懷鄉思歸之情於連接故鄉和山寺的江水，以此為主線貫串全篇，展現出大江從黃昏到深夜的壯觀景色，暗中寄託了詩人對於自己身處政治風浪中的立身原則的思考。全詩首尾嚴謹，筆筆矯健。文勢起伏跌宕，如江水般浩大流轉，體現了蘇軾善於「以文為詩」的特色。「以文為詩」是嚴羽的《滄浪詩話》中對宋詩的批評，其實這一現象並不自北宋始。中唐韓愈、白居易、柳宗元都有一些詩帶有散文的特點。特別是較長篇的山水記遊詩，往往利用五言古詩或七言古詩適宜敘述的體式特點，吸取遊記散文的章法，有頭有尾地記述較長時間的遊覽過程，自由地抒發由觀景而產生的感想。一不小心就容易寫成押韻的散文。但是也有一些成功的記遊詩，如韓愈的《山石》《衡嶽》，雖然寸步不移地記述了遊覽的全過程，但能將山山水水與詩人的自我形象相融合，着重表現人與景物共鳴的旨趣，還是以詩為根本。《遊金山寺》同樣吸取了散文的佈局謀篇之法，頓挫轉換之間，頗有大古文家的筆勢。但景隨情轉，情隨景變，始終將詩人的命運、鄉情與江水扣合在一起，政治上的苦衷和隱憂也在可解不可解之間。因此沒有散文的直白，而只有詩歌的含蓄。可稱是一首善於融會散文之長的佳作。

附錄一

澄懷觀道　靜照忘求
——中國山水詩的審美觀照方式

　　中國是一個詩的國度，其中山水詩所取得的成就最令人矚目。山水景物描寫雖然早在《詩經》和《楚辭》裡就已經出現，但是山水詩正式成為一種獨立的題材，並形成獨特的精神旨趣和審美觀照方式，是在東晉時期。由於玄學思潮的催化，人們在觀察山水和描寫山水的過程中探索自然的理念，遂使山水詩從它誕生之初就帶上了濃厚的哲學色彩。回歸自然，與造化冥合為一，是中國山水詩的基本精神，與此相應，澄懷觀道、靜照忘求，則是中國山水詩獨特的審美觀照方式。那麼這種觀照方式是如何形成的？對於山水詩的意境有甚麼影響呢？

　　「澄懷觀道」是晉宋時期宗炳說的：「老疾俱至，名山恐難徧睹，惟當澄懷觀道，臥以遊之。」(《宋書·宗炳傳》) 所

謂「澄懷」，是說詩人要讓自己的情懷、意念變得非常清澄，沒有一絲一毫的雜念，在這樣的狀態下才能體會山水中蘊藏的自然之道。所謂「觀道」，指觀察自然存在和變化的規律。「靜照忘求」是王羲之在一首詩裡說的：「爭先非吾事，靜照在忘求。」（《答許詢詩》）意思是在深沉靜默的觀照中忘記一切塵世的慾求。西晉以後，士大夫討論老莊哲學中「自然」這一命題的風氣很盛。東晉永和年間，有一些名士、名僧，如許詢、孫綽、謝安、王羲之、支遁、晉簡文帝等人經常在會稽山陰一帶，清談玄理（老莊的哲理），並在這種清談的啟發下寫了不少玄言詩。這些詩的主題就是山水體道。永和九年（353），以王羲之為首，在蘭亭（今浙江紹興）有一次雅集，約四十人參加。當時創作的詩就稱為《蘭亭詩》。王羲之還寫了一篇序，這篇序的書法非常有名。這次雅集對於山水詩審美旨趣的形成也有重要意義。我們從王羲之的兩首《蘭亭詩》裡可以看出他們是怎麼樣在山水中觀道的：

其一

悠悠大象運，輪轉無停際。
陶化非吾因，去來非吾制。

宗統竟安在，即順理自泰。
有心未能悟，適足纏利害。
未若任所遇，逍遙良辰會。

其二

仰望碧天際，俯磐綠水濱。
寥朗無厓觀，寓目理自陳。
大矣造化功，萬殊莫不均。
群籟雖參差，適我無非新。

前一首詩說：天地悠悠，大象（自然界的本源，這裡泛指自然界）運轉，就像輪子一樣轉動沒有停止的時候。這種像製陶（輪轉）一樣的變化並非因為我的緣故，來去也不是我所能控制的。這四句意思是，個人對於宇宙運轉的規律是無可奈何的，那麼能夠統制自然的人又在哪裡呢？只要順其自然之理，心裡就通達安泰了。如果不能領悟這樣的道理，被世俗的利害所糾纏，就參不透「適」和「足」的道理。王羲之所說的「適足」也是這一時期提出來的一個哲學命題，意思是「物莫不以適為得，以足為至」（戴逵《閒遊贊》），即對於外

物，只要覺得適意就可以了，對於所處的境地只要能夠滿足就會自甘淡泊，自得其樂。「適足」的理論使人們對於物質世界持一種超然的態度，只要有這種態度，就可以達到無往而不適，無待而不足的境界。這樣的理論在東晉時主要是為了消解人們對於人生苦短的煩惱，讓人們對自然規律取一種順其自然的態度。這就促使人們把求適求足的心情投入山水。因為在東晉文人逍遙山水的生活中，是最容易體會這種無往而不適的境界的。所以，王羲之這首詩說懂得適足的道理，就可以做到在山水中任其所遇，在良辰美景中逍遙自在。

王羲之在下面一首詩裡接着說：仰望藍天，俯瞰綠水，大自然如此遼闊無邊，每一種眼前的事物都展現着自然之理。造化的功績如此廣大，平均地施予各種不同事物。各種天然的景物雖然參差不齊，但都使我感到適意，處處給自己以新鮮的美感。

由此我們看到對於山水之道的體悟，促使人們追求心理的適足，促使他們發現了山水中的新意。對於山水的自覺的審美意識就是這樣產生的。在山水詩獨立以前，古詩中的景物描寫往往是詩人主觀感情中的意象，大都含有比興的意義，也就是說，景物主要是作為人生的比照，詩人們幾乎沒有發現其自身的審美價值。而在玄學思想的啟發下，由於詩

人們對於眼前的山水採取周流觀察以體會其自然之理的態度，於是就形成了靜照忘求的審美觀照方式。

在深沉靜默的觀照中「坐忘」，忘記一切，甚至忘記自己的存在，這樣就能達到心靈與萬化冥合的境界。這種靜照是吸取了道家和佛家的「虛靜」「靈鑒」綜合而成的。老子最早提出「虛靜」，就是在一種洗淨一切雜念，非常寧靜的狀態下，透徹地觀察事物的本質。莊子又做了進一步發揮，指出要在「視乎冥冥，聽乎無聲」的精神狀態下，才能進入虛靜的「大明」境界。這一學說也被戰國其他學派所吸收。佛經有類似的說法。如《僧肇論》說：「至人虛心置照，理無不統，而靈鑒有餘」(《大藏經》卷四十五)，有時又稱為「玄鑒」。就是說讓自己的心變得非常虛明，像一面鏡子，沒有甚麼事理不能包含在這面鏡子裡。東晉名僧支遁對於「靜照」有更具體的說明：「寥亮心神瑩，含虛映自然。」(《詠懷詩》其一)認為當心靈精神變得十分清澈透明的時候，就會像一面晶瑩的鏡子，從虛明處映照出完整的自然。這時人們便認識到自然景物是以各種不同的形態姿貌客觀地反映在人的心神中。東晉末年有一些廬山僧人就說：「夫崖谷之間，會物無主，應不以情而開興。」(廬山諸道人《遊石門詩序》)意為山谷裡的景物是沒有主宰的，自然美客觀存在，不是因為人的情感才

引起興致。認識到自然美不隨人的情感變異的客觀性，就必然激發起他們忠實地再現自然美的慾望。宗炳寫過一篇《畫山水序》說：「山水以形媚道」，「神本亡端，棲形感類，理入影跡，誠能妙寫，亦誠盡矣。」說山水以它的形態來體現自然之道，道、神、理都是無形的，它們存在於有形的各類事物中，把它們畫下來，理也就進入影跡（繪畫）了。所以能夠巧妙地用「以形寫形，以色貌色」的辦法完美地表現出來，理和道也就充分體現出來了。這雖是說山水畫，也適用於山水詩。因為山水畫和山水詩是在東晉時期同時出現的，都是受到當時玄學思潮的催化。二者的精神意趣和觀照方式相同。

　　了解這種靜照的審美方式，對於我們理解中國山水詩的獨特風貌很有幫助，宗白華先生曾經指出晉人特別欣賞清朗澄澈、明淨空靈的美（《論〈世說新語〉與晉人的美》，見《藝境》北大出版社 1987 年），這正與其觀照方式有關。由於玄言詩裡的山水是用靜照的方式表現深沉玄遠的自然之道，以清澈的心神從虛明處映照天地萬物，這就使早期山水詩從獨立的時候開始，就確立了中國山水詩的審美理想。在「虛明朗其照」（廬山諸道人《遊石門詩序》）的審美視野中，一切自然的景象都是清朗明淨的；在山陰道上行走，看到的是「鏡湖澄澈，清流寫注」（王獻之《鏡湖帖》）；坐在窗戶間，看到

的是明星閃爍、月色清澄的夜景:「迢迢雲端月，爍爍霞間星。清霜激西牖，澄景至南檻。」(孫綽詩) 甚至出去行軍，所見的也是「窈然無際，澄流入神」(袁宏《從征行方頭山詩》)。由澄懷觀道而獲得的空明清澄的意象，幾乎成為早期山水詩的共同特點，而且對南朝直到盛唐山水詩的審美理想產生了深遠的影響。

此外，由於人在體悟山水時完全處於清明虛靜的狀態中，詩裡的抒情主人公也自然形成了寧靜淡泊的氣度。所以東晉士人都推崇神氣清朗、從容鎮定的風度，追求瀟然塵外的風姿和閒雲野鶴般的意態。當時他們對人物的讚賞差不多都是「清風朗月」「清遠雅正」「器朗神儁」這樣的評語。這樣又賦予山水詩以前所未有的精神氣質。從晉宋到唐代，凡是典型的山水詩，都能顯示出詩人超脫、從容、寧靜、清雅的風度，這正是中國山水詩的神韻所在。

生活在東晉和劉宋時期的謝靈運是中國第一位大力創作山水詩的詩人。他的山水詩和東晉的玄言山水詩是一脈相承的。「景夕群物清，對玩咸可喜。」(《初往新安至桐廬口》)「浮歡昧眼前，沉照貫終始。」(《石壁立招提精舍》) 說傍晚夕陽下萬物清澄，令人在觀賞中感到喜悅。又說浮生的歡樂都從眼前消失，使自己始終能沉浸在靜默的觀照中。這些都

和東晉詩人相同。所以他筆下的山水都是清朗鮮亮的。他的名句如：「雲日相輝映，空水共澄鮮」(《登江中孤嶼》)，「江山共開曠，雲日相照媚」(《初往新安至桐廬口》)，「春晚綠野秀，岩高白雲屯」(《入彭蠡湖口》)，「野曠沙岸淨，天高秋月明」(《初去郡》)，等等，也都莫不體現了這種審美情趣。

　　山水詩在宋齊以後，與贈別、相思、旅遊、田園等各種題材結合在一起，內容和藝術有了極大的發展，早期那種為體道而寫的山水詩逐漸減少，但是在欣賞山水中使自己的心靈與大自然融為一體的基本旨趣，以及靜照忘求的審美方式一直延續到唐代。特別是在孟浩然、王維、常建、柳宗元等等詩人的作品中，影響最為明顯。他們都很擅長描寫空靜的意境，這與靜照和禪的性空相結合有關。以下分別舉例，看看澄懷觀道、靜照忘求的審美觀照方式對他們創造山水詩意境的作用。

　　禪宗在初盛唐已經很流行。王維詩裡也有不少寫到他對禪宗性空之說的體悟。比如「眼界今無染，心空安可迷」(《青龍寺曇壁上人兄院集》) 之類。禪宗的性空之說就是悟出自己的心性本來就是空無的，這樣才合於大道。所以王維有些詩強調自己的心性之空與空寂之境的暗合。比如有名的《過香積寺》：

> 不知香積寺，數里入雲峰。
> 古木無人徑，深山何處鐘。
> 泉聲咽危石，日色冷青松。
> 薄暮空潭曲，安禪制毒龍。

　　毒龍是比喻自己心裡的雜念。意思是在這樣幽冷僻靜的深山裡，一切都顯得那樣靜，連泉水的聲音都淹沒在大石頭裡。空氣又是那麼冷，連暖和的陽光都冷卻在青松之上。這時對着黃昏時的空潭，覺得自己的心正與它相印，這時就達到了禪心安定的境界，可以制服各種雜念。這種心性的空與靜照忘求的境界是一致的，或者可以說，正是詩人面對深山景物的「靜照」和「坐忘」，使他悟出了禪心的安定，以及與空潭的合而為一。我們再看一首盛唐詩人常建的名作《題破山寺後禪院》，可以幫助我們理解王維的空境：

> 清晨入古寺，初日照高林。
> 竹徑通幽處，禪房花木深。
> 山光悅鳥性，潭影空人心。
> 萬籟此俱寂，但餘鐘磬音。

　　詩以明朗的境界開頭：清晨太陽照着高大的樹林，一條竹林裡的小徑卻把人帶到寺後花木深幽的禪房，那裡另是一片天地，鳥在明亮的山光中喜悅地鳴叫，空潭讓人領悟到心靈的空靜。這時萬籟俱寂，只有寺裡的鐘磬聲在空中迴蕩。這與王維上面那首詩一樣，也是寫寺裡的空潭、寧靜使人心進入一種虛靜空寂的境界，由此而領悟大道。但這個境界中並不是真的一切空無，而是讓你感受到鳥性與山光相悅的宇宙生命。空的是塵世間的雜念，領悟的是自然之道。所以，王維、常建體悟的性空或心空，實際上還是在靜照忘求的精神狀態中體會到生命與大自然的融合。

　　山水詩人通過靜照忘求的審美方式來審視自然，不一定把這種道理直接寫在詩裡，但是常建卻在許多詩裡把它描寫出來以追求一種理趣。所以，我們可以通過常建的詩來進一步了解東晉以來這種審美方式在盛唐山水詩裡的延續和發展。常建的山水詩寫仙境和禪境的比較多，寫禪境的除了以上這一首以外，典型的還有《白湖寺後溪宿雲門》，這首詩描寫了白湖寺後面山水的美麗，自己在落日下沿着溪流從山裡到山外，從日落一直玩到日出的整個過程，景物非常繁富。但是最後全都包容在兩句詩裡：「四郊一清影，千里歸寸心。」就是說四郊之野，千里之內，包括自己整整一夜賞玩

251

的各種景物，都像是一片清影納入了方寸的心靈裡，這就構成禪的境界。但是反過來說，這一切景色都是自己的心靈映照出來的清影，這又是靜照忘求的所得。《白龍窟泛舟寄天台學道者》更明確地說：「應寂中有天，明心外無物。」空寂之中自有天地，心變得澄明之後就沒有外物。他還把這種靜照忘求的審美方式與仙境結合起來。比如《第三峰》寫他如何攀上雲梯去尋求仙鶴的蹤跡，感受到「餘影明心胸」、「因寂清萬象」，陽光、霞暉、煙嵐都像影子一樣照在虛明的心靈裡，萬象因為心靈的空寂而顯得更加清澈。「瞭然雲霞氣，照見天地心。」（《張山人彈琴》）詩心照見天地，使仙山的雲霞之氣也看得格外分明，這就把仙境也化到「玄鑒」、「靜照」的妙趣中去了。

　　了解靜照忘求的審美方式，還可以幫助我們更深入地理解某些寫得很美但不一定看得懂的山水詩。比如王昌齡的《齋心》，很善於將靜照中體會的「視聽轉幽獨」的境界表現出來：

女蘿覆石壁，溪水幽朦朧。
紫葛蔓黃花，娟娟寒露中。
朝飲花上露，夜臥松下風。

雲英化為水，光采與我同。
日月蕩精魂，寥寥天府空。

　　《齋心》的題目是用莊子「心齋」的意思。《莊子‧人間世》說：「仲尼曰：『若一志，無聽之以耳，而聽之以心。無聽之以心，而聽之以氣。聽止於耳，心止於符，氣也者，虛而待物者也。唯道集虛，虛者，心齋也。』」莊子假託孔子說，如果心志專一，不要用耳聽，要用心來聽；不要用心來聽，而要用氣來聽。耳聽只是限於耳，心聽只是限於心，只有氣是空虛的，可以接收外物的，道就聚集在虛處，這種虛靜就是心齋。也就是要求人心志專一，放棄視聽和外界的一切慾望，達到精神的絕對自由。「齋心」是把齋當動詞用，就是達到心齋的途徑。這也就是靜照的過程。這首詩寫的是作者在面對一條溪水的美景時，如何齋心的。溪水旁邊的石壁上覆蓋着女蘿，溪水幽深而朦朧。葛藤蔓延，開着黃花，在寒露中顯得分外美好。早晨喝花上的露水，夜裡睡在松林的清風中。那溪水的清澄好像是雲英化成了水，光彩和我相同，日月滌蕩着人的精神魂魄，只覺得天空無比寥廓。僅從字面上解釋，不易明白他的意思。這裡說飲露臥風，實際上暗中化入了莊子所說的藐姑射山上的神人吸風飲露的故事。意思是

面對如此美景，就像神人一樣稟受着自然的精華靈氣。水像雲英一樣清澄，為甚麼與「我」同呢？這是指我的心也像水和雲英一樣清澈，能映照出天水日月的光彩。這時人進入最為深邃虛靈的境界，人的精魂受着日月的洗滌，與寥廓無際的天空合為一體。這就是齋心的過程。通過靜照忘求以達到與自然合一，是一個抽象的理念。在玄言詩裡，也是用抽象的語言表達出來的。而王昌齡這首詩把這種理念形象地描寫出來了。

山水詩這種澄懷觀道、靜照忘求的審美方式在盛唐的山水詩裡看得最清楚。但在後世的山水詩人的詩文中也常常可以體味。比如柳宗元的名篇《鈷鉧潭西小丘記》中有一段寫他在小山丘上清理了草木亂石之後，躺在山上享受美景的心境：「枕席而臥，則清泠之狀與目謀，瀯瀯之聲與耳謀，悠然而虛者與神謀，淵然而靜者與心謀。」臥在小丘上，眼睛所見到的是清泠的景物，耳朵聽到的是迴旋的水聲，神思進入了悠悠的虛空，心靈沉入了深淵般的靜境，這就是一種靜照忘求的審美境界的形象描繪，柳宗元山水遊記中的詩意也正在此。我們如果從這個角度來解讀他的名篇《江雪》，還可以得到新的感悟：

千山鳥飛絕，萬徑人蹤滅。
孤舟蓑笠翁，獨釣寒江雪。

　　這首詩展示了一個萬籟俱寂、水天一色的純淨世界，獨釣寒江的漁翁似乎是詩人孤獨高潔的人格寫照。但是從詩人的審美觀照來看，這個混茫無象的境界又是映照在詩人澄澈的詩心中的整個大自然，是通過無聲無色的山水所體現出來的最高的自然之道，這就又昇華了詩的意境。靜照忘求的傳統和詩人的人格境界完全融為一體，正是這首小詩給人以無窮聯想的原因所在。

　　我們看了以上的詩例，對於中國山水詩為甚麼獨具意境美，會有更深切的體會。意境是中國詩歌的獨特的審美範疇。盛唐山水詩向來被視為意境美的典範之作，就是因為其意境具有清朗空靜的特色。空靜能最大限度地體現出意境富有象外之趣的基本特徵。所以有不少學者從山水詩的時空意識來探討意境的形成，也有不少人從禪的境界去探討。現在我們知道，其根本原因還在於從東晉時期形成的澄懷觀道、靜照忘求的審美觀照方式，要求詩人在觀照萬物時具有清明、虛靜的內心境界，使空間萬象在心靈的鏡子中變為一片澄明清澈的世界。盛唐山水詩只是善於通過藝術的處理來突

出這種空靜而已。

　　人類的本性是親近自然的，追求人與自然的和諧是中國文化的重要傳統，而在山水詩裡得到了集中的反映。因此，了解中國山水詩靜照忘求的審美方式，不但可以加深我們對山水詩中所含哲學意趣的理解，把握中國山水詩追求清朗空靜的意境的原因，而且可以從這一個特殊角度了解中國人文精神的特質，對我們今天提升人的文明素質，改變生存環境也很有意義。

附錄二

中國古典詩詞的閱讀和欣賞

　　中國古典詩詞的成就極其輝煌。由於歷史悠久，題材內容豐富、形式風格變化多樣、表現藝術也是千差萬別。要學好古典詩詞，最基本的問題是理解。但是在多年的教學中，我發現很多同學，包括博士研究生，最困難的還是真正讀懂文本。所謂讀懂文本，就是要準確地理解作者的用心，能透徹地說明作品要表達甚麼，進而悟出其怎樣表達。只有在這個基礎上，才能談得上進一步對詩人的特點乃至文學史上較大的一些問題做出概括總結。這裡主要想從以下幾個方面來談談如何增進對古典詩詞的理解。

　　一、聯繫作家的生平思想讀懂作品的意思，努力貫通地理解整首作品的意脈。這是最基本的方法。說起來簡單，實際上並不容易做到。比如陶淵明《雜詩》其一，小學誦讀教材裡就選了，但一些注釋賞析文章都沒有講透：

人生無根蒂，飄如陌上塵。
分散逐風轉，此已非常身。
落地為兄弟，何必骨肉親！
得歡當作樂，斗酒聚比鄰。
盛年不重來，一日難再晨，
及時當勉勵，歲月不待人。

　　要透徹理解詩意，先要讀一遍陶淵明的《雜詩十二首》，知道這組詩的主題是抒發光陰蹉跎、有志難成的悲哀。同時能夠對陶淵明的思想有一點基本的了解。陶淵明歸隱田園，是因為看透了世道的黑暗和虛偽，不願同流合污。但是他和同時代人一樣，對生命的短暫懷着一種焦慮，希望在有生之年能夠有所作為，體現出人生的價值。然而在歸隱生活中，他只能任光陰流逝，一事無成。這首詩集中體現了時不待人的緊迫感。頭兩句感歎人生沒有深固的根底，不能長生，用《老子》五十九章：「是謂深根固柢，長生久視之道。」意思是有深根固柢才能長生。又以田間路上隨風飄逝的塵土來比喻時光生命流逝的快速。《古詩十九首》：「人生寄一世，奄忽若飆塵。」曹植《薤露行》：「人居一世間，忽若風吹塵。」意思都是說人生一世像風吹塵土一樣飄忽短暫。塵土被風吹

散，隨着風飄轉，就像人的命運不能由自己掌控。「此已非常身」含有莊子哲學，《莊子·大宗師》郭象注：「故向者之我，非復今我也。我與今俱往，豈常守故我。」意思是人生隨着時光推移而變化，今我已非舊我。前四句以田間路上的塵土來比喻人生的聚散無常以及變化快速，也說出了人來到世間的偶然性。由此引出中間四句：人之像塵土一樣落地既屬偶然，那麼有幸同在世間，則四海之內皆可視為兄弟（用《論語·顏淵》語）。所以應該珍惜與自己同在一世的人（例如比鄰），及時行樂。這裡說有酒就和比鄰一起尋歡，並不是縱酒放任，而正是對苦多樂少的有限人生的珍惜。這八句的意脈是一句緊接一句的，到最後四句自然推出全詩的立意：盛年難再，時不我待，應當及時勉勵。這首詩的好處是具有漢代五言古詩樸素自然的神韻，同時表現出作家自己對人生的深刻思考。首先，其主旨和寫作原理與漢樂府的《長歌行》一樣，以常見的比興總結出人生應當及時努力進取的至理名言，非常簡練而警策。同時詩裡所用的比喻，又融合了漢魏詩中的常見意象——道家對人生偶然性的認識和儒家對人際關係的看法，有很高的概括力。其次，文氣自然，看不出句意斷續的痕跡，這是漢代古詩的重要特點，卻又能曲折表達出自己並不滿足於斗酒尋歡的無奈。而且作為整組詩

的第一篇，概括了十二首的基本主題。要欣賞這類全篇直接抒情的詩歌，最關鍵的是讀通全詩，透徹了解其中的思想感情邏輯。

再比如杜甫《曲江二首》其一：

> 一片花飛減卻春，風飄萬點正愁人。
> 且看欲盡花經眼，莫厭傷多酒入唇。
> 江上小堂巢翡翠，苑邊高塚臥麒麟。
> 細推物理須行樂，何用浮名絆此身？

這是杜甫在兩京收復之後回長安的翌年（758）暮春重遊曲江所作七律。前半首寫自己對春光的無比珍惜。首句「一片花飛減卻春」，構思新奇：春光似乎是萬點花片疊加而成，所以飄落一片就減掉一片春光，妙在用加減法把不可計數的春光實物化了。於是普通的憐春、惜春就變成了近乎吝嗇的心態：天天在計算着多少春光被減，風飄萬點自然更要愁煞人了。那將要落盡的花都一一經過詩人之眼，為解春愁不怕傷酒，照樣滴滴入唇。那麼可以想見詩人幾乎是一片落花一杯酒地在計算着還有多少春光殘留了。

後半首寫曲江如今的殘破：江上小堂寂寞無主，翡翠巢

築於其中。苑邊高塚無人祭掃，石麒麟臥於其旁。從字面來看是寫曲江亂後的荒涼景象，感慨人事興廢。前人的注解都這樣講這兩句詩，但這樣講不能透徹理解前半首為甚麼要如此強調自己對春光的留戀。我們可以再深入一層思考曲江可寫的景物很多，杜甫為甚麼用這兩個意象來對仗？它和前面四句又是甚麼關係？這兩句取象是很有深意的：翡翠鳥的美麗嬌小和石麒麟的龐大無情，在形象上形成對照，清晰地昭示了青春的短暫可愛和死亡的冷酷永恆。這正是杜甫要細細推求的「物理」：萬物興廢本是自然之理，帝王宮苑也不免變成高塚荒墳，又哪來永久的功名富貴呢？而青春卻是如此短促，難以挽留。因此結尾說不必為浮名所羈束，及時享受青春才不辜負有限的人生，這樣才能進一步理解前四句寫傷春的內在含義。看到整首詩的意脈貫串，才能更深刻地體會杜詩意蘊的豐富和構思的新穎。

再比如杜牧的《題禪院》：「觥船一棹百分空，十歲青春不負公。今日鬢絲禪榻畔，茶煙輕揚落花風。」這首詩還有一個題目：《醉後題僧院》。第一句用了典故，晉人畢卓愛喝酒，曾對人說：「得酒滿數百斛船，四時甘味置兩頭，右手持酒杯，左手持蟹螯，拍浮酒池中，便足了一生矣。」觥船就是酒船，百分就是滿杯。這裡用這個故事，寫自己只要能乘

着酒船，喝空滿杯美酒，就不辜負這十年的青春了。後兩句是他的名句。從字面看是寫自己在落花時節與僧人坐在禪榻旁喝茶，但意思遠不止此。鬢絲是寫頭髮花白，禪榻是坐禪的地方，禪令人了悟一切都是空無。古人用茶爐煮茶，所以有煙氣輕揚。而隨風飄蕩的落花則意味着春天的消逝。春天又往往令人自然聯想到人的青春時光，煙和風都是虛幻的。所以這兩句還讓人透過隨着落花微風輕揚的茶煙體味出主人公身在禪院時心頭隱隱浮起的青春虛幻之感。也就是説詩人巧妙地把對禪的空無的體悟通過風吹落花和茶煙輕揚的眼前景象表現出來了。聯繫杜牧的生平思想來看，他身在晚唐，國運衰微，他的大志是補天，也有很多具體的政治謀略，希望做一番事業，彌補朝廷政治的漏洞，但是並未得到重用，所以常感歎光陰虛度。由這兩句又可看出，詩人並不真正追求在酒池中拍浮一生的生活，前兩句只是對自己喝醉的調侃，而後兩句才見出其內心的苦悶。所以含義深長，而又表現出杜牧特有的俊逸優美的風格。

二、要了解詩歌史發展的一些常識。

1. 要理解一首作品的內容和風格，先要了解其題材的類型。中國古典詩歌的題材是從少到多逐漸增加的，在題材的形成和擴大的過程中，會形成某類題材作品的內容主題及藝

術風格的傳承性。了解這個規律，對於我們理解詩歌很有幫助。中國古詩的題材和主題有一種持久的傳承性，像感遇言志、詠史懷古、邊塞遊俠、山水田園、贈人送別、鄉思羈愁、閨情宮怨等等，幾乎是永恆的題材。這當然和古代社會歷史的過於悠久，造成人們的生活方式和感受大同小異有關。後人在寫作時，往往融化前人同類題材的意思。有時不了解之前的作品，就不理解詩裡的用意。比如送別詩，從漢魏到唐宋，數量極多。李白《送友人》看起來很容易懂：

> 青山橫北郭，白水繞東城。
> 此地一為別，孤蓬萬里征。
> 浮雲遊子意，落日故人情。
> 揮手自茲去，蕭蕭班馬鳴。

這首詩寫送別友人的情景，是古代送別最常見的。地點在城外：城北青山橫臥，城東白水圍繞。一山一水既是寫山清水秀的景色，也是為了與下一句強調「此地一為別」形成對比：山水似乎都依戀着此城，而人卻如孤蓬開始了飄遊萬里的征途。浮雲是眼前景，但也是比興，遊子正如浮雲，無法掌握自己飄遊的去向；落日點出送別的時間，但也隱含

着光陰流逝，人生聚短離長的悲哀，這是故人依依不捨的原因。這樣理解是因為中間兩聯化進了漢魏古詩中許多類似的意思。比如以孤蓬比遊子，有曹植的《雜詩七首》其二：「轉蓬離本根，飄飄隨長風。何意迴颸舉，吹我入雲中。……類此遊客子，捐軀遠從戎。」以浮雲比遊子，有李陵詩：「仰視浮雲馳，奄忽互相逾。」曹丕的《雜詩》：「西北有浮雲，亭亭如車蓋。惜哉時不遇，適與飄風會。」了解這些前人的送別詩和遊子詩，才理解以浮雲比喻遊子的「意」不僅指飄遊萬里，更有感時不遇，不能掌握自己命運的人生感慨。在落日中告別，故人的情又是甚麼情呢？看曹植《箜篌引》：「驚風飄白日，光陰馳西流。盛時不可再，百年忽我遒。」就可以理解了。落日使人想到光陰的迅速，人生百年的短暫。遊子的盛年不再，然而仍然漂流在前景暗淡的旅途中，分手時心情如何就可以想見了。所以最後說從此揮手告別，連兩匹將要分道揚鑣的馬兒也禁不止發出了悲鳴。了解意象中包含的前人詩歌裡積累的意思，才能看出這首詩的好處。前人稱讚這首五言律詩有古詩的格調，因為孤蓬、浮雲、落日，是漢魏遊子詩裡常用的比興意象。蕭蕭馬鳴也是《詩經·小雅·車攻》中的詩句。詩裡所用的意象都是人們送別時最常見的，同時又有深厚的歷史內涵，這就以很高的概括力寫出了古往

今來人們送別友人時常有的感慨。

宋詞以傷春感別為基本主題，對於離別這類題材的表現就更複雜多變了。例如周邦彥的《夜飛鵲》：

河橋送人處，良夜何其？斜月遠墮餘輝。銅盤燭淚已流盡，霏霏涼露霑衣。相將散離會，探風前津鼓，樹杪參旗。花驄會意，縱揚鞭亦自行遲。　　迢遞路回清野，人語漸無聞，空帶愁歸。何意重經前地，遺鈿不見，斜徑都迷。兔葵燕麥，向殘陽影與人齊。但徘徊班草，欷歔酹酒，極望天西。

這首詞寫送別，上、下片各選取殘夜清晨送行與黃昏落日歸來的兩段時辰分別寫景。上片寫河橋送人時斜月已落，燭淚滴盡，在細雨般霑衣的涼露中，散了離筵。「良夜何其」令人聯想到蘇武詩：「征夫懷往路，起視夜何其。」津鼓是渡口報時的更鼓，用李端《古別離》「月落聞津鼓」。參旗為星名，《史記‧天官書‧正義》：「參旗九星在參西，天旗也。」同時也關合到蘇武詩裡的「參辰皆已沒，去去從此辭」。打探

265

津鼓和參旗，本是問時辰的意思，但旗鼓的字面容易引起戎
事的聯想，與驄馬相聯繫，行者或許是從戎赴邊的人，即使
不是，也多少渲染了幾分出行的豪氣。下片寫行人從遠方歸
來，從「何意重經前地」一句，方才悟出上片所寫的其實是
昔日送別這人的回憶。遺鈿不見，指當初送他的女子已經不
在。河橋送別處只剩下兔葵燕麥、草迷斜徑。可見當初送別
的地方已經一片荒涼。「向殘陽影與人齊」一句，真切地寫
出歸者煢煢獨立於殘陽斜照的葵麥之間，形影相弔的形象。
藉草而坐，把酒酹地，極望天西的結尾也餘味無窮。白日西
馳，遲暮之悲自在言外。由此可進一步體味上面李白所說的
「落日故人情」的意思。這首詞或許是作者親身的經歷，但
更容易令人聯想到漢魏至唐的古詩中常常寫到的征人思婦送
別的情景和行人歸來後故園荒蕪的場景，因而詞裡的內容又
有了包容歷史傳統主題的更深意義。作者將送別選在清晨，
將歸來選在黃昏，這兩個時段又各與少年的豪氣和老年的衰
暮相應，從而使世事的滄桑之感與人生的盛衰之感交織在一
起，清真詞的深厚往往由此見出。

　　2. 聯繫體裁的因素來理解古典詩詞的創作特色：中國古
詩有古體、近體兩大類，古體包括五古、七古、五七言古絕、
三言四言六言、樂府；近體包括五律、七律、五言排律、

五七言律絕等等；詞有小令、長調等等。不同的體式有不同的鑑賞標準。比如歌行長於鋪敘，要求層次復疊，有波瀾起伏。欣賞時或取其氣勢奔放跌宕（如李白《將進酒》），或取其敘情委曲盡致（如白居易《長恨歌》），以酣暢淋漓、婉轉曲折、搖曳多姿為佳。而絕句則以含蓄為上，講究主題和意象單純，留有不盡之意。而每一種詩體在不同的發展階段也有不同特色。舉七律為例，崔顥《黃鶴樓》：

> 昔人已乘黃鶴去，此地空餘黃鶴樓。
> 黃鶴一去不復返，白雲千載空悠悠。
> 晴川歷歷漢陽樹，芳草萋萋鸚鵡洲。
> 日暮鄉關何處是？煙波江上使人愁。

這首七律是令黃鶴樓享譽天下的傳世名作。傳說黃鶴樓有辛氏賣酒，因道士在牆上畫鶴能舞而致富。十年後道士重來，乘鶴飛去。詩人對這一傳說的神往，在詩裡轉化為對時空悠久的遐想，又與樓前遠眺歷歷可見的晴川樹和芳草萋萋的鸚鵡洲形成過去和現在的虛實對照。便更能觸發人們關於宇宙之間人事代謝的感慨和悵惘。正因為這首詩既合典故，又切合景觀，能將古今登樓之人所見所感都概括無餘，所以

連李白到此都覺得無從落筆：「眼前有景道不得，崔顥題詩在上頭！」這首詩的主要好處在於其聲調美和意境美是不可複製的，在七律處於盛唐剛剛成熟的特殊階段才可能出現。聲調美，指的是它的歌行句法，前四句一氣流注。分兩層遞進，三次重複黃鶴，迴環復杳，更增強了民歌般悠揚流暢的聲調。當然，僅僅聲調美還不足以成名作，因為類似的句法，沈佺期也寫過：「龍池躍龍龍已飛，龍德先天天不違。池開天漢分黃道，龍向天門入紫微。」（《龍池篇》）比崔顥早，《黃鶴樓》的句式顯然受了此詩影響。李白後來寫鸚鵡洲也用了同樣的句法，但是效果就不如《黃鶴樓》好。原因在哪裡呢？就因為崔顥詩這種悠揚的聲調和詩裡黃鶴杳然、白雲悠悠的意境特別協調。悠遠的意境和悠揚的音調相配，相得益彰。而這種聲調美是天然而非人為的，因為有其歷史原因：七律從六朝末年源自樂府，聲調和寫法一直和樂府歌行分不開。這種意境美，也來自初唐樂府歌行的常見內容，即往往感慨宇宙的永恆、人間的滄桑，引起人無窮的遐想和淡淡的惆悵。《黃鶴樓》只是把這種感慨通過黃鶴的故事表現出來而已。所以兩者的結合，正體現了七律從初唐過渡到盛唐的特殊風貌。

隨着七律的發展，詩人們要求發掘它自身的表現潛力，

和樂府歌行區別開來，這種聲調就漸漸消失了。在這個發展的過程中，杜甫所起的作用最重要。他探索了七律的很多表現方式，七律的完全成熟是由他完成的。因此，杜甫七律變化極多。我們舉一首聲調同樣流暢的七律，來看看它和崔顥七律的不同：

客至

舍南舍北皆春水，但見群鷗日日來。
花徑不曾緣客掃，蓬門今始為君開。
盤飧市遠無兼味，樽酒家貧只舊醅。
肯與鄰翁相對飲，隔籬呼取盡餘杯。

　　這首七律，作於杜甫定居草堂初期，寫詩人款待客人的熱誠和真率，以及賓主共飲的忘機之樂，這是全詩的立意所在，以下幾聯都是圍繞這一主題煉意：茅舍南北都是春水，說明江水環抱村莊，清幽恬靜之境可以想見。只有群鷗日日自來，與詩人相親相近，足見詩人已達到忘機的境界。鷗鳥性好猜疑，如人有機心，便不肯親近。因此這首詩裡描寫鷗鳥與人相親，不僅是形容江村茅舍的清靜冷落，也寫出了杜

甫遠離世間的真率忘俗。同時又是為下文鋪墊：除了鷗鳥，平時根本沒有客人來。第二聯「花徑不曾緣客掃，今始緣客掃，蓬門不曾為客開，今始為君開，上下兩意交互成對」（《杜詩詳注》引黃生評語）。用這種錯落交替的對仗既寫出了詩人極少見客的清寂，又寫出迎接來客的殷勤，意思比較複雜。第三聯說待客沒有多種菜餚，家貧只有舊醅，卻隔着籬笆要把鄰翁也叫來一起喝剩酒，可見杜甫和鄰居的關係是何等熟不拘禮。要理解這一聯的好處，還必須熟悉陶淵明的「過門更相呼，有酒斟酌之」（《移居·其二》）。無須事先約請，隨意過從招飲，是陶淵明在真率淳樸的人際關係中所領略的棄絕虛偽矯飾的自然之樂。因此「隔籬呼取盡餘杯」是以杜甫自己與鄰居相處的率真態度再現了陶淵明的自然之樂。整首詩四聯圍繞着待客這件小事，突出了杜甫清貧的草堂生活與陶淵明隱居生活的相似，以及對於陶詩境界的深刻領會，能在簡樸中見出高雅。這首詩讀起來雖然也很平易流暢，但構思卻巧妙曲折，讀者要動動腦筋才能理解中間兩聯對仗的關係，不像崔顥《黃鶴樓》的對仗那樣平直單純，僅僅憑着聲調和意象就能把人帶進一種惆悵悠遠的意境。

再以詞體來說，林庚先生對於詞的特點，有一段很精彩的說明：「詞以表現女性美的生活基調和兒女風流作為其主

要內容，生活的情調便由關塞江湖的廣大縮小到庭院閨閣之間。所表現的只能是對青春消逝的感傷，這就限制了詞的境界和氣派。然而詞到底為詩壇創造了一次新的詩歌語言，從句式到語法到詞彙都出現了再度詩化的新鮮感。它喚起一片相思，創造了畫橋、流水、鞦韆、院落、小樓、飛絮、細雨、梧桐等一系列敏感的意象，支持了詞長達百餘年的一段生命。」所以詞的本色當行是婉約的，善於含蓄地表現細膩敏銳的感受，意象多富有暗示性。比如北宋詞人周邦彥詞的特色是形式精緻、風韻清雅。他的詞寫男女相思比較多，但有一部分詞寫節物變化的感觸，常常包含着對人生的感慨，概括力較強，意蘊比較深厚。這裡以《齊天樂》為例：

> 綠蕪凋盡台城路，殊鄉又逢秋晚。暮雨生寒，鳴蛩勸織，深閣時聞裁剪。雲窗靜掩，歎重拂羅裀，頓疏花簟。尚有綀囊，露螢清夜照書卷。　　荊江留滯最久，故人相望處，離思何限。渭水西風，長安落葉，空憶詩情宛轉。憑高眺遠，正玉液新篘，蟹螯初薦。醉倒山翁，但愁斜照斂。

　　這首詞寫的是秋意引起的感慨。開頭一筆寫盡台城綠葉已經凋盡的景致，直接點到客居他鄉又逢晚秋的主題。遊子在他鄉，本來就容易產生飄零之感，更何況又逢秋天，自然會聯想到人生的晚年，感歎又深一層。上片將季節變換的感觸寫得非常細膩敏銳：暮雨生寒，紡織娘鳴叫，以及深閨中傳來的裁剪寒衣的刀剪聲，都在提醒秋的到來。下面緊接着又以一個換季的細節來再次強調這種感慨：重新鋪上了厚厚的褥子，撤去了夏天的涼席，而夏天留下的回憶只有裝螢火蟲的布袋，讓人想起那些清夜中讀書的日子。由「又」和「重」的強調，可以感受到作者對於年年客裡逢秋的傷感，以及對寸寸光陰的愛惜和留戀。於是思緒自然從眼前的靜室轉到對從前的回憶。下片對應上片的「殊鄉」，先說自己平生在外面滯留最久的荊江。據王國維考證，周邦彥大約三十多歲時客居荊州，那時正是風華正茂。後來又曾在京師遇見秋天，蹤跡所至，到處都有故人相望。但無限的思念和婉轉的詩情，如今都只能在空憶之中。前後相比，金陵（台城）、荊州對他都是他鄉，但過去是少年覊旅，如今是暮年滯留。在暮年回首少年遇秋，更平添了一層往事皆空的感傷，這是作者沒有說出來的一層言外之意。最後歸到眼前重陽佳節飲酒食蟹的時俗，依然扣住秋景。結尾化用了杜牧「但將酩酊酬佳節，

不用登臨恨落暉」(《九日齊安登高》) 的詩句，本來是在醉中求得暫時歡樂的意思，但作者又用了晉人山簡喝醉的典故來比喻自己的醉態，說即使醉倒了，還是為斜陽西下而愁。又和杜牧的意思正相反，使日暮的悲哀更進了一層。周邦彥非常善於從日常生活的敏銳感觸中咀嚼出人生的滋味。這首詞在感秋之中融入了人生的炎涼之感和遲暮之悲，集中了一生滯留他鄉、沒有歸宿的飄零之感，所以比一般的感秋詞意思深厚，表現也很精緻含蓄。讀這類婉約詞需要讀懂典故和意象中的暗示性，以及詞句的斷續轉折中隱伏的抒情語脈，才能仔細體味其中的言外之意。

　　三、初步了解一些中國古典詩學和詞學的鑑賞理論。

　　中國古典詩學從秦漢時代開始，到清代末年，逐漸積累起一套自成體系的欣賞理論，至今仍在運用。因為古代的欣賞家本人都是作家，他們對作品的評論偏重感性的和印象的，以及創作經驗方面的，特別貼近作品，審美感受相當細膩、準確。他們不僅提出了許多總結創作規律的概念，如比興、氣骨、興象、意象、意境、格調、神韻、法度等等，而且還善於用大量的比喻來說明其對作品的感覺。由於現代人對古典詩歌的疏遠，古人的感覺就特別值得我們珍視，在許多情況下，成為我們今天理解文本、感受詩詞藝術的重要依據。

　　例如，比興是中國古典詩歌中最早出現也最常使用的表現方式。《詩經》中的比和興都比較單純。比喻很容易理解。「興」的情況比較複雜，有時興起之物與所詠之情有明確的意義聯繫，接近比。有時興與所詠之情的聯繫在有意無意之間，有時興與所詠之情沒有意義上的聯繫。興和比的差別在於，興引起的是心理感覺的微妙聯想，比則是以具體的事物來使感覺變得明確和具體。《詩經》中還有一些篇章是以景物描寫引起詩人詠歎，這類興在漢代以後詩歌裡逐漸增多，很值得重視。如《秦風·蒹葭》：

　　蒹葭蒼蒼，白露為霜。所謂伊人，在水一方。溯洄從之，道阻且長，溯游從之，宛在水中央。
　　蒹葭萋萋，白露未晞。所謂伊人，在水之湄。溯洄從之，道阻且躋，溯游從之，宛在水中坻。
　　蒹葭采采，白露未已。所謂伊人，在水之涘。溯洄從之，道阻且右，溯游從之，宛在水中沚。

　　蒹葭是蘆葦一類的植物，生長在水裡，蒼蒼是茂盛鮮明的樣子，開頭兩句寫白露凝聚為霜的秋季，河裡的蘆葦一片蒼綠。這茂密的蘆葦似乎遮住了詩人的視線，因為他所思念的那人就在水的另一方。詩人逆流而上去尋找她，道路既有險阻又很漫長，詩人順流而下去尋找她，那人又似乎就在水中央。這首詩的好處就在以重疊反覆的歌唱寫出了詩人對於一種可望而不可即的愛情的期待和憂愁。寫得虛虛實實，實的是詩人對伊人執着的反覆的追求。虛的是伊人，隱約縹緲，似有若無。或者也可以說伊人就是詩人那份可望而不可即的愛情的象徵，而詩人在水邊來回地尋覓，也只是以一個實在的場景來虛寫他的追求。之所以有這樣的藝術效果，這片阻隔在他和伊人之間的蒹葭起了非常重要的作用。茂盛的蒹葭引起他的秋興，也引起他的愁思，又成為他把握不住伊人所在的障礙，所以不但寫景優美，而且能引起人豐富的聯想。興的原始性和多義性給《詩經》增添了後世難以企及的藝術魅力，這首詩就是一個顯例。

　　再比如形神關係中寫意和寫形的問題。形似比較容易欣賞，寫意就較難理解。蘇東坡主張繪畫要傳神寫意，有不少文章表明他的主張，如《傳神記》《書陳懷立畫後》等。還說：「論畫與形似，見與兒童鄰。」（《書鄢陵王主簿所畫折枝》）

並提出「詩畫一理」，詩歌創作的原理和繪畫一樣，也要以傳神寫意為上。南宋姜夔的詠物詞就最擅長大量運用典故來寫意。我們來看一首他最著名的作品《暗香》：

> 舊時月色，算幾番照我，梅邊吹笛？喚起玉人，不管清寒與攀摘。何遜而今漸老，都忘卻春風詞筆。但怪得竹外疏花，香冷入瑤席。
>
> 江國，正寂寂。歎寄與路遙，夜雪初積。翠尊易泣，紅萼無言耿相憶。長記曾攜手處，千樹壓西湖寒碧。又片片吹盡也，幾時見得？

　　姜夔號白石道人，是南宋著名詩人和詞人，一生仕途失意，但因為多才多藝，頗得當時名公貴流賞識。他的詞格調高雅，講究音律。尤其善於自譜新曲。傳世的詞作中有十七首自度曲，文字旁標有音譜，成為今天研究宋詞音樂的寶貴依據。《暗香》就是其中的一首。詞的開頭有一節小序說明創作這首詞的緣起：「辛亥之冬，予載雪詣石湖。止既月。授簡索句，且徵新聲，作此兩曲。石湖把玩不已，使工妓隸習

之，音節諧婉，乃名之曰《暗香》《疏影》。」意思是說辛亥年冬天，自己乘船冒雪去看望石湖居士范成大。在那裡住了一個多月。范成大用書簡向自己討求詩作和新創的詞調。於是寫了這兩個曲子。石湖居士欣賞不已，讓樂伎和歌伎演習歌唱，音節和諧柔婉，於是題名「暗香」「疏影」。這首詞和另一姐妹篇《疏影》都是詠梅詞，取自宋初詩人林逋《山園小梅》詩中「疏影橫斜水清淺，暗香浮動月黃昏」兩句詩意。

古往今來，詠梅詞不計其數，一般都是歌詠梅花能經風雪的品格。《暗香》則重點寫梅的清香。香氣是可聞而不可見的，難以靠細緻的描摹形態來討好。這首詞在梅香的描寫中融進了對往日所愛美人的回憶，並化用各種與梅花有關的典故來烘托出梅的清香，也是一種傳神寫意的筆法。

上片開頭從「暗香浮動月黃昏」的詩意化出，回憶從前與情人在黃昏月下賞梅的韻事，「舊時」和「算幾番」點出舊日曾多次經歷過這樣美好的情景：黃昏的月色下，自己的笛聲喚起了美人，一起冒着清寒去攀摘梅花。這裡暗用賀鑄《浣溪沙》「玉人和月摘梅花」的意思。吹笛暗用漢代樂府橫吹曲《梅花落》的典故，在詠梅詩裡常見。但用在這裡，不但令人想見悠揚的笛聲在月色和花樹間迴蕩的韻味，而且使吹笛成為昔日愛情故事中的一個小插曲，表現出男女主人公的雅

趣，用得很有創意。由此自然會聯想到梅香隨着笛聲在月下清冽的寒氣中飄浮的情景。

接着是從回憶轉到現實，感歎如今年紀漸老，風情才思已經減退。「何遜」兩句用南朝齊梁時代的詩人何遜自比，是因為何遜在任揚州法曹時曾經作過一首有名的《早梅詩》，這首詩描寫了梅花從盛開到凋零的過程。後代詩人詠梅花時常用這個典故，以何遜比喻寫梅花詩的人。所以姜夔在這裡用何遜自比，又説忘記了當初春風得意時的詞筆，不必提到「梅」字，就包含了當初曾經寫過多少梅花詩的意思了。這就令人通過典故聯想到早梅盛開的情景，梅花之清香自可想像。

以下借「但怪得」三字從回憶轉到眼前在宴席上賞梅的正題，用蘇東坡《和秦太虛梅花》詩中「江頭千樹春欲暗，竹外一枝斜更好」的句意，説竹林外的一枝稀疏的梅花，在冷風中將香氣傳到了酒席上。「但怪得」三字的言外之意是，自己本來漸漸忘記了舊事，也沒有才思了，但梅花的冷香又勾起了自己對梅花的思念和詠梅的衝動。這就巧妙地將回憶和現實自然地連成一氣，從「梅邊吹笛」到「疏花」，暗示了梅花盛期已過、逐漸稀疏的過程，昔日的「春風詞筆」和今日的「漸老」又包含着無言的盛衰之感。

　　下片緊接上片，宴席上的情景和回憶交錯出現：江南水鄉在大雪之中，一片沉寂。不由得感歎自己想寄一枝梅花給遠方的情人，卻為遙遠的路途所阻隔。寄梅的想法來自南朝陸凱的一個故事，陸凱想從江南寄一枝梅花給朋友范曄，並題贈一首小詩：「折梅逢驛使，寄與隴頭人。江南無所有，聊贈一枝春。」姜夔把這首詩的意思和眼前夜雪漸漸堆積的景色糅合在一起，眼光又轉回宴席。卻覺得杯中之酒進入愁腸，令人更容易傷心。而紅梅默默無言，又像是一片相憶之情耿耿在懷。這兩句移情於酒席上所見之物，使令人「易泣」的「翠尊」和「耿相憶」的「紅萼」，彷彿幻化了舊時情人的影子。所以下面緊接着又沉入了對往事的回憶：永遠記得當初攜手賞梅的地方，那裡是西湖岸邊，千樹梅花層層疊疊壓在清冷碧綠的水面上。「壓」字用形容重量的動詞來形容梅花極盛時期花團錦簇的景象，極其生動形象。這裡強調西湖，還因為宋代西湖梅樹以孤山為多，而林逋就住在孤山，他一生不娶，種梅養鶴，號稱「梅妻鶴子」。所以這裡寫到西湖，又正是照應這首詞取名「暗香」來自林逋詩句。然而正當沉浸在梅花極盛的回憶中時，作者突然又回到了現實：縱然是如此繁盛的梅花，還是一片片被風吹落了，幾時還能見到？以眼前凋零景象對照當初盛況，又是一次盛衰的對比，最後

所問的既是何時再見梅花，更是何時才能再見伊人。餘音裊裊，令人悵惘不已。

這首詞在詠梅中融入了對昔日戀情的美好回憶和深沉感傷，梅開與梅落都在與戀人共賞梅花的優雅意境中展現，在人生聚散的盛衰之歎中又隱隱可以體味詩人的身世之感。全詞只有一次提到「香冷」，但月下的清寒、湖畔的千樹，都能令人想見瀰漫在寒風、月色、碧水之中的清香，這就將梅花的神韻傳達出來了。而詞裡所用的典故又都是前人常用的熟典，這就令人很容易從典故的含義聯想到梅花的各種情態，如何遜的詠梅、陸凱的寄梅、蘇軾的愛梅、林逋的種梅，既表現了梅花由盛到衰的不同情態，又賦予梅花以歷代文人賞梅的高雅韻致。這就把梅花的意蘊又表現出來了。正是這種傳神寫意的表現手法，使這首詞達到了品格高絕、含蓄無限的境界。

四、儘量多掌握一些古代文化、宗教哲學思想等相關知識。

雖然一般的詩詞注本對於字詞、用典的意思都會注出來，但是對其文化背景了解的深淺，也會影響到對文本的理解。就山水田園詩而言，最重要的是了解一些莊子思想對審美思想的影響。從六朝到唐代，很多山水詩都包含着玄學佛

學的理趣。比如唐代詩人常常把自己遊賞山水林泉稱為「獨往」。這個詞最早見於《莊子‧外篇‧在宥》：「出入六合，遊乎九州島，獨往獨來，是謂獨有。」《列子‧力命》也說：「獨往獨來，獨出獨入，孰能礙之？」這種獨往獨來是指在精神上獨遊於天地之間，不受任何外物阻礙的極高境界。《淮南子‧精神訓》說：「若此人者，抱素守精，蟬蛻蛇解，遊於太清，輕舉獨往，忽然入冥。」說人如能堅守樸素自然的理念，其精神就會像蟬脫殼、蛇蛻皮那樣，脫離形骸，輕舉飛升到太清之中，進入冥冥之大道，這就是獨往。後來逐漸被神仙道家坐實為遊仙的行為。如《抱朴子‧論仙》把獨往說成是在深山裡修煉成道。由於這種修道和隱逸往往聯繫在一起，後世詩文中，關於「獨往」也就有了兩種使用語境，一種專指道士修煉，唐代連僧人出家也可稱獨往；另一種語境是表現隱居的心跡或行為。事實上，暫時地遊憩於山林，也可以稱獨往，盛唐人山水詩多取這種意思。

「獨往」不僅概括地表現了盛唐詩人在山水中體悟的任自然的玄理，而且常常不露痕跡地化入藝術表現之中。詩人在體悟「獨往」的境界時，往往有意無意地突出詩人獨往獨來的形象，「忽然入冥」的行跡，從而創造出清空幽獨、令人神往的意境。如果從這一角度來重讀某些山水詩名作，會有更

深一層的理解。如王維的《終南別業》：

> 中歲頗好道，晚家南山陲。
> 興來每獨往，勝事空自知。
> 行到水窮處，坐看雲起時。
> 偶然值林叟，談笑無還期。

　　以前學界解此詩，多着眼於第三聯的禪意。如果看《詩人玉屑》所評：「此詩造意之妙，至與造物相表裡，豈直詩中有畫哉！觀其詩，知其蟬蛻塵埃之中，浮遊萬物之表者也。」倒是真正理解了詩中的「興來每獨往」的深意。《詩人玉屑》所說的正是《淮南子·精神訓》「抱素守精，蟬蛻蛇解，遊於太清，輕舉獨往，忽然入冥」的意思。這首詩直接用了「獨往」一詞，說興致來了每每獨往，並且具體描寫了這種獨往的意趣：隨着流水走到水盡頭，便坐下來觀看白雲生起。水窮雲生的景物變化是大自然的安排，同樣，人的行和止也隨水流雲起，任其自然，說明無論是內心還是行跡同樣都沒有任何牽掛和障礙，這不正是《列子·力命》所說「獨往獨來，獨出獨入，孰能礙之」的境界嗎？隨水流任意而行，與林叟談笑而無還俗之期，這不正是「離群以獨往」（《抱朴子·明本》）、

「浩然得意」、「漱流忘味」(《抱朴子‧辨問》)的玄趣嗎？此詩之妙，正在於沒有任何玄言和佛語，只是展現了水與雲的自然變化與主人公獨遊其中的自得之樂，便讓人領悟了其中無窮的理趣。

在唐代詩文中，與「獨往」意義相關的還有「虛舟」一詞。虛舟的含義非常豐富，既與「獨往」相關，也有其獨立的意蘊，而且也和「獨往」一樣，在山水詩中由理念轉化為意境的創造。「虛舟」一詞源自《莊子‧外篇‧山木》：「吾願去君之累，除君之憂，而獨與道遊於大莫之國。方舟而濟於河，有虛船來觸舟，雖有惼心之人不怒。有一人在其上，則呼張歙之，一呼而不聞，再呼而不聞，於是三呼邪，則必以惡聲隨之。向也不怒而今也怒，向也虛而今也實，人能虛己以遊世，其孰能害之！」這段話本意是論人生在世如何去除憂患，以兩船相觸作為比喻，虛舟來觸，即使心地最偏狹的人也不會發怒；船上如果有人，則惡聲相向，原因在虛與實的差別，由此引申出人如果能處世無心，聽任外物，自由自在地遊於廣漠太虛之境，那麼即使被外物所觸忤，也沒有傷害了。《莊子‧雜篇‧列御寇》又說：「巧者勞而知者憂，無能者無所求，飽食而遨遊，泛若不繫之舟，虛而遨遊者也。」意為智慧靈巧只能使人勞累和憂慮，無能的人沒有慾求，飽食終日，無

所事事，自在遨遊，像沒有被纜索繫住的船一樣，這就是虛己而遨遊的人。這段意思和上段一樣，都是強調人應當無慾無求，去除巧智，讓自己心地空虛，就可以遨遊於大自在之境。這就使「虛舟」和「不繫舟」意義相近，並且都在後代詩文中廣為引用。

．　　「虛舟」和「不繫舟」在唐代詩文中的使用也有多種語境。較常用的一種指無人駕駛的船隻，比喻人胸懷虛曠，沒有慾求，可以像虛舟一樣自由飄遊於浩然之境。這是莊子的原意，與「獨往」的境界相通，因為獨往也是出入六合，自由遨遊。只是虛舟更側重在人的心境虛空和不受羈絆。由於「獨往」和「不繫舟」的根本旨趣都是遊於大道，所以一些名作往往兼有二者的深意。如韋應物《滁州西澗》：

> **獨憐幽草澗邊生，上有黃鸝深樹鳴。**
> **春潮帶雨晚來急，野渡無人舟自橫。**

以前學者對此詩有一些不同的解釋，有的宋代學者甚至認為黃鸝是比喻小人。其實描寫詩人獨自沿着澗邊漫步，一邊賞玩着路邊的幽草，一邊聽着旁邊茂密的樹叢中傳來黃鸝的鳴叫，逐漸深入幽清無人的境地，這正是獨往的意趣。這

時候，春潮上漲，帶來了一場急雨，又時近傍晚，自然不會有人擺渡，所以渡船悠閒地橫在渡口。無人乘坐、自在地橫在渡口的小船，不正是一隻不繫的虛舟嗎？也就是說，渡船的自在意態正體現了詩人在大自然中領悟的自在意趣。只是這種感悟自然地體現在渡船的情態和詩人遊澗的興致之中，絲毫不着痕跡罷了。

又如柳宗元的《漁翁》是大家熟悉的名作：

> 漁翁夜傍西岩宿，曉汲清湘燃楚竹。
> 煙銷日出不見人，欸乃一聲山水綠。
> 回看天際下中流，岩上無心雲相逐。

這首詩寫漁翁夜宿晨行的生活，詩中未見漁翁其人，只以早晨汲取清湘之水、點燃楚竹煮炊的動靜表現漁翁依山傍水的生活情趣。當一片炊煙漸漸消散，一聲柔櫓從江面傳來時，漁翁已經遠下中流，唯有岩上白雲無心地追隨着他的孤舟。空中傳神的人物描寫不僅給這秀麗的青山綠水增添了楚湘特有的神秘感，也給一個普通的漁父增添了瀟灑忘機的隱士色彩。「欸乃一聲山水綠」寫「煙銷日出」時山水頓時現出一片綠色，最為精彩。在詩人看來，彷彿是一聲船櫓搖

綠了山水，構思神奇。而漁父與追隨無心的雲水同歸自然的
「任天和」的意趣，則是王、孟山水詩的內涵。以前我只是
從這個層面上來讀這首詩，尚未看到詩裡沒有出現的「不繫
舟」的深意。後來讀到劉長卿的《贈湘南漁父》：「問君何所
適，暮暮逢煙水。獨與不繫舟，往來楚雲裡。」「沉鈎垂餌不
在得，白首滄浪空自知。」有豁然開通之感。如以這首詩與
柳詩相比照，可以看出柳宗元在《漁翁》中暗寓的正是與不
繫舟獨自往來於滄浪之中的理趣，詩中強調岩上白雲的「無
心」，也正是虛舟不繫的無心之意。但是詩裡沒有寫舟，而是
讓人通過「欸乃一聲」和白雲的追逐去想見那與漁翁一起「不
見」的不繫之舟，真正把這漁翁的船寫到了虛處。於是，「漁
父」「虛舟」這些已經玄理化的語詞，又重新還原為生動的意
象，與清湘的優美晨景構成了空靈的意境。因此，從「不繫
舟」的角度解讀此詩，更可以體會柳詩使玄理深蘊於山水的
神韻之中的妙境。

　　盛唐山水詩中的這些深意雖然可以在詩的意境中領會，
但詩人絕不是刻意借景以寄託玄理。盛唐詩人寫山水詩的
感悟是直尋而得，也就是對眼前景物的領悟和一時興致的觸
發。倘若所遇情景恰好包含着某種玄趣或道境，那麼詩人在
意境構造中是有自覺意識的，因而能令識解的讀者在詩境中

體會出更深的一層意蘊，這或許也是「妙悟」的另一種含義。同時，「獨往」和「虛舟」雖然是玄理的概念，但由於其意象在盛唐山水隱逸詩中的廣泛使用，其含義為眾所周知，可以自然地轉化為一種幽適之境和自在之趣，即使沒有刻意寄託，也能引發有關哲理的聯想。因此，這類理趣在詩境中猶如水中之鹽，不見其跡而唯有言外之味，使盛唐山水詩在優美的意境之外別具神韻。

古人有一句話：「詩無達詁。」讀者對於同一首作品可以有不同的理解，但是大體上還是有一個欣賞的客觀標準的。首先應努力揣摩作者的用心，然後才能在此基礎上引申發揮，加入自己的理解，不能牽強附會、生拉硬扯。也就是要以理解的確切作為欣賞的基礎。欣賞需要一定的理論修養，但是一切欣賞的理論分析都來自豐富生動的創作實踐，讀詩者先要用直覺去感受作品，然後再思考作者是怎樣表現其思想感情的，這樣才能追求理解的精準和深度。而欣賞水平的提高，歸根結底還是要大量閱讀名作，長期培養對藝術的敏銳感受。

葛曉音

　　1946 年生於上海，1968 年畢業於北京大學
中文系。1982 年獲北大中文系中國古典文學碩
士學位後留系任教。1989 年起任北大中文系教
授。曾任日本東京大學大學院人文社會系教授、
香港浸會大學中文系講座教授，現為北京大學中
文系教授、博士生導師。主要著作有《八代詩史》
《漢唐文學的嬗變》《詩國高潮與盛唐文化》《山
水田園詩派研究》《唐宋散文》《中國名勝與歷
史文化》《古詩藝術探微》《唐宋八大家——古代散
文的典範》等。

責任編輯	陳 菲	
書籍設計	彭若東	
排 版	周 榮	
印 務	馮政光	

書 名	山水有清音——古代山水田園詩鑑要
叢 書 名	文史中國
作 者	葛曉音
出 版	香港中和出版有限公司 Hong Kong Open Page Publishing Co., Ltd. 香港北角英皇道499號北角工業大廈18樓 http://www.hkopenpage.com http://www.facebook.com/hkopenpage http://weibo.com/hkopenpage Email: info@hkopenpage.com
香港發行	香港聯合書刊物流有限公司 香港新界大埔汀麗路36號3字樓
印 刷	中華商務彩色印刷有限公司 香港新界大埔汀麗路36號中華商務印刷大廈
版 次	2020年8月香港第1版第1次印刷
規 格	32開（128mm × 188mm）312面
國際書號	ISBN 978-988-8694-61-7 © 2020 Hong Kong Open Page Publishing Co., Ltd. Published in Hong Kong

本書中文繁體字版經由北京出版集團有限責任公司授權香港中和出版有限公司獨家出版發行，未經權利人書面許可，不得翻印或以任何形式或方法使用本書中的任何內容或圖片。版權所有，不得翻印。